빛나는, 완전범죄

김민효 짧은소설

빛나는,
완전범죄

나무와숲

누군가 내게 말했다.

"당신 소설은 불편해, 피 냄새가 나서."

이 말을 전해들은 나의 제1독자는 한술 더 뜨고 나섰다.

"아예 더 독하게 말해야 해. 세상은 소설보다 훨씬 더 지독하잖아? 독자가 불편해질수록 승산은 작가에게 있는 거야. 물론 책을 덮을 수 없는 '그 무언가'라는 매력이 있어야겠지."

사실 누군가의 말보다 제1독자의 말이 훨씬 더 두렵고 무겁다.

어쨌거나,

정말 좋은 소설에는 전 인생을 투자해야 깨달을 수 있는 삶의 의미가 담겨 있다지 않은가.

진짜 좋은 소설에는 인생의 비의秘義를 엿볼 수 있는 열쇠 구멍도 뚫어놓았다지 않은가.

어휴…….

차 례

사랑의 랩소디

세상의 기원

나충만의 순정한 거짓말

파트너는 조 검사의 손에 수갑을 채운 뒤 입에 재갈을 물렸다. 그리고 포승줄로 조 검사의 상체를 묶어 버렸다. 수갑과 포승줄 그리고 재갈을 물린 티셔츠 모두 조 검사의 트렁크에 있던 물건들이었다. 거기에는 용도가 짐작되는 잭나이프와 야구방망이도 있었다. 그는 잭나이프도 챙겨 주머니에 넣었다. 그런 다음 조 검사를 앞세워 집 안으로 들어갔다. 나충만은 종종거리며 파트너의 뒤를 따랐다. 집 안은 빈집처럼 조용했다. 순종으로 여겨지는 진돗개가 한 마리 있었지만 짖지 않았다. 오히려 꼬리를 살랑살랑 흔들며 반겼다. 조 검사의 땀 냄새가 밴 골프 재킷과 바지 그리고 골프화를 나눠 미리 착용한 덕분이었다.

파트너는 조 검사를 번쩍 들어 그의 서재로 데려가 의자에 앉혔다.

파트너를 알아본 조 검사의 표정은 분노로 일그러졌다. 분노를 표출할 수 있는 것은 그의 표정뿐이었다. 개 취급도 못 받던 운전사 주제에 감히…. 누구라도 짐작할 수 있을 만큼 노골적인 표정이었다. 파트너는 아랑곳하지 않았다. 그는 포승줄을 풀어 조 검사를 의자에 다시 묶었다. 그런 다음 책꽂이를 밀었다. 책꽂이 뒤에는 커다란 금고가 자리하고 있었다.

"검사님, 불편을 드려 매우 송구스럽습니다. 그러나 달리 방법이 있어야지요. 자, 힘드실 텐데 빨리 끝냅시다. 거기에 비밀번호를 적으세요."

파트너는 책상 위에 놓인 종이와 볼펜을 가리키며 말했다. 조 검사는 파트너를 노려보기만 할 뿐이었다. 파트너는 흔들림이 없었다. 그는 등에 지고 있던 백에서 봉투 두 개를 꺼냈다. 그는 그것을 하나씩 책상 위에 올려놓으며 말했다.

"이것은 선물, 이것은 폭탄입니다. 선물을 받으시든, 자폭을 하시든, 알아서 선택하세요."

파트너는 두 개의 봉투에서 내용물을 꺼내 조 검사의 눈앞에 바짝 들이댔다. 시나리오에 없던 상황이었다. 나충만은 내용물의 성격이 무엇인지 궁금했지만 나서진 않았다. 어차피 이 일을 주도한 사람은 파트너였다. 그의 역할은 파트너의 지시를 따르는 것이었다. 주객이 전도된 느낌이 없지 않지만 그는 나충만의 파트너로 불리길 원했다. 아니 강요했다는 것이 맞을 것이다. 나충만은 주모자이든, 파트너이

든, 그도 아니면 운전기사이든, 그에 대한 의미를 달리하진 않았다. 경리부장이었던 자신이나 운전기사였던 파트너나 왕 회장의 수족 노릇을 하다가 버려졌다는 사실은 매한가지였다는 점에서 그랬다.

개나 돼지처럼 마구잡이로 짓밟힌 쪽은 운전기사였지만 회생이 불가능할 정도로 사회에서 매장당한 쪽은 나충만이었다. 그는 아무런 대비책도 마련하지 못한 채 왕 회장의 꼬리가 되어 경제사범으로 전락했다. 그러나 그는 복수를 감행할 배짱도, 의지도 없었고, 체력도 뒷받침되지 못했다. 뿐만 아니라 삶에 대한 의지도 없었다.

폐인이 되어 있는 그를 기다려 준 사람은 운전기사인 파트너였다. 그는 법이나 여론의 힘을 빌리지 않았다. 복수할 도구는 오로지 자신의 몸뚱이와 머리밖에 없다고 생각했다. 그는 동지가 필요했다. 다른 조건은 필요치 않았다. 같은 대상을 향한 복수심과 적개심만 있으면 그만이라고 생각했다. 그는 출감 후 폐인이나 다름없는 나충만에게 복수 의지를 일깨웠다.

그러나 정작 나충만이 동조하게 된 것은 엉뚱한 기대 때문이었다. 사실 파트너는 나충만이 갈망하는 것이 무엇인지 정확히 꿰뚫고 있었다. 다만 결정적인 그 카드를 가장 나중에 제시했을 뿐이다.

조 검사는 사색이 되었다. 파트너는 수갑을 채운 조 검사의 손가락에 볼펜을 쥐어 주며 다그쳤다. 그러나 조 검사는 볼펜을 잡지 않고 버텼다. 파트너의 눈빛이 매우 서늘해졌다. 그는 잭나이프를 꺼내 손가락으로 칼날을 쓰윽 훑었다. 칼날에 피가 묻어났다.

"검사님, 난 무서울 게 없는 놈입니다. 가진 거라고는 목숨 하나뿐인데, 이것마저도 별 미련이 없다니까요."

파트너의 목소리는 매우 차가웠다. 범죄 영화에서 봤던 킬러의 모습처럼 섬뜩했다. 나충만은 소름이 돋은 팔을 번갈아 쓸어내렸다. 때마침 어린애 우는 소리가 들렸다. 파트너의 눈빛이 잠깐 흔들렸다. 그러나 그는 이내 냉정을 되찾으며 말했다.

"아, 어린애가 있었지? 아름다운 배우 마나님은 안녕하신지 모르겠네. 마나님께 왕 회장의 두둑한 출산축하금도 내가 배달했었는데. 검사님, 그것도 기억하시지요? 배달사고 한 번 일으키지 않고 성실하게 봉사한 공로를 생각한다면 이 정도의 보상은 암것도 아니잖습니까? 자, 피차 길게 보고 싶은 사람들도 아니니 빨랑빨랑 끝냅시다."

파트너는 나충만과 조 검사를 번갈아 보며 재촉했다. 조 검사는 불안한 눈빛을 감추지 못했다. 그러나 순순히 협조할 생각은 없는 듯했다.

"말이 영 안 통하네. 에이 쓰발, 이판사판인데 형씨 계획대로 처리합시다. 마나님 베드신 연기가 기가 막히던데 재미부터 보시오. 재미 보는 동안 내가 검사님을 잘 모시고 있을 거니까. 순순히 말을 듣지 않거든 단번에 보내 버려."

파트너는 단호하게 말을 맺으며 잭나이프를 나충만에게 건넸다. 조 검사의 표정이 절망스럽게 변했다. 그는 애걸복걸하는 표정을 지으며 묶인 손을 뻗어 볼펜을 잡았다. 파트너는 회심의 미소를 지으며 나충만에게 눈짓을 했다. 조 검사의 아내가 딴짓을 못하도록 조치를 하라는 신호였다. 조 검사는 의자에 묶인 채로 발버둥을 쳤다.

나충만은 파트너의 눈빛에 떠밀려 서재를 나왔다. 그는 아기 울음 소리가 들리는 안방을 향해 다가갔다. 심장이 터질 것처럼 뛰었다. 그는 이 상황이 좀처럼 믿기지 않았다. 억울하게 범죄자로 전락한 순간보다 더 비현실적인 느낌이었다.

어쨌든 나충만에게 그녀는 여전히 딴 세상의 요정이었다. 결코 인간 세상에서는 손을 잡아 볼 수도 안아 볼 수도 없다고 생각한 존재였다. 그는 파트너가 했던 것처럼 잭나이프로 자신의 손바닥을 그어보았다. 아픔을 느낄 새도 없이 피가 배어나왔다. 꿈은 아니군. 설령 꿈이어도 괜찮아. 이 기회를 놓친다면 죽어서도 후회할 거야. 그는 스스로를 격려하며 안방의 도어 핸들을 잡았다.

나충만은 잠시 호흡을 조절했다. 벌떡거리는 가슴도 몇 번이나 눌렀다. 그리고 아주 조심스럽게 문을 열었다. 그는 도어 핸들을 잡은 채 그대로 얼어붙었다. 그의 눈앞에는 그려본 적도 없고, 상상해 본 적도 없는 풍경이 펼쳐져 있었다. 긴 머리를 대충 묶은 여자가 가슴을 풀어헤친 채 아기에게 젖을 물리고 있었던 것이다. 아기는 젖꼭지를 문 채 여리디여린 손으로 다른 젖가슴을 만지작거리는 중이었다. 명화에 등장하는 여신의 것처럼 그녀의 젖가슴은 풍만했다.

나충만은 그녀가 인간의 어미라는 사실이 믿기지 않았다. 그럼에도 불구하고 인간의 어미인 그녀의 모습은 아름다웠다. 누구도 이 풍경에 흠집을 내서는 안 된다는 생각이 들었다. 설령 그가 운명을 같이하기로 맹세한 파트너일지라도. 자신 역시 그녀의 광팬이란 이유로 저 아기의 어미를 도둑질해서도 안 될 것 같았다. 나충만은 슬펐다. 그녀가 아름다워서 슬펐고, 아기가 그녀를 온전히 차지하고 있어서 슬펐고, 그녀를 향한 기대가 무너져서 슬펐다. 그의 두 다리에서 힘이 빠져나갔다. 두 팔에서도, 겨우 머리를 받치고 있는 어깨에서도…. 맹렬하게 뛰고 있는 것은 그의 심장뿐이었다.

그녀가 나충만을 바라보았다. 그녀의 눈에는 두려움과 함께 간절함이 역력했다. 나충만은 그녀를 안심시키기 위해 두 팔을 들어올렸다. 그의 한 손에는 잭나이프가 들려 있었고, 다른 손에는 피가 흘러내리고 있었다. 나충만의 의도와는 달리 그녀의 눈빛엔 엄청난 공포가 어렸다. 그녀는 차마 비명도 지르지 못했다. 그녀는 아기를 더 깊이 끌어안았다. 놀란 아기가 자지러졌다. 나충만은 뒷걸음질을 치며 문밖으로 나왔다. 안으로 닫힘 버튼을 누르는 것을 잊지 않았다. 그것은 그녀에게 바치는 나충만의 처음이자 마지막 선물이었다.

파트너는 나충만을 태운 채 전속력으로 공항을 향해 달렸다. 새벽 공기는 무척 신선했다. 영종대교의 가로등 불빛도 희미해지고 있었다. 사실 파트너가 호언장담을 했지만 나충만은 아침을 맞을 준비가 되어 있지 않았다. 어쨌든 가장 센 놈의 주변이 가장 허술하다는 파트너의 주장을 다시 한 번 확인한 밤이었다. 나충만은 파트너를 향해 물었다.

"어디로 가는 거지?"

"그러게 왜 공항 쪽으로 달려왔을까? 아마 나 부장을 먼 나라로 보내고 싶었던 것은 아니었을까?”

나충만은 어이없다는 표정을 지으며 물었다.

“난 파트너 없이 아무 데도 안 가. 근데 조 검사 금고에서 얼마나 긁어 왔지?”

파트너가 큰 소리로 웃기 시작했다. 나충만이 처음으로 듣는 통쾌한 웃음소리였다. 나충만은 파트너가 웃음을 그칠 때까지 참을성 있게 기다렸다. 파트너는 손으로 눈물을 훔치며 말했다. 손수건으로 질끈 동여맨 손바닥에는 핏물이 짙게 배어 있었다.

“한 푼도… 그 대신 더 큰 것을 가져왔지. 왕 회장과 조 검사를 한 큐에 보낼 진짜 폭탄.”

나충만은 파트너의 눈가에 묻은 핏물을 바라보면서 다시 물었다.

“조 검사에게 내밀었던 봉투 속에 무슨 내용이 들어 있었던 거야?”

“뭐긴, 아무것도 아니었지. 녀석은 폭탄이라는 말에 지레 겁을 먹더라고. 구라 한번 멋지게 쳤지. 안 그래? 아, 그런데 조 검사 마누라의 가슴은 만져 봤나? 그리고 키스는… 물론 소원 성취했겠지?”

나충만은 처음으로 파트너의 말이 귀에 거슬렸다. 그러나 그는 파트너를 향해 흡족한 미소를 지었다. 그리고 꿈꾸는 듯한 목소리로 말했다.

“그럼, 그럼. 그녀를 완벽하게 가졌지. 이제 그녀는 내 여자야.”

나충만은 칼로 그었던 자신의 손바닥을 지그시 눌렀다. 상처의 통증이 고스란히 심장으로 전해졌다. 짜릿한 통증이 전신으로 퍼져 나갔다.

빛나는, 완전한 범죄

울산바위가 보이기 시작한 진부령 어디쯤이다. 산마루를 굽이굽이 돌아 오른 탓에 현기증이 인다. 게다가 알피엠으로 표시되는 내 심장박동 수가 갑자기 빨라지기 시작한다. 나를 운전하던 남자가 갑자기 멈춘다. 그는 보닛 버튼을 누르고 내게서 내린다. 다행이다. 나는 가쁘게 내쉬던 숨을 고르며 뜨거움 날숨을 크게 내뱉는다. 보닛을 들춘 남자는 뜨끈뜨끈한 내 심장 언저리를 더듬더니 회로 한 가닥을 뺐다 다시 느슨하게 끼운다. 내가 크룽크룽 경고를 보내지만 그는 아랑곳하지 않고 계속해서 신경다발을 더듬는다. 그리고 주머니에서 스패너를 꺼내 직직, 찌이익, 회로판을 몇 차례 긁어 버린다. 회로의 혼란! 난 직감적으로 급발진의 위험을 감지한다. 남자는 회심의 미소를 지으며 보닛을 닫는다. 그리고 운전석으로 옮겨 앉은 여자에게 산등성이를 가리킨다. 주차가 가능할 만큼 제법 넓은 공간이 확보된 곳이다. 여자는 고개를 끄덕인다.

남자는 몹시 급한 듯 지퍼부터 내리고 허리띠를 푼다. 허둥지둥 내 꽁무니 쪽으로 돌아간 남자는 낭떠러지를 향해 오줌을 갈기기 시작한다. 여자는 남자가 갈겨대는 오줌 줄기를 힐끗 보고는 시동을 건다. 아뿔싸! 그녀가 브레이크에서 발을 떼는 순간 내 심장은 터져 버릴 것처럼 폭등한다. 1200, 1400, …, 2000…. 크아앙. 나는 괴성을 지르며 앞으로 튀어나간다. 순식간이다. 나는 그녀를 태운 채 맹렬한 속도로 날아가기 시작한다. 마치 내 몸에서 고속 프로펠러가 작동된 것처럼. 내 주인인 여자는 나를 진정시키려고 애를 쓴다. 브레이크를 밟았고, 핸드브레이크도 올린다. 우리는 몹시 친밀한 사이이므로 나를 제압하려는 그녀의 손놀림은 매우 민첩하다. 오랫동안 그녀에게 길들여졌지만 난 그녀에게 순종할 수가 없다. 내가 분명하게 알고 있는 것은 영점 몇 초를 넘기면 끝이라는 사실이다. 결코 내 탓이 아니란 것을 그녀는 모른다. 아니 지금 누구 탓이냐는 중요하지 않다. 그녀의 얼굴이 절망으로 일그러지기 시작한다.

그녀는 아주 잠깐 길 위에서 지퍼를 올리고 있는 남자를 돌아보았으며, 핸드백 속을 더듬어 휴대폰을 움켜쥐었고, 급기야 비명을 지른다. 그런 그녀를 향해 남자는 손을 흔들며 미소를 짓는다. 수십 미터를 날아간 나는 점점 아래로 곤두박질치기 시작한다. 튀어나온 바위에 부딪힌 나는 공중제비를 한 바퀴 돈다. 울울창창한 나무들의 목을 분지르고, 빽빽하게 웃자란 양치식물들을 휩쓸고, 잡목들과 풀들과 키 작은 꽃들을 짓뭉갠 다음 딴 세상 같은 숲의 심연으로 떨어진다. 나는 유능한 체조 선수처럼 착지를 하려고 안간힘을 쓴다. 뒤집혀지지 않고 내려앉은 것이 그나마 다행이다. 나의 주인은 눈을 부릅뜬 채 미동도 하지 않는다. 내 심장은 여전히 거칠게 뛰고 있다. 이윽고 나도 정신을 놓아 버린다.

얼마나 시간이 흘렀나? 바람 소리, 물소리, 산짐승 소리, 풀잎들이 몸을 일으키는 소리…. 송진 냄새, 풀 비린내, 맡아본 적이 없는 황홀한 꽃향기, 그리고… 살이 발효되는 이 불온하고 황홀한 냄새. 나는 눈을 뜨고 사방을 둘러본다. 울울한 숲이다. 아무리 둘러봐도 길은 보이지 않는다. 열려 있는 곳은 내 몸 크기의 하늘뿐이다. 그나마도 내 몸을 타고 올라간 칡넝쿨과 새로 돋아난 나뭇가지가 하늘을 얼기설기 가리고 있다.

내 심장은 이미 멈췄다. 내 혼은 내 몸을 빠져나온 듯하다. 내 몸의 안팎을 살펴본다. 범퍼는 달아났고, 유리창은 깨졌다. 문짝은 덜렁거리고 지붕은 찌그러졌다. 일그러지고 찌그러진 몸체에는 녹이 슬었고 바람이 빠져나간 바퀴들은 삭기 시작했다. 운전석에는 삭아서 너덜거리는 옷을 입은 채 유골이 안전벨트에 묶여 있다. 유골의 손에는 휴대폰이 들려 있고, 엄지손가락은 1번 버튼을 꾹 누르고 있다. 그러나 휴대폰의 액정화면은 아무런 반응을 보이지 않는다.

해골의 뻥 뚫린 눈에는 들꽃이 피어 있다. 덮어쓰고 있는 머리카락

사이에도, 옷이 너덜거리는 갈비뼈 사이사이에도, 손가락뼈 사이에도, 발가락뼈가 담겨 있는 구두에도 자잘한 꽃들이 피어 있다. 조수석에 앉아 있는 그녀의 명품 가방 안에는 지갑과 수첩과 립스틱과 손수건을 거름 삼아 한 무더기의 양치식물들이 무성하게 자랐다. 꽃처럼 아름답고 싶었던 그녀는 이제 꽃으로 피어났다. 그녀의 빛나는 나날을 기억하고 있는 나는 그녀를 피워내는 꽃밭이 되었다.

내가 존재하는 이유는 길이 있기 때문이다. 일을 하고, 결혼을 하고, 아이를 낳아서 기르는 그녀의 일상 또한 길과 길 그 사이에서 이루어졌다. 그녀는 내가 달리고 있는 동안 일을 했고, 남자와 키스를 했으며, 아이를 안았다. 그리고 그녀의 남자는 그녀와 나를 길 밖으로 떠밀어 버렸다.

우리에게 길은 사라졌다. 꽃의 터전이 된 그녀는 이제 길 위로 나설 수 없다. 그녀의 살이 진토가 되었고, 내 육신이 녹슬고 다 삭아 내리는데, 우리의 주검을 찾아내는 사람은 아직도 없다. 그렇다면 우리를 길 밖으로 밀쳐낸 그 남자는 완전범죄에 성공했단 말인가? 흐음, 아무려면 어떤가. 그것은 세상의 눈먼 질서일 뿐이다.

나는 지금 다른 상상을 한다. 그녀의 생일, 나는 그녀의 남자가 되어 근사한 식당에서 저녁식사를 하는 중이다. 그녀는 핏물이 배어 나오는 스테이크를 잘라 맛있게 먹는다. 그녀의 얼굴에 미소가 번진다. 그녀가 먹고 있는 살코기는 짐승으로 태어난 바로 그 남자의 살이다. 물론 우리는 스테이크가 그 남자의 살코기란 사실을 알지 못한다. 그

남자만 알 뿐이다. 번연히 눈을 뜨고 우리의 죽음을 지켜봤던 그 남자
는 몇 생을 그렇게 고통스럽게 살다가 죽고 또 죽어갈 것이다.

바람이 분다. 바람이 만들어낸 길 위로 오래전에 발효된 그녀의 살
냄새가 바람 자락을 붙들고 달려 나갔다 되돌아온다. 나는 외출에서
돌아온 그녀의 황홀한 살냄새를 온몸을 열어 안아 들인다. 내 안에서
발기된 양치식물들이 일제히 포자를 터트린다. 감당하기 어려운 쾌감,
나는 지금 행복하다.

나는 우리가 마지막으로 같이 들었던 그날의 자동차 광고를 떠올
린다. 유명 탤런트의 달콤한 저음으로 대신했던 그 광고 카피는 그녀
에 대한 나의 지극한 사랑이었음을 이제야 고백한다.

"당신도 몰랐던 당신의 모습을, 몹시도 두근거렸고 아팠지만 아름
다웠던 사랑을, 나는 당신과 함께했습니다. 나는 당신의 자동차입니다.
당신의 빛나는 인생입니다."

우리 집은 어디니?

 "정말 이렇게 해야 되겠니?"

어린 아빠는 같은 질문을 다시 했다. 어린 엄마는 대답도 하지 않고 계속 손을 놀렸다. 그녀는 아기에게 배냇저고리를 입히고 기저귀를 채웠다. 얼굴이 벌게질 정도로 애를 쓰지만 그녀의 손놀림은 어색하기 짝이 없었다. 어린 아빠는 어린 엄마의 손놀림을 지켜보면서 병째로 술을 벌컥거렸다. 불콰해진 목젖이 꿈틀거렸다.

아기의 옷을 다 입힌 어린 엄마는 아기를 싸개로 감싸기 시작했다. 발아래 쪽을 접어 올린 다음 날개를 접듯 양 귀퉁이를 접어 여몄다. 조심스런 손놀림에 비해 싸개는 매끈하게 여며지지 않았다.

어린 아빠는 빈 술병을 던지고 새 술병을 집어 들었다. 가까스로 톱니가 맞물리는 것처럼 목젖의 움직임은 힘들어 보였다. 술을 마실수록 어린 아빠의 얼굴은 더욱더 창백해졌다.

어린 엄마는 아기를 품에 안고 젖을 물렸다. 얼굴 생김새나 몸짓에 비해 가슴은 풍만하게 부풀어 있었다. 그러나 젖꼭지는 이제 막 맺히기 시작한 꽃봉오리처럼 여려 보였다. 칭얼대던 아기는 아랑곳하지 않고 힘차게 젖을 빨기 시작했다.

"우리 아기를 입양기관에 보낸단 말이지?"

어린 아빠는 어린 엄마의 얼굴을 뚫어지게 바라보았다. 어린 엄마의 귀밑에는 솜털이 보송보송했다. 피부 또한 아기처럼 맑고 깨끗했다. 살짝 스치기만 해도 흠집이 날 것 같았다. 어린 아빠의 시선은 어린 엄마의 얼굴을 집요하게 파고들었다. 어린 엄마는 그의 시선을 고스란히 받아내고 있었다. 여리고 여린 얼굴 모습과는 다르게 그녀의 표정은 한세상을 다 살아낸 것처럼 지쳐 보였다. 무던하게 시선을 견뎌내던 그녀가 고개를 바짝 치켜들고 말했다.

"어쩌라고. 오빠를 기다리다간 나도 아기도 모두 굶어죽을 거야. 난 무서워. 아주 무섭단 말이야. 난 엄마가 하라는 대로 할 거야. 엄마랑 약속했어. 내가 있던 자리로 돌아가겠다고. 가서 내 또래처럼 교복을 입고 다시 학교도 다닐 거야. 그리고 대학을 가고 취직도 할 거야. 그런 다음 따뜻한 집을 가진 남자와 결혼을 할 거란 말이야."

어린 아빠의 눈빛이 점점 날카로워졌다. 궁지에 몰린 야행성 동물처럼 눈에서 푸른빛이 섬섬하게 빛났다. 그러나 이내 눈빛을 죽이고 애원하듯 말했다.

"우리는 한가족이야. 나는 아빠고 너는 엄마잖아?"

어린 아빠의 눈시울이 잠깐 젖었다.

"아기를 눕힐 방도, 마주 앉을 식탁도 없는데 가족은 무슨 가족? 우리 셋이 언제 한자리에 모인 적이 있었냐고. 지금이 처음이잖아? 가족은 특별한 날, 특별한 문제를 해결하기 위해서 만나는 관계가 아니잖아?"

어린 엄마는 낮은 목소리로 또박또박 말을 이었다. 그러나 그녀의 눈초리는 어린 아빠 못지않게 날카롭고 표정 또한 당찼다. 어린 아빠는 그녀를 설득할 방법을 찾아내지 못했다.

"그럼 나는 어디다 버릴 건데?"

어린 아빠의 높은 목소리가 쭉 찢어졌다. 아기가 깜짝 놀라 미간을 찌푸렸다. 어린 엄마는 본능적으로 아기를 꼭 끌어안았다.

"무슨 소리야? 나를 미혼모 보호소에 버리고 도망친 사람이 바로 오빠잖아. 나는 몰라. 아기는 우리 엄마가 알아서 한다고 했어. 난 갈 거야. 오빠도 나처럼 오빠 자리로 돌아가. 이 모텔에서 아기는 생겨났지만 가족을 만들어 줄 능력은 없는 곳이잖아?"

어린 엄마는 아기를 안고 일어섰다. 그러자 어린 아빠가 벌떡 일어나 그녀의 품에서 아기를 빼앗았다. 아기가 놀라서 자지러졌다. 어린 아빠는 아기를 창밖으로 던졌다. 순식간이었다. 아기는 울음소리와 함께 창밖으로 사라졌다.

"엄마~"

어린 엄마는 아기가 빠져나간 창문에 몸을 걸치고 비명을 질렀다. '엄마'는 호칭이 아니라 비명이 되었다. 어린 아빠는 창에 매달려 비명을 내지르는 어린 엄마도 창밖으로 밀어 버렸다.

"엄~마~"

허공에서 비명 소리가 사그라지기도 전에 어린 엄마의 몸이 아기 옆으로 떨어졌다. 뒤이어 '엄마'라는 또 다른 비명 소리가 꼬리를 물고 이어졌다.

"아~악!"

어린 아빠의 마지막 비명이 허공에 흩뿌려지면서 그의 몸이 아기 옆으로 떨어졌다. 무심히 지나가던 사람들이 '엄마야~'라고 연거푸 비명을 질러대기 시작했다.

아기와 어린 엄마 그리고 어린 아빠의 몸에서 흘러나온 피가 땅 위로 흥건하게 번지기 시작했다. 각각의 몸에서 흘러나온 피는 섞이면서 서로의 몸으로 스며들었다.

접근금지

아기와 어린 엄마 그리고 어린 아빠를 에워싸고 폴리스라인이 쳐졌다. 그들이 누워 있는 공간을 노란 테이프가 하나로 묶었다. 아무도 그 공간을 분할하지 않았다. 바닥에 누운 세 사람은 모두 눈을 감지 않았다. 그들 위로 폭죽처럼 카메라 불빛이 터졌다.

이 생에 처음이자 마지막인 가족사진이 찍히고 있었다.*

---

* 신기섭 시인의 시 〈가족사진〉에서 이미지 일부 가져옴.

감당할 수 없는 웃음

그가 내게 등을 보이며 카페를 나갔다. 그의 허리는 꼿꼿했으며 등은 그 어떤 시선도 퉁겨낼 만큼 견고하고 단단해 보였다. 그의 등판에 때마침 저녁 햇살이 뭉텅이로 들이쳤다. 사선으로 내리꽂히는 햇살 덩어리가 마치 퇴장하는 주인공에게 쏟아지는 스포트라이트 같았다.

그는 손에 들고 있던 휴대폰을 들여다보았다. 그는 전화를 받으며 아주 잠깐 카페 쪽을 돌아보았다. 그의 얼굴에는 미소가 번져 있었다. 그는 이내 고개를 돌려 빠른 걸음으로 멀어졌다.

나는 여전히 카페 안에 앉은 채로 그가 보이지 않을 때까지 쳐다보았다. 웃음이 번지던 그의 얼굴은 정지된 화면처럼 눈앞에서 어른거렸다. 눈이 시큰거렸다. 그가 시야에서 완전히 사라진 다음 고개를 돌렸다. 그리고 눈을 질끈 감았다 떴다. 어른거리던 잔상이 지워졌다.

찻잔에는 아직 커피가 반이나 남아 있었다. 그리고 찻잔 옆의 만년 필 상자. 만년필상자에 찍힌 금장의 꽃문양이 유난히 도드라져 보였다. 꽃문양이 아니라 별 모양인 것 같기도 했지만.

그의 흰 손가락에 끼워진 만년필을 보았을 때 나는 사인을 기다리 는 열혈 독자처럼 마음이 설렜었다. 그런데 그가 만년필을 내게 돌려 줬다. 딱 열 번을 응모한 다음이었다. 그의 작품은 끝끝내 채택되지 않았다. 재주는 있으나 뒷심이 부족하다는 것이 심사평의 요지였다.

그는 절필을 선언하며 내가 선물한 만년필을 돌려줬다. 마치 이 만 년필 때문에 나에게 발목이 잡혀 있었던 것처럼. 만년필을 내 앞으로 밀어놓던 그 순간 그의 표정은 너무나 홀가분해 보였다. 잘 지내. 이별 통보도 너무나 간단했다. 그의 목소리에는 아무런 감정이 묻어 있지 않았다.

갑자기 웃음이 터지기 시작했다. 간지럼을 앓는 것처럼 배꼽과 겨드랑이와 사타구니까지 간지러워서 몸을 비틀며 웃기 시작했다. 길길 길길… 글글글글… 킥킥킥킥… 큭큭큭큭…. 웃음은 쉽게 그치지 않았 다. 그렇다고 시원하게 소리가 터져 나오는 것도 아니었다.

나는 식어 버린 커피를 한 모금 마셨다. 커피가 목에 걸렸다. 기침 이 터지고 목에 걸렸던 커피가 탁자 위로 뿜어졌다. 만년필 상자는 입 에서 뿜어진 커피를 뒤집어썼다. 그래도 웃음은 그치지 않았다. "감당 할 수 없는 슬픔, 감당할 수 없는 간지러움, 감당할 수 없는 것들이 흘러넘친다." 나는 문득 떠오른 시 구절을 웅얼거렸다. 누구의 시인지, 제목이 무엇인지, 어디에서 읽었는지, 누구에게 들었는지, 기억도 나지 않는 그것을 마치 내 것이나 되는 것처럼.

"좋은 일이 있으신가 봐요?"

키가 작달막한 여자가 내게 물었다. 그녀의 얼굴은 발갰다. 그녀는 멋쩍은 미소를 지으며 조심스럽게 내게 눈을 맞췄다. 그녀의 뒤에는 멀대같은 남자가 엉거주춤 서 있었다. 그의 얼굴도 마찬가지였다. 하루 종일 뙤약볕을 쬐고 돌아다닌 것처럼 보였다.

"잠깐 말씀 좀 드려도 돼요?"

그녀가 다시 물었다. 남자도 한 걸음 앞으로 나왔다. 그리고 그녀의 말이 끝나기 무섭게 입을 열었다.

"7일간의 기적이라는 프로를 아세요? 그 프로에 참석하게 된 대학생들입니다."

좋은 일이 있느냐는 여자의 말은 너무 생뚱맞았다. 남자가 말하는 '7일간의 기적'이라는 프로는 알지도 못했다. 내가 별 반응을 보이지 않자, 남자의 목소리가 작아졌다. 그는 헛기침을 한 다음 어렵게 다음 말을 이었다. 여자도 중간에 끼어들었다. 그들의 말은 왕왕거리는 소음처럼 내 귀에 들어오지 않았다. 그러나 그들의 눈빛이 너무 간절해서 말을 잘라 버릴 수도, 시선을 뗄 수도 없었다.

"7일 안에 저희들이 수행해야 할 미션은 축구화 열두 켤레인데요. 그래서…."

그들의 미션 그리고 축구화 열두 켤레? 그런데 그것이 나와 무슨 상관이란 말이야? 나는 뜨악한 표정으로 그들을 번갈아 보았다. 오후의 햇살에 얼비친 그들의 얼굴이 더욱 붉어 보였다. 그들은 내 표정을 살피며 장황하게 미션 내용을 설명했다. 그래도 그들의 말은 귀에 들어오지 않았다. 다만 교환할 무엇인가를 내게서 찾고 있다는 것쯤은 눈치챌 수 있었다. 나는 만년필 상자를 그들 앞으로 밀었다.

"이건 어때요?"

여자의 눈이 똥그래졌다. 그녀가 남자에게 고개를 돌렸다. 그들은 아주 짧게 눈빛을 교환했다. 그리고 동시에 자신들의 손에 들려 있는 선인장과 가위를 내밀었다. 몇 차례 교환 과정을 거쳐 온 것들이라고 했다.

선인장은 가시가 너무 따끔거릴 것 같아서 거절했다. 그리고 딱히 필요가 느껴지지도 않는 가위를 받아 탁자에 내려놓았다. 여자는 재빨리 만년필 상자를 집어 들었다. 그녀는 상자를 열어 만년필을 꺼냈다. 그리고 눈앞으로 들어올렸다.

"어머 이건…상표도 안 뜯었네요? 무지 비싼 건데."

그녀의 목소리가 한 옥타브쯤 높아졌다. 남자의 입꼬리와 눈꼬리도 살짝 치켜졌다. 교환가치가 크겠다는 기대가 엿보였다. 여자는 내게 가위를 들려줬다. 그런 다음 내 옆으로 섰다. 남자도 선인장을 든 채로 내 옆으로 왔다. 교환 과정을 증명할 인증샷이 필요하다며 포즈를 취해 달라고 했다. 나는 그들의 요청에 따라 손가락으로 V자도 만들어 보였다. 그리고 '치즈' 하며 웃어 주었다. 마치 어릿광대가 된 것 같았다.

며칠이 지났지만 저녁 햇살 속으로 걸어가던 그의 뒷모습은 쉽게 지워지지 않았다. 모든 것을 훌훌 털어 버린 듯이 후련해 보이던 어깨와 딴딴하고 견고해 보이던 등판 그리고 미소를 지으며 누군가의 전화를 받던 모습. 감당할 수 없는 슬픔, 감당할 수 없는 간지러움, 감당할 수 없는 것들이 흘러내린다는 시 구절도 계속해서 입가에서 맴돌았다. 나는 감당할 수 없는 간지러움을 타는 것처럼 계속해서 깔깔, 킬킬, 극극, 큭큭 웃었다. 웃음을 위장하기 위해 개그 프로와 연예 프로만 찾아서 봤다. 게스트들이 제 설움에 겨워 울먹거리는 토크 프로를 보고도 웃었다.

채널을 이리저리 돌렸다. 그런데 저 여자가 누구지? 손가락으로 V자를 그리며 웃고 있는 저 여자. 웃는 것도 아니고 우는 것도 아닌 그 여자는 바로 나였다. 멀대같은 남자와 발갛게 익은 얼굴로 멋쩍게 웃고 있는 여자가 양옆에 서서 똑같은 포즈를 취하고 있는 사진. 그리고 꽃문양인지 별 모양인지가 도드라진 만년필. 그 만년필로 교환되고 교환된 축구화 열두 켤레와 운동복 열두 벌. 축구화와 운동복을 입은 다문화가정의 아이들이 미션 수행자와 함께 함성을 질렀다.

"와아아…."

그들의 함성이 내 배꼽 밑의 간지러움처럼 여운이 길었다.

"7일간의 기적을 만들어 주신 여러분, 감사합니다. 이 아이들 속에서 미래의 박지성 선수가 탄생될 거라고 굳게 믿습니다. 대한민국

파이팅!"

진행자의 멘트와 함께 내 사진 한 컷도 다른 사진과 함께 파노라마처럼 지나갔다. 가슴이 먹먹해졌다. 뜨거운 것이 내 목구멍을 뚫고 올라왔다. 으흐흐흑… 으하하하하… 감당할 수 없었던 슬픔과 감당할 수 없는 기쁨이 뒤섞여 흘러넘쳤다. 늘 어른거리던 그의 뒷모습이 순식간에 밀려 나갔다.

나는 수첩 속에 끼워 두었던 사진을 꺼냈다. 그리고 사진 속의 그를 가위로 잘라 버렸다. 비로소 우리가 아닌 내가 보였다. 나는 사진 속 그녀에게 물었다.

"조금 빨리 끝났을 뿐이야. 안 그래?"

감꽃 떨어지는 골목

어머니요? 제게는 어머니가 없어요. 왜 그런 표정을…? 아! 어머니가 없는 사람도 있냐고요? 그러게요. 하지만 전 정말 어머니가 없어요. 왜 그렇게 딱한 표정을 지으세요? 저를 고아나 버려졌던 아이였을 거라고 생각하나 보죠? 아니요. 아니요. 그렇지 않아요. 전 아버지뿐만 아니라 엄마의 엄마인 외할머니도 있는걸요. 외할머니가 있다는 말은 엄마도 있다는 말이잖아요. 그러니까 고아라거나 버려졌던 아이는 아니라는 말이죠.

아, 어머니라는 이미지에 딱 들어맞는 사람이 제게도 있지요. 제 엄마가 어머니라고 불렀던 그분, 바로 외할머니가 제게는 어머니였어요. 점점 더 헷갈린다고요. 혹시 할머니 호적에 딸로 입적된 것은 아니냐고요? TV 연속극에나 나올 법한 그런 드라마틱한 일이 제게 벌어졌던 것은 아닙니다. 전 지극히 정상적인, 아니 일반적인 가정에서 태어났거든요.

불쾌한 표정을 지으시네요. 아니 불편한 표정인가요? 이럴 땐 참 난감해요. 전 진지한데 상대는 말장난쯤으로 오해를 하니까요. 아마도 제가 다른 사람과 소통하는 것에 서툰 탓일 겁니다.

어쩌면 그때 일을 말하는 것이 훨씬 수월할지도 모르겠네요. 그때 전 다섯 살이었고 엄마는 서른 살이었습니다. 제 기억에 의하면 전 그때까지 할머니 젖을 물어야 잠을 잘 수 있었어요.

"아이고, 망측해라. 덩치는 송아지만 해가지고 여태껏 할미 젖을 빨고 있다니… 이제는 오냐오냐 하지만 말고 쟈 에미한테 보내소, 그만."

마실 온 이웃집 할머니가 혀를 끌끌 찼지만 나는 물고 있던 할머니 젖꼭지를 놓지 못했지요. 왠지 알아요? 그때 저는 목까지 차오르는 설움을 토해낼 수가 없었어요. 그렇다고 삼키지도 못했고요. '에미'라는 그 말이 '엄마'라는 말과 같다는 것을 전 알고 있었거든요.

'엄마'라는 말만 들어도 울컥울컥 목이 메고 눈물이 쏟아진다는 것을 이웃집 할머니는 아마 짐작도 못했을 겁니다. 그러나 외할머니는 제가 목구멍에 걸린 뜨거운 것을 삼키지도 뱉지도 못하고 있다는 것을 알아챘던 것 같았습니다. 그녀는 뜨거운 것이 사그라질 때까지 오랫동안 제 등짝을 쓸어내렸어요. 다섯 살인 저는 이미 '사무치다'라는 의미를 뼛속까지 느끼고 말았던 겁니다. 그러니까 제게 '엄마'는 곧

'사무치다'와 동의어였습니다. 아, '배신'이라는 말도 부차적으로 따라붙는 말이었지요. 최초로 저를 배신한 사람은 다른 누구도 아닌 엄마였으니까요.

그날, 저는 엄마의 치마를 붙잡고 놓지 않았습니다. 엄마가 친정에와서 지낸 사흘 내내 그랬습니다. 부엌, 우물가, 장독대, 하다못해 변소까지. 사흘 내내 잠도 자지 않았을 뿐만 아니라 할머니 허리띠로 제 몸을 엄마 몸에 묶기까지 했습니다. 어떻게든 엄마를 따라나설 작정이었으니까요.

드디어 엄마가 제 손을 잡았습니다. 할머니는 한 걸음 뒤처져서 우리를 따라왔고요. 저는 일부러 할머니를 돌아보지 않았습니다. 혹여 엄마에게 잡혀 있는 제 손을 할머니가 빼낼까 봐 두려웠거든요.

저와 엄마 그리고 할머니가 걷고 있는 골목으로 바람이 불어왔습니다. 마치 우리가 바람을 일으켜 골목의 적막을 깨뜨린 것처럼. 엄마의 보라색 꽃무늬 양산 위로 감꽃 떨어지는 소리가 들렸습니다. 토도독, 토도독…. 엄마의 물방울무늬 치마도 팔랑거렸습니다. 갑자기 심장이 토독토독 뛰기 시작했어요. 저는 잡혀 있지 않은 다른 손으로 엄마의 치맛자락을 꼭 움켜쥐었지요.

그때 엄마가 걸음을 멈췄습니다. 엄마는 무릎을 굽힌 다음 제 얼굴을 마주보았습니다. 그리고 "내 아가야"라고 불렀습니다. 엄마의 그 말이 너무 다정해서 목구멍이 뜨거워졌습니다. 제 몸은 풍선처럼 부풀어 하늘로 떠오르는 것 같았습니다.

"내 아가야, 엄마는 여기서 기다리고 있을 테니까 미자네 집에 가서 떡 좀 얻어 오렴. 너랑 나랑 버스에서 먹자. 빨리 와야 한다."

나는 엄마가 내민 분홍색 비닐가방을 받아들고 미자네 집을 향해 죽어라 뛰었습니다. 빨리 와야 한다는 말에 다섯 살의 모든 것을 두 다리에 실었습니다.

당신은 이미 예상을 했겠지요? 제가 인절미 몇 개를 얻어 골목으로 나왔을 때는 이미 엄마가 떠나고 없었으리라는 것을. '내 아가야!'라는 달콤한 말이나 '빨리 와야 한다'라고 재촉하던 말이 저를 떼어놓기 위한 감언이설이었다는 것을.

감꽃을 이고 있던 보라색 양산도, 바람에 팔랑거리던 물방울무늬 치마도 보이지 않는 골목에 선 채로 저는 넋을 놓아 버렸습니다. 엄마를 따라잡기에는 이미 늦었다는 것을 수차례 배신을 통해 저는 알았던 겁니다.

거짓말인 줄 알면서 왜 엄마의 손을 놓았냐고요? 이별의 방식이 여느 때와 달랐거든요. 게다가 '내 아가야!'라고 불러 주던 그 목소리가 아주 특별해서 다섯 살 전 생애를 던져도 좋을 것 같았다고나 할까요. 저는 엄마가 입혀 준 새 원피스와 팬티스타킹과 분홍 구두를 벗었지요. 그것들을 인절미 몇 개가 든 비닐가방에 담았고요. '내 아가야!'라고 부르던 엄마의 목소리까지 담아 버렸어요. 멍청하게 주저앉아 있는 제 몸 위로 감꽃이 툭, 툭, 떨어졌습니다. 감꽃이 닿는 곳마다 핀으로 찌르는 것처럼 아팠던 것을 지금도 생생하게 기억합니다.

저는 다섯 살 아이인 채로 사십 년을 살았습니다. 기와를 얹은 흙담이 사라지고, 방 안의 다정한 그림자가 어른거리던 창호지 문도 사라지고, 다섯 살의 차가운 몸을 덥혀 주던 순님이네 굴뚝도 사라지고, 안타깝게 저를 찾던 할머니 그림자도 사라지고, 혀 꼬부라진 순님이 아버지의 유행가 가락도 사라지고, 감꽃을 주워 목걸이를 만들던 계집애들도 사라지고….

그런데 신기하지 않나요? 감나무 말예요. 구루마꾼 순님이 아버지의 주름진 얼굴로 여태껏 저렇게 서 있잖아요. 감나무가 그대로 있어 얼마나 다행인지 모르겠어요.

제가 그랬던 것처럼 이제 엄마는 영원히 이 골목을 서성거리게 될 겁니다. 그녀의 어머니가 떠난 이 골목, 그녀의 '내 아가야!'가 다시는 돌아보지 않을 이 골목. 그녀는 이 골목에서 다시는 오지 않을 자신의 어머니와 자신의 '내 아가야'를 기다리고 기다릴 겁니다.

엄마의 뼛가루는 아직도 따뜻하군요. 그래도 숨이 넘어갈 것 같던 다섯 살 아이의 체온보다 뜨겁지는 않아요. 저를 따라오세요. 너무 뒤처지지는 마시고요. 엄마의 뼛가루가 당신에게 날아갈지도 모르잖아요?

자, 그때처럼 사력을 다해 미자네 집까지 달릴 겁니다. 이런, 숨이 가쁘다고요? '엄마'와 '사무치다'와 '배신'이 동의어로 각인되는 순간에 비하면 아무것도 아닐 걸요, 절대로….

사진을 떼어낸 자리

선생님, 또 옷에다 똥물을 지리고 말았어요. 정말이지 일부러 그런 것이 아니에요. 사실은 배가 아주 많이 아팠어요. 제 뱃속에서 전쟁이 났나 봐요. 이쪽저쪽에서 폭탄이 터진 것처럼 요동쳤어요. 그리고 날카로운 창으로 무장한 악마들이 한꺼번에 공격하기 시작했어요. 거 있잖아요. 손을 깨끗이 씻지 않거나, 불량식품이나 상한 음식을 먹으면 우리 몸을 공격한다는 그것, 뾰족한 창을 든 까만 악마 말이에요. 선생님이 보여준 그림책에 있었잖아요.

이번에도 아줌마는 까만 악마들을 제 밥에다 숨겨놓았나 봐요. 눈치를 못 챈 건 아니었어요. 밥에서 시큼한 냄새가 났고 검붉은 곰팡이가 섞여 있었거든요. 하지만 너무 배가 고파서 먹을 수밖에 없었어요. 얼마나 배가 고픈지 사랑이의 밥을 몰래 먹기도 했어요. 사랑이가 누구냐고요? 아줌마가 무지무지 예뻐하는 강아지 이름이에요. 우쭈쭈, 우리 사랑이. 배고팠어요? 엄마가 맘마 줄게. 우쭈쭈 내 새끼 간식 먹을까? 아줌마가 그럴 때마다 정말 궁금했어요. 사랑이 엄마는 아줌마일까? 아줌마가 정말 강아지를 낳았을까?

많이많이 아팠지만 저는 소리를 지르지 않았어요. 아줌마가 화를 내시거든요. 화를 내시면 엄청 무서워요. 주먹을 휘두르면서 고래고래 소리를 질러요. 주먹에 맞으면 수만 개의 불꽃이 눈앞에서 터져요. 한동안 아무것도 볼 수 없고 아무것도 생각할 수 없을 만큼이요. 가슴을 맞으면 한참 동안 숨을 쉴 수가 없어요. 며칠 동안 눕지도, 엎드리지도, 가슴을 펴지도 못해요. 아줌마의 주먹에 맞지 않으려면 절대로 한눈을 팔아서는 안 돼요.

소리를 내지 않으려고 입을 꾹 다물었어요. 하지만 어찌나 배가 아픈지 떼굴떼굴 굴렀어요. 그러다 갑자기 똥이 마려웠어요. 조심스럽게 일어났어요. 똥이 나올 것 같아서 손으로 똥꼬를 막았어요. 그러나 한 발을 막 떼려는 순간, 똥물이 팍 터져 나왔어요. 물풍선이 터진 것처럼…. 똥물이 다리를 타고 줄줄 흘러내렸어요. 똥물이 거실 바닥을 더럽히고 말았어요. 저는 선 채로 얼음이 되고 말았어요. 이제 정말 죽었다 싶었죠. 아줌마의 고함 소리가 천둥 소리처럼 크게 들렸어요. 갑자기 눈앞에서 수만 개의 불꽃이 터졌어요. 아줌마의 주먹이 제 머리통을 후려친 거예요.

선생님, 그다음 제게 무슨 일이 벌어졌는지 말하고 싶지 않아요.

사실은 무슨 일이 있었는지 잘 모르겠어요. 정신을 차려 보니 화장실 욕조 안이었어요. 저는 발가벗겨진 채 욕조 안에 처박혀 있었던 거예요. 똥이 묻은 제 바지와 함께요. 욕조에는 똥 찌꺼기가 군데군데 묻어 있었어요. 제 몸에서는 락스 냄새가 지독했고요. 아줌마가 제 뱃속을 공격했던 까만 악마들을 없애려고 그랬나 봐요. 어쩌면 저도 함께 없애려고 그랬을지 몰라요. 아줌마는 화가 날 때마다 저를 치워 버려야겠다고 말했거든요. 저를 치울 거면 유치원에 버려 달라고 부탁한 적이 있어요, 딱 한 번이요. 그러자 아줌마가 버럭 고함을 질렀어요.

"내가 미쳤니? 그년이 있는 유치원에 너를 보내게."

아줌마가 그년이라고 말한 사람이 선생님이란 것을 저는 알았어요. 선생님께서 제 몸에 든 멍과 상처를 보시고 저에게 물으셨잖아요. 누가, 이렇게, 아프게, 했냐고요. 넘어져서 다친 거라고 저는 씩씩하게 대답했었지요. 선생님은 제가 거짓말을 하고 있다는 것을 다 아셨던 거지요? 그래서 핸드폰으로 제 몸을 찍으려고 하셨던 거고요. 선생님께서 핸드폰으로 제 몸을 찍을 때 부끄럽고 속상했어요. 그렇지만 참았어요. 선생님께서는 진짜로 저를 걱정하셨잖아요. 그 일 때문에 유치원에 갈 수도 없고, 다시는 선생님을 만날 수도 없게 된다는 것을 그때는 알 수 없었어요. 알았다면 진짜처럼 거짓말을 잘했을 거예요. 사진도 찍지 않았을 거고요.

아줌마는 누군가를 기다렸어요. 기다리는 동안 저에게 말했지요. 아줌마가 시키는 대로 하면 피자랑 치킨이랑 아이스크림을 사주고 유치원에도 다시 보내주겠다고요. 경찰 아저씨와 낯선 선생님이 집으로 왔을 때, 저는 아줌마가 일러준 대로 물음에 대답했어요. 미리 약속한 대로 경찰 아저씨의 등에 매달렸고, 낯선 선생님의 머리카락도 잡아당겼어요. 아줌마는 많이 아프게 하라고 했지만 저는 살짝 잡았다 놓았어요. 그리고 세 번 소파에서 뛰었고, 처음으로 식탁 위에 올라갔어요. 아줌마와 약속한 대로라면 신나게 뛰어내려야 했는데 자신이 없었어요. 아줌마를 바라보았어요. 빨리 뛰어내리라는 눈짓을 했어요. 저는 눈을 감고 숨을 크게 쉬었어요. 갑자기 눈앞이 핑 돌았어요. 저는 그대로 거실 바닥으로 떨어지고 말았어요. 아줌마는 재빨리 저를 안아 일으키며 말하더군요.

"이를 어째, 괜찮니?"

아줌마는 경찰 아저씨와 낯선 선생님을 바라보며 다시 말했어요.

"얘가 이렇다니까요. 하지만 어쩌겠어요. 남자아이들 대부분 이렇잖아요?"

경찰 아저씨는 저를 보고 고개를 절레절레 흔들었고, 낯선 선생님은 이마를 찌푸렸어요. 그들이 나가자마자 아줌마는 제 팔을 질질 끌어다 제 방에 처박았어요. 시키는 대로 하면 피자도 사주고 장난감도 사주겠다는 약속은 지키지 않았어요.

아줌마는 저를 방에 가둬 놓은 채 밥도 주지 않았어요. 어쩌다 생각나면 냄새나는 밥을 방으로 넣어 줬어요. 단무지 한 쪽도 없이요. 밥을 먹고 나면 뱃속에서 전쟁이 일어났어요. 부글부글 끓었고 설사를 했어요. 아줌마가 밥에 까만 악마를 잔뜩 넣었던 것 같아요. 옷에다 설사를 하니까 방문은 열어 줬어요. 하지만 제가 갈 수 있는 곳은 화장실밖에 없었어요.

저는 차라리 사랑이라면 좋겠다는 생각을 했어요. 사랑이는 집 안 곳곳을 돌아다닐 수 있고, 아줌마 품에 안겨서 맛있는 것도 마음껏 먹잖아요. 정말 부러웠어요. 저도 엄마와 아빠 품에 안겨 본 기억이 있거든요. 아마 아빠가 저에게 처음으로 거짓말을 한 날이었을 거예요.

아빠가 제 자전거 보조바퀴를 떼어낸 날이었지요. 아빠가 자전거를 잡고 있으니까 안심하라고 말했어요. 저는 아빠의 말을 믿고 한참을 신나게 달렸지요. 그러다 문득 뒤를 돌아보았어요. 느낌이란 게 있잖아요. 아빠가 제 자전거를 잡고 있지 않다는 것을 알자마자 저는 자전거와 함께 넘어지고 말았어요. 다리와 팔에서 피가 났어요. 저는 울음을 터트렸고요. 아빠가 달려와 저를 안았어요. 미안해하는 아빠의 등을 때리며 저는 더 서럽게 울었어요. 그러나 아빠가 조금도 밉지 않았어요. 아빠의 거짓말이 사랑이라는 것을 알았거든요.

그날 우리 가족의 모습은 사진으로 찍혀 거실에 걸렸어요. 엄마가 떠나고 아줌마가 들어온 후 그 사진은 사라졌어요. 어떻게 사라졌는지 저는 알지 못해요. 아직도 사진을 떼어낸 자리에는 희미하게 자국이 남아 있어요.

선생님, 겨우겨우 욕조에서 기어나왔지만 일어설 힘이 없네요. 영영 화장실 밖으로 나갈 수 없을 것 같아요. 문틈으로 거실이 조금 보여요. 아빠와 아줌마의 목소리도 들려요.

"애를 계속 저렇게 둘 거야?"

"저렇게 안 두면? 어떻게 할 건데. 매번 옷에다 똥을 싸질러 대는데 나더러 어떻게 하라고. 뒈지든지 말든지 나도 몰라."

"그래도 애를 죽게 할 수는 없잖아?"

"당신, 저 새끼에게 손대기만 해. 그 순간 끝이야."

아줌마가 아빠를 윽박지르고 있어요. 저는 아빠에게 살려 달라고 말하고 있어요. 그런데 목소리가 나오지 않네요. 저는 온힘을 다해 욕실 바닥을 기어요. 문 앞까지는 왔지만 더 이상은 안 되겠어요. 팔을 뻗어 가까스로 화장실 문을 조금 밀었어요. 아빠와 아줌마의 모습이 보여요.

기적처럼 아빠와 눈이 마주쳤어요. 아빠는 재빨리 고개를 돌려 버리네요. 아줌마만 저를 노려보고 있어요. 이제는 아줌마가 조금도 무섭지 않아요. 아줌마가 제 눈길을 피할 때까지 계속 바라볼 거예요. 이윽고 아줌마도 고개를 돌리네요. 저는 사진이 걸렸던 자리를 쳐다봐요. 사진은 떼어졌지만 저는 그 가족 사진을 선명하게 기억하고 있어요. 그런데 이상하지요. 엄마 자리에 엄마가 없고, 아빠 자리에도 아빠가 없어요. 엄마와 아빠 대신 선생님이 계셔요.

선생님, 저는 선생님 냄새를 생생하게 기억해요. 그날 제 상처를 어루만지며 안아 주셨잖아요. 그때 선생님에게서 엄마 냄새가 났어요. 그 냄새가 너무 좋아서 눈물이 날 뻔했고요. 이상해요. 졸리지는 않은

데 눈이 자꾸 감기려 해요. 사진이 걸렸던 자리도 이제 보이지 않아요.

그래도, 보. 고. 싶. 어. 요, 선. 생. 니임….

붉은 TV

남자는 방으로 들어선다. 그의 손에는 대패가 들려 있다. 그는 대패를 내려놓고 목장갑을 벗는다. 오그라졌던 장갑의 주황색 손바닥이 손등을 편다. 그는 장갑과 자신의 손을 번갈아 쳐다본다. 그리고 허리를 곧추세운 다음 등을 쭉 편다. 헉, 등은 펴지지 않고 숨만 턱, 막힌다. 그는 재빨리 가슴을 오그린다. 허리도 적당히 구부린다. 숨쉬기가 편안해진다. 목장갑을 발로 밀어 버린다.

남자가 거울 앞에 선다. 거울은 남자의 가슴과 유리벽에 비친 남자의 등을 비춘다. 불룩하게 솟은 등이 서로 등지고 있다. 한 번도 내려놓지 못한 캄캄한 시간이 단단하게 퇴적되어 있다. 남자는 대패를 집어 든다. 대패밥 한 조각이 툭 떨어진다. 맨 나중에 다듬었던 소나무의 속살일 것이다. 휘어진 데다 옹이까지 박힌 그 나무 때문에 애를 먹었다. 옹이는 대팻날을 순순히 받아들이지 않았다. 더는 남은 일이 없었으므로 그는 사력을 다해 나무를 다듬었다. 세상에는 지어야 할 집이 너무 많다고 했다. 그러나 목수인 그가 지어야 할 다음 집은 준비 되지 않았다.

"꼼사도 거시기가 달렸겠지?"

십장의 목소리가 귓속에서 쟁쟁거린다. 사타구니를 더듬던 그의 손 길이 아직도 스멀스멀 전신을 핥는 것처럼 소름이 돋는다. 설거지를 하던 여자는 어깨가 들썩거릴 만큼 키득거렸다.

"아이구, 거시기가 내 팔뚝보다 더 크네."

다시 십장의 징그러운 손이, 소름끼치는 목소리가 귓속에서 쟁쟁거 린다. 남자는 십장의 손을 내치지도 못하고 여자의 흰 목덜미만 쳐다 보았다. 여느 때보다 더욱 목이 말랐다. 여자는 십장과 계속 눈을 맞추고 웃었다. 남자는 눈앞이 캄캄해졌다.

"목수가 손끝이 매우면 됐지. 인부들 등이나 쳐 먹고 있는 주제 에⋯."

대목장은 십장의 손목을 비틀며 오금을 박았다. 그때, 여자가 고개 를 돌렸다. 남자와 여자의 시선이 처음으로 부딪쳤다. 여자는 눈을 흘기며 매몰차게 고개를 돌려 버렸다. 그녀의 웃음소리와 눈초리가 남자의 등과 가슴에 박혔다. 아무리 몸을 흔들어도 빠지지 않았다.

남자는 옹이진 등에 대패를 대고 밀기 시작한다. 한 겹 한 겹, 엉 켜붙은 조롱과 멸시와 분노가 밀려 나간다. 남자는 대패를 잡은 손에 힘을 가한다. 대패질에 가속이 붙는다. 남자의 불룩한 등이 점점 평평해진다. 깎여 나간 등에서 부드럽고 따뜻한 샘이 솟기 시작한다. 앙다물었던 잇몸이 벌어진다. 남자는 유리벽에 등을 기댄다. 유리벽 속의 등과 남자의 등이 포개진다. 틈새 없이 맞물린다. 남자의 손아귀에서 대패가 빠져나간다. 제 놀이에 빠져 있던 TV가 비로소 남자의 시선을 붙든다. 남자의 시선은 TV 속 희디흰 절벽으로 끌려 들어간다.

절벽에는 한 남자가 서 있다. 그 남자는 검은 풀이 무성한 곳으로 다가간다. 풀 몇 가닥을 모아 잡고 절벽을 내려온다. 남자의 발은 자꾸 미끄러진다. 그럴 때마다 풀이 한 가닥씩 뽑힌다. 남자는 몹시 위태로워 보인다. 가까스로 절벽을 내려온 남자는 협곡으로 걸어간다. 협곡 입구는 커다란 문이 가로막고 있다. 분홍빛인가, 보랏빛인가? 남자는 문 한쪽을 젖힌다. 다른 한쪽도 젖힌다. 저녁 식탁 위의 불빛 같은 불그레한 빛이 새어 나온다. 남자의 얼굴이 환해진다. 남자는 두 손과 두 다리를 모으고 등을 구부린다. 그리고 문 안으로 몸을 쑥 밀어 넣는다. 남자의 몸이 빨려 들어간다. 문이 닫힌다. 화면이 줌 아웃된다. 여자의 가랑이. 쿠르베의 '세상의 기원'이다.

'세상의 기원'이 막 사라지려 한다. 남자는 서둘러 TV 속으로 들어간다. 화면이 온통 붉게 물든다. TV는 남자를 삼키고 잠잠해진다. 남자가 사라진 자리에는 피 묻은 대패가 놓여 있다. 대팻날에는 얇은 살갗이 대패밥으로 물려 있다.

무모한 친절

남자는 마치 제집이나 되는 것처럼 망설임이 없었다. 아차, 싶었다. 그러나 이미 그는 내 집 안으로 성큼 들어선 상태였다. 그는 거실과 방방을 기웃거렸다. 나는 재빨리 그를 식탁 앞에 앉혔다. 그리고 찬물 한 컵을 그에게 주었다. 그가 물을 마시는 사이 커튼을 젖히고 베란다 문을 활짝 열었다. 거실 탁자에는 나뭇가지를 자르던 전지가위가 놓여 있었고, 식탁 위에는 사과와 칼이 담긴 쟁반이 놓여 있었다.

남자는 묻지도 않고 칼과 사과를 들었다. 그는 칼을 든 채로 사과를 껍질째 먹기 시작했다. 주먹만 한 사과를 한 입에 밀어 넣을 것처럼 입을 크게 벌렸다. 치열이 고른 그의 이가 사과에 박혔다. 송곳니는 한눈에 보기에도 몹시 뾰족했다. 그 송곳니가 사과의 붉은 껍질을 뚫고 깊숙이 박혔는가 싶더니 사과가 한 입 베어졌다. 사과의 육즙이 그의 턱과 입가로 줄줄 흘러내렸다. 사과를 먹는 중에도 남자의 시선은 내 움직임을 따라붙었다.

반찬이 별로 없는데…. 나는 너스레를 떨며 괜히 부산을 떨었다. 무심한 척하며 냉장고에서 반찬을 꺼내고, 밥통을 열어 밥을 펐다. 그리고 그것들을 그의 앞에 놓아 주었다. 데운 찌개를 식탁에 놓기도 전에 남자는 허겁지겁 밥을 퍼먹기 시작했다. 그는 어느새 오른손에 들었던 과도를 왼손으로 옮겨 쥐고 있었다.

밥을 먹는 중에도 남자의 시선은 줄곧 내 움직임을 따라붙었다. 그렇다고 아무 반찬이나 먹는 것 같지는 않았다. 그는 찌개와 불고기 그리고 달걀말이와 김만을 먹었다. 김치나 나물도 있었지만 그것들에는 젓가락을 대지도 않았다. 주는 것이면 무엇이든 다 먹을 수 있겠다던 말은 사실이 아니었나? 그는 수저질 몇 번으로 고봉밥을 다 먹었다. 그리고 밥그릇을 다시 내밀었다. 내가 빈 밥그릇을 받아들자 그가 씩 웃었다. 의미를 파악하기 어려운 미소였다. 그의 얼굴에 생기가 돌았다. 그의 눈빛에는 조금 전에 보았던 슬픔과 고뇌의 흔적이 사라지고 없었다. 오히려 내 눈을 파고들 만큼 그의 눈빛은 공격적으로 번뜩였다. 슬슬 진땀이 나기 시작했다. 애써 외면은 하고 있지만 그의 손에 들려 있는 칼이 몹시 신경에 거슬렸다. 그렇다고 내려놓으라고 말할 용기도 나지 않았다. 내가 그 칼에 신경을 쓰고 있다는 것을 아는 순간 그의 머릿속에 불순한 목적이 설정되거나, 이미 설정되었을지도 모를 불온한 의도가 실행될 것만 같았다.

내 몸은 점점 굳어졌다. 비로소 내가 감정의 유희에 빠졌었다는 사실을 깨달았다. 밥은 단순한 식사가 아니라 그 이상의 가치가 있는 것이라는 낭만적 함정에 빠져 버린 것이다. 스스로가 설정한 사치스런 감정에 빠져, 낯설고 건장한 남자를 집 안으로 들인 것은 정말 무모한 일이었다는 것을 뒤늦게 깨달은 것이다.

사실 밥을 달라는 남자의 말은 뜬금없었다. 차비가 없다거나 배가 고프다며 손을 내미는 사람을 만난 적은 몇 번 있었다. 대체로 지하철 입구나 버스 정류소 등에서 경험했던 일이었다. 진드기처럼 달라붙는 그들에게 천 원짜리 지폐 한두 장을 건네주며 손과 옷자락을 탈탈 털어냈던 기억이 몇 차례 있다. 그러나 바로 내 집 앞에서, 그리고 아주 정중한 태도로 밥을 달라는 젊은 남자를 만난 건 처음이었다. 다시 말해서 그는 너무나 멀쩡해 보이는 남자였던 것이다. 피부는 유난히 희었고, 이목구비는 아주 또렷했다. 특히 콧날은 조각해 놓은 것처럼 흠잡을 데가 없었다.

그는 화단가에서 분갈이를 하고 있는 내게 다가와 아주 조심스럽게 말했다.

"부탁이 있습니다."

그 짧은 한 마디를 하면서 그는 몹시 떨었다. 부탁이라는 말이 부담스러웠다. 나는 잠시 그를 올려다보고는 이내 고개를 돌려 버렸다.

"너무 배가 고파서 그런데요… 밥 좀 주세요, 제발. 절대 오해는 마세요. 돈을 달라는 말이 아니니까요. 내키지 않으시면 먹을 것을 밖으로 내다 주셔도 괜찮습니다."

이 남자가 나에게 밥을 구걸하고 있다? 그것은 작은 충격이었다. 어릴 적 밥을 구걸하러 다니는 거지를 본 적이 있었기 때문에 남자의 행색을 다시 살폈다. 그러나 구걸을 할 만한 차림새도 아니었고 비굴하고 천박한 인상도 아니었다.

"어머니, 제발…."

어머니라는 말에 나는 곧바로 군복무 중인 내 아들을 떠올렸다. 남자는 내 아들 또래로 보였다. 젖이 도는 것처럼 젖가슴이 쩌릿쩌릿해졌다. 아마 내가 이성을 잃어버린 것이 바로 그 지점이었을 것이다. 배가 고픈 사람에게는 따지지 말고 밥을 줘야 한다. 또한 식구에게 먹이는 것보다 훨씬 더 정성을 다해야 한다. 갑자기 오래전에 세상을 뜨신 외할머니의 말이 생생하게 떠올랐다. 나는 이웃돕기 성금을 낸 적도 없을 뿐만 아니라, 봉사활동이란 것도 해본 기억이 별로 없었다. 그런 내가 앞뒤 가리지 않고 낯선 남자를 집 안으로 들이다니…. 뭐가 씌워도 단단히 씌우지 않고서야 결코 있을 수 없는 일이었다.

식사를 마친 남자가 자리에서 일어났다. 그는 히죽히죽 웃으며 내게로 다가왔다. 그는 왼손에 들었던 칼을 오른손으로 옮겨 쥐었다. 칼날의 방향은 내 가슴 쪽으로 향해 있었다. 나는 뒷걸음질을 쳤다. 머릿속에는 수만 가지 생각이 파노라마처럼 펼쳐졌다. 그중 가장 선명하게 떠오른 것은 대낮 부녀자 강간·폭행·살인 사건들이었다. 수도 없이 많이 들었거나 보았던 뉴스 속의 사건과 영화의 장면이 생생하게 눈앞에 펼쳐졌다. 남자의 얼굴을 너무나 자세히 살폈기 때문에 나는 죽임을 당할 수밖에 없을 것이라고 생각했다. 발가벗겨진 채 난자당한 내 시신이 저절로 떠올랐다.

나는 거실 탁자 위에 놓인 전지가위와 휴대폰을 계속해서 곁눈질했다. 남자와의 간격은 점점 더 좁혀졌다. 그가 칼자루를 바투 쥐었다. 다시 보니 그는 현관 밖에서 보았던 수려한 용모의 남자가 아니었다. 희디흰 피부는 냉혈한의 살빛처럼 느껴졌고, 날렵한 콧날과 또렷한 눈매는 범죄자의 잔인한 표정으로 읽혀졌다. 두어 걸음만 떼어놓는다면 식탁 위의 휴대폰이나 전지가위에 손이 닿을 수 있을 것 같은데….

남자가 한 걸음 내게로 다가왔다. 이제 남자와의 간격은 한 걸음도 되지 않았다. 날숨까지 참으며 뒷걸음질을 쳤다. 아뿔싸, 탁자 모서리에 옆구리가 부딪치고 말았다. 나는 중심을 잃고 허우적거렸다. 남자가 내게로 손을 뻗었다. 나는 눈을 감은 채로 소리를 질렀다.

"밥을 더 줄까요?"

로그아웃이 되지 않는다

일전일퇴를 거듭하는 동안 양 진영은 많은 병력의 손실이 있었다. 병사들의 시체는 뒤섞여 적군과 아군을 구분하지 못할 정도였다.

검은천사와 하얀악마는 상대를 향해 다가가기 시작했다. 그들이 발을 떼어놓을 때마다 양 진영의 병사들은 입 안에 고이는 침을 삼켰다. 꿀꺽… 침 삼키는 소리가 사위를 흔들었다.

검은천사와 하얀악마는 더 이상 다가설 수 없을 만큼 가까워졌다. 칼날은 당장이라도 상대의 정수리나 심장을 향해 내리꽂힐 기세였다. 파파팍… 칼들의 광채가 두 사람의 눈을 찔렀다.

"이 씨발새끼야 칼 치우지 못해."

"좆 같은 새끼 뭐가 어쩌고 어째."

두 사람은 서로에게 시선을 박은 채 욕을 내뱉기 시작했다.

"열라 못생긴 새끼가 어디서 폼을 잡아."

"거지발싸개 같은 갑옷과 나무젓가락만도 못한 칼로 설치기는…. 이 구린 새끼."

두 사람은 잔뜩 곤두선 신경을 서로 긁어대기 시작했다.

"이 개새끼, 너 거기가 어디야."

"여기는 영등포역이다, 어쩔래 이 빙신아."

"너 오늘 나한테 잘 걸렸어. 꼼짝하면 죽는 줄 알아. 개새끼."

"못 오면 등신이다. ×쌔끼야."

참을성이 없는 검은천사가 먼저 칼을 던졌다. 하얀천사도 다이아몬 드로 단련한 칼을 내던졌다. 용천검과 비룡검은 바닥에서 서로 부딪 혔다. 양 진영의 병사들이 벌린 입을 다물지도 않았는데 검은천사와 하얀악마는 로그아웃을 해버렸다. 그들은 게임을 종료시키지도 않고 컴퓨터 앞을 떠났다.

검은천사는 자신의 수하들을 봉고차에 가득 태우고 영등포로 달려 갔다. 그가 나타나기만 하면 한주먹에 날려 버리겠다는 심산으로 하얀 악마는 영등포역 광장에 서 있었다. 검은 봉고차가 멈추고 그 안에서 한 무리의 깍두기 머리들이 쏟아져 내리는 광경이 그의 눈 안에 들어 왔다. 그는 재빨리 자신의 수하들에게 긴급 메시지를 날렸다. 영등포 역 근처에 흩어져 있던 수하들이 삽시간에 그의 주위로 몰려들었다. 숨을 고르고 자시고 할 사이도 없이 양쪽 패거리들이 맞붙었다.

검은천사는 소매 속에 숨겨온 손도끼를 꺼냈다. 후각과 촉각이 극도로 예민해진 하얀악마도 회칼을 빼들었다. 그리고 자신을 향해 달려드는 검은천사의 심장을 향해 깊이 꽂았다. 부드럽게 살을 파고 드는 칼날의 쾌감이 손안에 전해졌다.

검은천사는 번쩍 하는 빛살이 자신의 눈에 꽂히는 순간 손도끼를 내리쳤다. 단단한 물체를 쪼개면서 박혀드는 손도끼의 묵직한 힘이 손목까지 전해졌다. 그들은 광장 한가운데에 동시에 쓰러졌다.

그들은 허공을 향해 손을 뻗으며 마우스를 잡으려고 기를 썼다. 빨리 로그아웃을 하고 이 상황을 빠져나가고 싶었다. 허공에 들려 있는 팔의 무게가 천근처럼 무거웠다. 그들 손에는 마우스 대신 축축한 공기가 가득 쥐어졌다.

툭. 탁. 아무것도 쥐지 못하고 허공을 헤매던 그들의 팔이 바닥으로 떨어졌다. 이윽고 그들의 몸뚱어리는 아무런 미동도 하지 않았다. 뒤늦게 출동한 경찰차와 앰뷸런스의 사이렌 소리가 역 광장을 뒤흔들었다.

나비는 플랫폼 너머로 날아갔다

1

누군가 내 등을 세게 떠밀었다. 누군가 옆구리를, 누군가 팔을, 누군가 발뒤꿈치를…. 머뭇거릴 새도 없이 열차의 계단을 내려섰다. 출구를 확인할 겨를도 없이 방향은 정해졌다. 출구는 잘 정비된 수로 같았다. 사람들은 빠르고 거칠게 출구를 향해 걸었다. 그들의 걸음은 순식간에 불어난 급물살처럼 출구를 향해 흘러내렸다. 시속 300km의 고속철에 실려온 그들은 그만큼의 속도로 플랫폼을 빠져나가려고 애를 썼다.

내 몸은 그 흐름에 잘 실리지 못했다. 발걸음이 헝클어지고 몸이 기우뚱거렸다. 누군가의 몸에 부딪히고, 누군가의 팔꿈치에 옆구리가 찍히고, 누군가의 다리에 걸려 걸음걸이가 엉켰다. 그렇게 우왕좌왕

하는 중에도 용케 출구를 빠져나왔다. 탄성을 잃어버린 고무처럼 흐름은 속도를 놓아 버렸다. 사람들은 광장 끝으로 총총히 걸어 나갔다. 택시가, 버스가, 지하도가 그들을 삼켰다. 그리고 택시, 버스, 지하도를 어둠이 삼켜 버렸다.

나는 걸음을 멈췄다. 내 몸에 달라붙었던 사람들의 짜증스런 눈빛, 후끈후끈한 체온, 텁텁한 입김이 순식간에 휘발되었다. 가로등의 주홍 불빛은 모짜렐라 치즈처럼 죽죽 찢어지고 늘어졌다. 눈을 질끈 감았다 떴다. 그래도 시야가 흐리긴 마찬가지였다. 듬성듬성 불빛이 남아 있는 건물 꼭대기에서 붉은 등이 규칙적으로 깜박거렸다. 건물 옥상에 매달린 대형 전광판 속에는 비스듬히 누운 여자가 한쪽 다리를 세우고 있었다. 붉은 스커트 자락이 흘러내려 그녀의 가랑이를 겨우 가렸다. 그녀는 마네킹처럼 자세를 바꾸지 않았다. 머리카락이 날리지 않았다면 정지된 화면이라고 생각했을 것이다.

그녀의 시선은 내게로 내리꽂혀 있었다. 나는 그녀의 시선을 피하지 않았다. 눈싸움은 격렬했다. 결국 승자는 그녀였다. 나는 오래 버티지 못하고 몇 번이나 눈을 깜박거리고 말았다. 눈꺼풀이 깜박 하고 내려앉았다 일어서는 그 어느 순간 그녀가 사라졌다. 그녀의 시선이 닿지 않은 광장은 어둡고 적막했다. 나는 어둠 한가운데서 한참이나 서성거렸다. 주위를 빙 둘러보았다. 내가 왜 이곳에 서 있지?

몇 시간 전, 나는 부산의 내 집에 있었다. 어둠에 잠겨가는 바다를 바라보며 발코니에 앉아서 커피를 마셨다. 그리고 먼 바다로 멀어지는 아스라한 불빛을 보았다. 그때 나는 남편의 소속 정당 지구당 Z위원장과 통화를 하던 참이었다.

"사모님, 내일 10시에 보육원 방문이 있습니다. 수수한 옷차림으로 나오십시오. Y비서에게도 일러두겠지만 몸가짐에 특별히 신경을 쓰셨으면 합니다."

서울 출신인 그는 저음의 표준어로 차분하게 말을 이었다. 일정표를 확인하려고 다이어리를 펼쳤다. 10월 10일. 내일이 그날이었다. 아이 허리에 매준 나비 리본. 나풀나풀. 눈에서 멀어지던 나비 한 마리. 그 분홍색 나비가 다시 내게로 날아들었다. 전화를 끊은 기억은 없다. 옷차림에 신경을 쓰라고 했었는데…. 내가 뭐라고 대답을 했지? 모르겠다. 전혀 생각이 나지 않는다.

내 모습은 발코니에 앉아서 커피를 마시던 차림새 그대로였다. 새틴 실내화 대신 남편의 선거운동 때 신었던 스니커즈를 신은 것이 다를 뿐이었다. 그런데 여기는? 내 엄마의 산도를 빠져나온 그 순간이 이랬을까? 낯선 광장에는 이정표도 보이지 않았다. 치솟은 빌딩들이 거리를 좁혀왔다. 돌아섰다. 서울역. 나는 불빛이 환한 그곳을 향해 뛰기 시작했다.

시선이 미치는 곳까지 이어진 수많은 기둥들. 기둥과 기둥 사이에 만들어진 아치형 문들. 사원 입구처럼 성스럽게 보이는 문에는 문이 없다. 문턱이 없는 문턱을 베고 몸뚱이들이 누워 있다. 널브러진 몸뚱이들은 얼굴이 없거나, 다리가 없거나, 팔이 없거나, 몸뚱이가 없다.

구겨진 신문지 한 장, 직육면체 전개도처럼 펼쳐진 박스 한 장, 나달나달한 군용 담요 한 장, 비치파라솔이 그려진 비닐 돗자리 한 장이 사라진 몸뚱이를 기워 넣고 있다. 천장에서 쏟아지는 불빛들은 몸뚱이들을 아낌없이 내리비춘다. 몸뚱이들은 깊은 잠에 빠져 있다. 얼굴이 없는 몸뚱이는 복식호흡을, 몸뚱이와 팔만 있는 몸뚱이는 아가미호흡을, 다리도 없고 얼굴도 없는 몸뚱이는 가슴호흡을, 얼굴만 있는 몸뚱이는 코와 입으로만 호흡을 한다. 그들은 모두 숨을 쉬고 있다.

0시 1분 전. 분침이 희미하게 흔들렸다. 시침과 분침의 틈새는 거의 없다. 기둥에 기대앉아서 막대사탕을 빨고 있던 아이가 스르르 바닥으로 쓰러진다. 아이의 무게가 분침을 흔든다. 시침과 분침은 완전히 겹친다. 0시. 아이의 다리가 기둥 뒤로 사라진다. 수세미처럼 마구 헝클어진 머리통이 여자의 눈에 가득 들어온다. 아이는 시속 몇 킬로의 속도로 잠에 빠져들고 있을까? 아이가 몸을 잠깐 뒤척인다. 아이는 졸면서도 막대사탕을 입으로 가져간다. 막대사탕은 아이의 입에 물린 채 빨리다가 말다가를 계속한다. 아이는 자궁 속에 거꾸로 들어앉은 태아처럼 잔뜩 오그라진다.

2

나는 태아처럼 웅크린 채 자고 있는 아이에게로 다가간다. 아이의 얼굴이 갑자기 스무 살의 나로 변한다. 여자는 치를 떨며 뒷걸음친다.

나는 아치형 기둥을 따라 빠르게 도망친다. 발짝 소리를 대리석 바닥이 뭉개 버린다. 다시 가로막는 기둥. 나는 가까스로 기둥과 기둥 사이 아치문으로 들어간다. 플랫폼이 한눈에 들어온다. 내 기억은 나른한 역무원의 시선을 뒤로하고 플랫폼으로 걸어 나간다. 내 몸에서 십수 년의 시간이 떨어져 나간다. 이십여 년의 시간이 단숨에 다가온다. 잘 단장된 서울역 신청사가 펼쳐진다. 산뜻하게 정비된 대합실의 풍경이 눈에 들어온다. 대합실에는 방향감각을 잃어버린 여자가 허둥거린다. 그녀는 기억 밑바닥에 수장시킨 이십여 년 전의 내 모습이다.

그녀의 눈앞에 움푹움푹한 콘크리트 육교가 놓인다. 육교를 건너 반들반들하게 닳아진 계단을 밟고 그녀가 플랫폼으로 내려간다. 네 번째 기둥 옆 나무 벤치에서 그녀의 기억은 속도를 멈춘다. 틈새가 성근 나무 벤치에는 사람들이 엉덩이를 좁혀 앉아 있다. 그들의 발치에는 크고 작은 보퉁이와 맨질맨질한 비닐가방 등이 놓여 있다. 삶은 달걀과 사탕과 그리고 귤 몇 개가 들어 있는 비닐봉지. 사람들은 약속이나 한 것처럼 비슷한 자세로 고만고만한 짐을 들었다. 나무 벤치 뒤에는 녹이 슨 쓰레기통이 매달려 있고, 쓰레기통 주위에는 통 속으로 들어가지 못한 달걀 껍질, 귤껍질, 사탕 껍질이 흩어진 채 널려 있다. 누런 가래침과 씹다 버린 껌과 토사물 등의 얼룩이 쓰레기통 몸통에 더덕더덕 눌러붙어 있다.

플랫폼 끝에서 끝까지 수십 번 오갔던 여자는 다시 네 번째 기둥 쪽으로 걸어간다. 서 있거나 앉아 있는 사람들 중에 그들이라고 생각되는 사람은 보이지 않는다. 여자는 아이를 더 세게 끌어안는다. 파닥파닥. 아이의 심장 소리가 여자의 심장으로 스며든다.

'그들은 오지 않을지도 몰라.'

여자는 혼잣말로 중얼거린다. 그녀가 다행이라고 생각하는 순간 기차가 플랫폼으로 들어온다. 기차가 멈추자, 서 있던 사람들은 물론이고 벤치에 앉아 있던 사람들까지 우르르 기차 출입구 쪽으로 몰려간다. 여자는 사람들이 털고 일어난 벤치에 앉는다. 그녀와 눈을 맞춘 아이가 까르르 웃는다. 그녀의 심장이 미농지처럼 얇아져서 파르르 떨린다. 대전이든 대구든 부산이든 그 어느 곳으로 떠날 사람들이 모두 경부선 기차에 오른다.

숨을 헐떡거리며 달려오는 남자가 보인다. 여자는 아이를 안고 있는 팔에 잔뜩 힘을 준다. 계단을 몇 개씩 건너뛰며 내려온 남자는 그녀를 거들떠보지도 않고 기차에 오른다. 여자는 잔뜩 긴장한 팔에서 힘을 조금 뺀다. 플랫폼에는 아이를 안고 있는 여자와 반대쪽 철길을 향해 돌아앉았거나 서 있는 몇 사람이 남았다.

긴장이 풀린 여자는 쓰러질 듯 잠시 휘청거린다. 그녀는 깊은 숨을 몰아쉬고 자세를 바로잡는다. 그리고 기차를 향해 걸음을 떼어놓는다.

"학생."

누군가 여자를 불러 세운다. 올 것이 왔다는 절망감과 숙제를 끝낼 수 있다는 안도감이 교차한다. 여자를 불러 세운 사람들은 무심한 척

서서 그녀를 살피던 중년의 남자와 여자다.

여자는 그들과 몇 번이나 눈이 마주쳤었다. 남자는 황금색 넥타이를 맸고 윤기가 도는 양복을 입었다. 그의 아내인 듯한 여자는 우윳빛이 도는 보랏빛 니트 원피스를 입었다.

또 한 번 여자의 심장이 툭 내려앉는다. 그들이 그녀가 만나야 할 사람들이라는 것은 의심할 여지가 없어 보인다. 여자는 아이를 안고 있는 팔에 잔뜩 힘을 준다.

"학생, 고마워. 우리가 잘 키울게. 이 시간 이후 이 아이는 학생 기억에서 깨끗이 지워 버려요. 알았지요? 학생과 아기의 인연은 이것으로 깨끗이 끝난 겁니다. 아시겠지요?"

보랏빛 니트의 중년 여인은 우윳빛이 감도는 다정한 목소리와 말투로 여자에게 말한다. 여자는 위로인 동시에 경고의 의미까지 동시에 느낀다. 중년부인은 여자의 대답도 듣지 않고 품에서 아이를 쏙 빼낸다. 여자는 팔에 힘을 주려고 했지만 마음대로 되지 않는다.

아이가 빠져나간 여자의 품으로 찬바람이 몰아쳐 들어온다. 그녀는 두 팔로 가슴을 감싼 채 돌아선다. 그녀는 몇 걸음 걷다가 되돌아온다. 그녀는 자신의 목에 걸린 목걸이를 벗어 아이의 목에 걸어 준다. 은색의 목걸이가 '반짝' 빛을 반사하자 아기가 얼굴을 찡그린다.

기차가 움직이기 시작한다. 여자는 기차를 향해 뛴다. 눈물은 흐르지 않는다. 절대로 창밖을 내다봐서는 안 되는 것처럼 그녀는 고개를 숙인다. 길게 기적이 울리고 기차가 속력을 내기 시작한다.

비로소 여자는 숙였던 고개를 들어 창밖을 내다본다. 보랏빛 중년
부인이 아기를 추슬러 안는다. 그녀는 아이의 볼에 자신의 볼을 댄다.
그리고 입을 맞춘다. 남자도 고개를 까닥거리며 아기와 눈을 맞춘다.
환청처럼 아기의 옹알이가 여자의 귀에서 쟁쟁거린다.

"낯을 가리지 않아서 정말 다행이야."

여자는 낮게 중얼거린다.

기차가 그들에게서 멀어지는 순간 남자가 아기의 목에서 목걸이를
벗긴다. 벗긴 목걸이를 가래침과 씹다 뱉은 껌 딱지가 붙어 있는 쓰레
기통을 향해 던진다. 목걸이는 짧은 포물선을 그리며 쓰레기통 속으
로 들어간다. 목걸이가 허공에 머물렀던 그 짧은 순간 햇빛이 한꺼번
에 난반사를 일으키며 부서진다.

여자는 아기와의 연결고리가 완전히 끊어졌다는 것을 느낀다. 그녀
는 고개를 더 꺾어 멀어지는 그들의 모습을 바라본다. 완벽해 보이는
한 가족의 풍경이 서울역 플랫폼에 그림처럼 남는다.

3

유리벽에 달라붙은 네 번째 기둥. 나는 쓰레기통이 있던 자리를 더
듬는다. 기둥도 쓰레기통도 보이지 않는다. 한참을 헤맨 끝에 그것이
있었음직한 위치를 찾아낸다. 기억을 뒤져 쓰레기통을 끌어낸다. 그
리고 그것을 뒤지기 시작한다. 채 마르지 않은 가래침이 여전히 끈적

끈적하다. 달걀 껍질과 귤껍질과 사탕 껍질과, 새우깡 봉지와 지푸라기와 신문지 조각과 똥 묻은 기저귀와 코푼 종이와 담배꽁초와 사이다병과 멀미약 병과 박카스 병과 찢어진 운동화와 분비물이 말라붙은 팬티와 지푸라기와 나일론 끈과 구겨진 연애편지와 껌 포장지와 씹다 버린 껌이 싸인 은박지와…. 쓰레기통을 뒤집어 온갖 쓰레기를 일일이 헤집어 본다. '반짝' 빛나며 포물선을 그리고 떨어지던 목걸이는 끝내 찾아내지 못한다.

내 눈빛은 쏟아진 쓰레기를 다시 쓰레기통 속으로 집어넣는다. 온 갖 오물로 더럽혀진 눈빛으로 시야가 흐려진다. 볼 위로 눈물이 줄줄 흘러내린다. 콧물이 흘러 입속으로 들어간다. 닦을 생각도 못 하고 플랫폼만 내려다본다. 누군가의 팔이 어깨에 얹힌다.

"애기씨, 그만 돌아가입시더. 의원님 걱정이 이만저만 아닙니더. 자꾸 이러신다고 그 아가 돌아오겠십니꺼. 그 아는 좋은 가문에서 잘 자라 숙녀가 됐을 낍니더."

초등학교 때부터 집안일을 도맡아 하던 집사 아저씨다. 그의 억양은 강하지만 자분자분한 말소리는 여전히 따뜻하다. 내가 눈치를 채지 못한 사이 그가 내 뒤를 쫓아온 모양이다.

그는 언제나 내 손이 닿는 곳에 있었다. 부모님이 모두 돌아가신 지금도 그는 여전히 내 가까이에 있다. 그가 따뜻하고 다정한 손으로 내 등을 두들긴다.

"여그가 부산이 아닌 게 얼마나 다행인지 모르겠십니더. 그래도 자꾸 이러심 안 된다고 안 캅디까. 사람들 눈이 있는 기라예. 곧 선거를 치를 킨데 구설에 오르면 끝장 아니겠십니꺼. 의원님을 생각해 보이소. 그분의 심정도 애기씨와 다르다고 생각 안 합니더. 의원님이나 애기씨나 다 철없어서 탈이 났던 거라예. 암만 다시 생각해 봐도 그때 애기씨는 현명했던 깁니더. 의원님이나 애기씨가 공부 잘 끝내고 결혼까지 한 거는 기적이었심니더."

그가 내 어깨를 감싸 안는다. 비로소 기댈 곳을 찾은 것처럼 든든해진다. 나는 그가 이끄는 대로 다소곳이 따라나선다. 급류에 떠밀린 것처럼 어지럽던 통로를 지나 부산행 플랫폼으로 내려간다. 네 번째 기둥이 있던 자리가 정말 저기 어디쯤일까? 20년여의 시간이 시속 300km의 속도로 순식간에 멀어진다.

아, 오늘은 대외홍보용 보육원 봉사가 있다고 했지. 지방 신문사와 기관단체장 부인들도 참석한다고 했던 Z위원장의 말이 떠오른다. 부지런히 서둘러야 Y비서의 채근을 듣지 않을 것 같다. 손가락을 넣어 머리카락을 빗질하고 옷매무새도 바로잡는다. 그리고 집사 아저씨가 들고 서 있는 외투에 소매를 집어넣는다. 내가 외투를 여미는 동안 그는 무릎을 꿇고 앉는다. 그는 잘 닦인 구두를 꺼내 내 발에 신긴다. 그가 건네주는 선글라스를 쓰고 핸드백도 받아든다. 얼굴 절반을 가릴 만큼 큰 선글라스를 고쳐 쓴다. 다시 세상이 만만해 보인다. 나는 허리를 펴고 고개를 곧추세워 플랫폼으로 내려간다. 아직 부산행 고속 열차는 플랫폼에 들어오지 않았다.

봄날은 없다

휴대폰을 뒤적거려 본다. 부재중 통화 내역을 확인하고 수신된 문자 메시지를 다시 살핀다. 없다. 컴퓨터를 켜고 메일 박스에서 받은편지함을 열어 본다. 없다. 오래전에 수신된 메시지를 다시 읽는다. 하트로 그린 하트. 하트의 개수를 센다. 사랑해. 사랑해. 사랑해…. 하트를 '사랑해'로 바꾼다. '사랑해'가 수북해진다. 너무 많은 '사랑해'는 요란한 색깔을 입힌 플라스틱 구슬처럼 굴러다닌다.

메시지를 지우고 통화 버튼을 누른다. 그는 전화를 받지 않는다. 계속 신호를 보낸다. 고객이 전화를 받을 수 없어…. 휴대폰을 접어 버린다.

난방 온도를 높인다. 그래도 춥다. TV 화면은 만개한 벚꽃과 놀이공원의 튤립과 산등성이를 덮어 버린 진달래를 차례로 보여준다. 반팔을 입은 상춘객들이 땀을 훔친다. 몸이 자꾸 움츠러든다. 그의 외투를 꺼내서 어깨에 걸친다. 그래도 춥다.

달력을 본다. 3월의 달력 속에는 활짝 핀 벚나무 한 그루가 서 있다. 숨죽인 바람으로도 화르르 꽃이 질 것처럼 환하고 위태롭다. 지나간 시간 한 장을 쭉 찢어낸다. 찢어낸 시간을 깔고 앉아 술병을 연다.

그대의 먼 사랑보다 소주 한 잔이 더 따뜻한 저녁, 겨우내 살냄새를 저장시킨 외투가 안줏거리로 구워진다. 올올이 풀어지는 섬유질이 씹혀지지 않은 채 혀끝에 감겨서, 자꾸 감겨서 한마디 아껴두었던 말마저 묶어 버린다. 세상을 향해 더듬거리던 촉수가 무디어진다. 소주 몇 잔을 들이붓고서야 비로소 닫혀 있던 구멍들이 입을 벌린다. 어둠이 뜨거운 혀를 빼고 구멍 밖으로 기어 나온다. 외투 대신 두터운 어둠을 뒤집어쓴다.

봄날이 있긴 있었나? 달력을 깔고 앉아서도 봄을 읽지 못하는 몸뚱어리, 여전히 겨울 속이다. 푸른 소주병 속으로 몸을 밀어 넣는다. 입혀졌던 어둠이 소주에 녹아 버린다.

따뜻해지는 몸뚱이, 환해지는 기억, 봄의 온전한 가슴이 울타리가 되고, 외투가 되고, 포근한 내의가 된다. 가지마다 산란하는 햇살은 온전히 부화되어 꽃이 되고, 잎이 되고, 그래서 여름이 되어 갈 것이다.

봄날 편, 벚꽃 만개한 달력 위에서 밑바닥 불안한 술병이 휘청거린다. 여전히 날 세운 바람이 불고 술잔 속으로 벚꽃이 진다. 소란스러운 밤의 하수구로 부러진 햇살이 한정 없이 쓸려 내려가고 있다.

그녀가 철거되다

폐쇄된 정류소에 냉동 건조된 여자가 서 있다. 습한 바람이 분다. 바람 속에는 비가 잔뜩 묻어 있다. 덜그럭 덜그럭… 정류소 표지판이 덜렁거린다. 이미 삭기 시작한 기둥에서 붉은 녹이 생선 비늘처럼 떨어져 내린다. 둥근 표지판을 매달고 있던 이음새가 위태위태하다. 표지판에 쓰여 있던 글자가 무엇이었는지 지금은 알 수 없다. '버스'였는지, '정류소'였는지, 마을 이름이었는지. 둥그란 면에 새겨졌던 대부분의 기호가 사라져 버렸기 때문이다. 모양과 색상이 변했고 문자까지 지워졌다.

여자는 그 표지판 옆에 우산을 들고 서 있다. 그녀가 들고 있는 우산에는 두께가 느껴질 만큼 먼지가 쌓였다. 우산살은 녹이 슬었고 그나마도 대부분 부러졌다. 여자는 미동도 하지 않는다. 버스가 달려온 곳으로부터 바람이 급하게 불어온다. 버스는 멈추지 않고 지나친다. 바람이 표지판에 얼굴을 부딪친다. 덜렁덜렁. 표지판이 기둥에 제 얼굴을 찧는다. 우산 위로 녹 비늘이 떨어져 내린다.

심심하지 않을 만큼 버스가 지나간다. 그러나 버스는 멈추지 않고 우산을 쓰고 갈 사람도 내리지 않는다. 버스가 바람을 끌고 올 때마다 여자의 스커트는 활짝 펼친 우산처럼 팽팽해진다. 여자는 우산을 펼치지 않는다. 여자가 기억하는 것은 우산을 함께 쓰고 갈 사람을 기다려야 한다는 것이다. 그녀가 누군가와 살았던 집이 사라지고 마을이 사라지고 사람마저 다 떠났다는 사실을 여자는 알지 못한다. 녹을 새도 없이 건조된 그녀의 얼굴, 가슴, 다리에서 표정들이 가루로 떨어진다. 뾰족하거나 도드라진 것들은 이미 닳아진 지 오래다. 무표정, 무감각한 몸뚱이. 살비듬만이 감정을 기억한 채 흙과 섞인다. 아무도 그녀의 기다림을 읽어내지 않는다. 여기는 버스정류소가 아니다. 그렇게 명명된 순간 버스정류소는 버스정류소가 아닌 것이다. 그 말을 이해하지 못한 그녀에게만 여전히 그곳은 버스정류소이다.

버스 대신 트럭이 멈춘다. 트럭은 '가로 정비 및 철거반'이라는 현수막을 둘렀다. 댓 명의 인부가 내린다. 부산한 손놀림, 잇몸을 시큰시큰하게 만드는 공구 소리. 표지판을 매달고 있던 기둥이 뽑힌다. 위태롭게 매달고 있던 표지판이 나머지 이음새를 놓아 버린다. 순식간에 버스 정류소는 트럭에 실린다. 그녀가 들고 있던 우산도 트럭 위로 던져진다. 우산을 빼앗긴 여자는 형체도 없이 사라진다. 정류소가 붙들고 있던 말라비틀어진 시간이 한꺼번에 기화된다.

　빨강, 파랑, 초록의 버스가 바람을 끌고 지나간다. 바람은 철거된 버스 정류소에 눈길도 주지 않는다. 표지판을 뽑아낸 축축한 자리에 토큰 하나가 떨어져 있다. 토큰에는 여자의 지문이 고스란히 찍혀 있다.

마리오네트의 반란

택시는 터널 속으로 진입하고 있다. 강남대로를 거쳐 한남대교를 건너고 고가를 탈 때까지 모임에 대한 생각뿐이었다.

"최소한 10분 전에는 약속 장소에 도착해야 하고, 품격과 우아함을 잃지 않도록 옷매무새에 각별히 신경을 써야 해. 알았지?"

남편은 몇 번이나 내게 명령을 하고 다짐을 받아냈다. 그는 옷장을 열어 오늘 입어야 할 옷도 일일이 챙겼다. 붉은 실크 블라우스와 검은 프린세스 라인의 캐시미어 정장을 꺼내 침대 위에 늘어놓았다.

"옷이 참하니까 머리는 굵은 웨이브 세팅을 하도록. 언제나 당신은 내 아내라는 것을 명심해."

남편은 한 번 더 오금을 박고 나서야 출근을 했다.

터널은 생각보다 길다. 풍경이 사라지자 시선은 앞 차의 후미등에 고정된다. 시야가 단순해지자 머릿속이 복잡해진다. 나는 또 어떤 모습으로 사람들 사이를 누벼야 할까. 머리가 지끈거리고 어깨가 무거워진다. 모임의 참석자들은 남편의 선배와 동기들이다. 선배들 대부분은 영감님과 영감님의 영감님들이며 동기들은 김 판사, 이 검사, 박 변호사 등의 법조계 인사들이다. 김, 이, 박 등의 판사와 검사 그리고 변호사가 가리지 못한 시시비비를 영감님과 영감님의 영감님들이 최종적으로 마무리짓는다.

남편은 얼마 전에 법복을 벗었다. 그리고 새끼 변호사를 여럿 둔 변호사 사무실을 개업했다. 시쳇말로 따끈따끈한 밥인 것이다. 한몫 잡을 수 있는 기회는 지금뿐이라고 주위에서 그를 부추겼다. 그는 몹시 바빠졌다. 이러저러한 통장들이 나에게 맡겨졌다. 그러나 문제는 있었다. 그는 자신이 맡고 싶은 일만 선택하는 것이 아닌 모양이었다. 맡을 수밖에 없는 일도 생긴 것 같았다.

남편은 폭력조직인 '악어파'로부터 사건을 의뢰받았다. 그들에게 선택된 이상 거절할 수 있는 선택권은 남편에게 없었다. 그들은 자신들의 형량까지 미리 계량하고 있었다. 이제 남편은 상식 이상의 변호 능력을 보여줘야 했다. 그래야 그들의 조직으로부터 자유로울 수 있다. 그것은 따끈따끈한 밥에 거는 의뢰인의 기대이기도 했다. 남편의 능력과 의뢰인의 기대를 충족시켜 줄 것은 오직 영감님의 내리치는 법봉뿐이었다.

"하녀처럼 한껏 몸을 낮춘 다음 상냥하고 부드러운 목소리로 영감님과 그 부인들에게 안부를 묻도록 해. 가능하면 입을 다물고 내 옆에만 서 있어. 너는 안정된 내 삶의 단면만 보여주면 되는 거야. 꼭 말을 할 경우가 생기면 무식이 탄로나지 않게 단답형으로 대답하도록. 알았지?"

남편은 얕은 내 지식이 탄로날까 봐 항상 전전긍긍이다. 열쇠 세 개가 필수조건일 때 그는 오히려 열쇠를 쥐어 주며 나와 결혼을 했다. 그의 표현을 빌리자면, 자신의 등에 얹혀 있는 머리카락을 떼어내는 순간 내게서 자신의 운명을 봤다는 것이다.

운명을 봤다니? 그것은 참으로 해독하기 어려운 말이었다. 사실 머리카락을 떼어준 것은 그저 습관일 뿐이었다. 평소 중역실의 누구에게라도 나는 그렇게 했다. 그가 사장의 손님이었다는 사실만 달랐을 뿐이었다. 그러므로 크게 의미를 부여하는 것은 마땅한 것이 아니었다. 어쨌거나 나는 그에게 선택되었고 그의 열정을 거부할 힘이 없었다. 곧 내 삶의 주인이 될 수 없을 거라는 사실을 그때는 짐작하지 못했다. 그때 나는 겨우 스무 살이었다. 딱 한 번 나를 사육하는 거냐고 항변을 해봤지만 그는 사랑한다는 말로 내 말과 의지까지 뭉개 버렸다.

택시는 막 터널을 통과하고 있다. 목적지가 가까워졌다. 그의 주문대로 10분 전까지는 모임 장소에 충분히 닿을 수 있을 것 같다. 옷매무새를 살핀다. 정자세로 앉아 있었기 때문에 옷은 별로 구겨지지 않았다. 칼라 깃에 장식한 흑진주 브로치도 반듯하고 구두도 잘 닦여 있다.

아뿔싸. 스타킹 올이 한 가닥 나가고 있다. 택시의 모난 부분이나 구두 장식 또는 손톱이나 반지에 걸렸을 것이다. 여분의 스타킹도 가져오지 않았다. 난감해진다. 신경이 올올이 일어선다. 택시는 롯데백화점 앞에서 신호대기에 걸린다. 백화점과 모임이 있는 호텔까지의 거리를 계산해 본다. 10분이면 충분할 것 같다. 나는 택시에서 내린다.

가장 가까운 화장실은 2층에 있다고 점원은 말한다. 스타킹을 든 채로 화장실로 향한다. 비상구, 화장실, 음료수, 공중전화의 기호를 하나로 묶은 표시등이 한 방향을 가리키고 있다. 표시등의 발견으로 두리번거리던 시선은 방황을 멈춘다. 백화점 내부가 선명해진다. 엉키던 걸음걸이가 한결 가지런해진다.

지금, 당신의 비상구가 열리고 있다.

캐주얼 의류 매장 앞에 멈춰서고 만다. 귀를 기울이지 않았지만 익숙하게 들었던 광고 카피다. 자신도 모르게 매장 안으로 들어선다. 오직 쇼핑이 목적이었던 것처럼 이것저것 옷을 입어 본다. 마네킹이 입고 있는 보라색 터틀 스웨터와 빈티지풍의 청바지로 정한다. 내친김에 보랏빛 체크무늬 헌팅캡을 쓰고 은회색 점퍼도 입는다. 온몸의 긴장이 한꺼번에 풀린다. 오늘 모임이 남의 일처럼, 다그치던 남편이 나와 상관없는 사람처럼, 아득하게 밀려난다.

새벽 4시, 우스트일림스크

포토라인에 섰다. 순식간에 기자들이 몰려들고 사방에서 플래시가 터졌다. 질문이 쏟아지기 시작했다. 한꺼번에 뒤섞인 그들의 목소리는 소음 덩어리로 내게 퍼부어졌다. 마치 독침을 조준한 채 돌진하는 벌떼들 같았다. 그러나 소음 덩어리는 과부하가 걸린 것처럼 귓전에서 앵앵거렸다.

그 와중에도 내 머릿속은 주어와 술어 그리고 수식어까지 완벽하게 갖춘 말을 찾아내려고 애를 썼다. 어순이 맞지 않은 질문도 용케 골라냈다. 그 질문을 던진 기자의 멱살을 잡아 한방 먹이고 싶을 만큼 신경에 거슬렸다. 나를 능멸하거나 모독하는 선정적인 내용 때문이 아니라 말법이나 어순이 맞지 않아 짜증이 난 것이다. 정말이지 직업은 속일 수가 없는 모양이다.

나는 애써 담담한 표정을 지었다. 정치범도 아니고 흉악범도 아니며 경제사범도 아니기 때문이다. 나는 사내로서 본능에 충실했을 뿐이고, 그녀에게 사랑과 집착의 차이를 가르쳤을 뿐이다. 나아가 지도교수인 내게 공갈과 협박으로 내 목을 쥔 그녀를 용서하지 않았을 뿐이다. 나는 그녀의 간절한 눈빛과 매혹적인 몸짓에 사로잡혔고 그녀와 지극한 순간을 공유했다. 사랑이었는지 욕정이었는지 굳이 따지고 싶지는 않다. 그것이 내 삶 전부를 뒤흔든 치명적인 덫이었지만 후회하지도 않는다. 다시 그런 상황에 직면한다 해도 그 독배를 다시 마실 것이다. 다만 순도 백 프로였다고 자부하는 내 감정이 온갖 자극적인 언어로 더럽혀졌다는 것에 엄청난 분노를 느낀다. 도대체 저들은 왜 나를 난도질하려 덤벼들고 있는가?

"교수님, 진실이 뭡니까? 교수의 지위를 이용한 성폭행이 먼저 아니었습니까?"

목소리 하나가 소음 덩어리를 뚫고 귓속을 파고들었다. 나는 그 목소리를 쫓아 고개를 돌렸다. 목소리의 주인은 매우 낯익었다. 기자 Y였다. 나는 성폭행이란 말에 꼭지가 돌았다. 내가 가장 추악하게 여기는 말 중 하나가 성폭행이란 단어였기 때문이다. 어찌 해볼 새도 없이 불끈거리던 주먹이 그의 얼굴로 날아갔다. 슬로비디오를 보는 것처럼 그의 얼굴은 천천히 돌려졌다가 내 앞으로 되돌려졌다. 그의 코에서 흘러내린 피가 사방으로 흩뿌려졌고 몇 방울이 내 얼굴로 튀었다. 나를 에워싼 기자들이 한꺼번에 달려들었다. 나는 거꾸러진 채로 짓밟혔다.

나는 그들의 발길질과 뭇매에서 벗어나기 위해 몸부림을 치다가 눈을 떴다. 우선 숨을 깊게 마셨다가 천천히 뱉어냈다. 숨쉬기가 나쁘지 않았다. 다리도 뻗어 보고 팔도 휘둘러 보았다. 괜찮았다. 그리고 주위를 살폈다. 비로소 이곳이 우스트일림스크의 호텔방이란 것과 문학단체에 얹혀 시베리아 끝단까지 왔다는 사실을 깨달았다. 나는 비로소 안도의 숨을 내쉬었다. 행사를 취재하기 위해 동행한 기자 Y가 옆 침대에서 자고 있다는 것도 알아챘다. 그는 기사를 작성해서 신문사로 보내느라 늦게 잠들었다. 나는 그가 잠든 뒤에도 한참 동안 뒤척거리다 설핏 잠이 들었던 것이다.

주최 측에서 정해 준 대로 나는 기자 Y와 룸메이트가 되었다. 그와의 동숙은 그다지 불편하지 않았다. 아는 것도 아니고 모르는 것도 아닌 작가들 중 한 명과 방을 같이 쓰느니 차라리 잘됐다 싶기도 했다. Y와는 그런대로 말이 잘 통했고 서로에 대한 배려도 아끼지 않았다.

그러나 나는 다른 목적으로 이 여행에 동참했다는 것을 Y에게 말하지 않았다. 세상을 향해 나를 변호하거나 해명할 절호의 기회일지도 모르지만 사내로서 할 만한 짓이 아니란 판단에서다.

Y를 비롯한 일행 모두가 일상으로 복귀할 때쯤이면 일간지 사회면에 내 이야기가 실리게 될 것이다. 내연 관계인 제자를 고발한 교수, 교수를 협박한 여제자, 유부남 교수와의 빗나간 사랑, 지위를 이용한 성폭행 등등. 사건은 부풀려지거나 왜곡되어 선정적으로 기사화될 게

뻔하다. 체제에 잘 길들여진 언론사에 의해 국면전환용으로 활용될 가능성도 없지 않다. 동행했던 작가들은 화들짝 놀라며 소설거리로 각색하려 애를 쓸 것이고, Y는 특종 혹은 단독 취재의 기회를 놓쳤다고 아쉬워할지도 모른다. 아무려면 어떠랴. 나는 다 내려놓고 떠나왔고, 당사자가 없는 사건은 유야무야로 흐지부지되다가 대중의 뇌리에서도 쉽게 잊히게 될 것이다.

새벽 4시. 눈을 붙였던 시간은 겨우 한 시간 남짓에 불과했다. 그것도 온통 악몽에 시달렸으니 잤다고 할 수도 없다. 하긴 편안한 잠을 기대하는 것은 지나친 욕심이 아닐까 싶다. 무언가가 창문을 두들겼다. 빗방울이 세차게 부딪히는 것 같기도 하고 굵은 모래가 흩뿌려지는 것 같기도 했다. 커튼을 젖히고 밖을 내다보았다. 눈이 내리고 있었다. 진눈깨비였다. 나뭇가지의 흔들림으로 보아 바람도 사납다.

어제까지만 해도 이곳은 자작나무가 노랗게 물든 평원이었다. 아직 구월이 끝나지도 않았는데 벌써 눈발이라니… 이곳이 시베리아의 막다른 도시라는 것, 왕정 시대와 혁명기의 유형지였다는 것. 영화 〈닥터 지바고〉의 장면들이 파노라마처럼 스쳤다. 유리와 라라의 사랑이 떠올라 심장이 아릿해졌다. 이루어질 수 없는 사랑에도 아름다움은 존재한다고 누군가는 말했다. 그것은 소설이나 영화이기 때문에 가능한 아름다움인 거라고 나는 항변하고 싶다. 그런데 가슴은 왜 아픈 거지?

나는 Y의 잠을 방해하지 않기 위해 소리 죽여 옷을 입고 조심스럽게 가방도 쌌다. 그리고 수첩을 펼쳐들고 탁자에 앉았다. 그가 기자라는 생각을 하자 또다시 눌러두었던 말들이 들고 일어났다. 제자인 그녀를 고발할 수밖에 없었던 사정과 학교로부터 해임 통보를 받게 된 억울함 그리고 아내로부터의 이혼 요구 등. 아직도 두고 온 세상에 대한 미련이 남아 있다는 것을 깨닫자 씁쓸해졌다. 숨을 깊게 들이쉰 다음 천천히 내쉬었다. 그리고 등을 펴고 아랫배에 힘을 주었다. '먼저 떠납니다. 안녕히 돌아가십시오.' 나는 수첩 한 페이지를 찢어 간단하게 적었다. 그것을 든 채로 잠시 망설였다. 문장을 낭비했다는 생각이 들어서였다. 두 문장 중 한 문장이면 충분할 터였다.

그러나 문장 하나를 지우는 것도 선택을 해야 하는 문제였다. 먼저 떠난다는 말도 안녕히 돌아가라는 말도 다 부질없다는 생각이 들었다. 들고 있던 메모지를 구겨 버렸다. 종이의 물성이 손바닥에 느껴졌지만 이내 부드럽게 뭉그러졌다. 나는 그것을 탁자 위로 던져 버렸다. 그것은 Y의 노트북 옆에 떨어졌다.

로비로 내려와 안내데스크로 갔다. 안내원에게 이곳의 지도를 요청했다. 그녀는 내 말뜻을 단번에 알아듣지 못했다. 같은 말을 두어 번 더 반복하고 나서야 안내원에게 이곳의 지도를 얻을 수 있었다. 더 빨리 안착하기 위해 체제에 순응하도록 훈련시킨 내 육신. 사십팔 년 동안 자본에 길들여져 온 욕망 덩어리인 내 육신. 나는 결코 가볍지 않은 내 육신을 끌고 호텔을 나섰다.

눈보라는 객실에서 생각했던 것보다 훨씬 더 거칠고 매서웠다. 나는 가본 적도 없고 알지도 못하는 세상을 향해 천천히 발을 내디뎠다. 일행이 잠들어 있는 호텔은 돌아보지 않았다. 그나마 다행인 것은 나를 기다리거나 찾아 나설 사람이 아무도 없다는 사실이다.

과연 길이 끝나는 저 너머에서는 이 육신을 가지고도 자유로울 수 있을까? 이 도시 끝에는 자작나무 숲이 이어지고, 자작나무 숲 너머에는 동토의 땅 툰드라라고 했던가?

불한당들의 황금시대

오른팔의 저주

명동은 쌍십절 연휴를 맞은 중국 여행객들로 몹시 혼잡했다. 장 형사는 인파 속에서 전과 7범인 기계*를 발견했다. 주변을 돌아보았으나 안테나**와 바람***은 보이지 않았다. 잰걸음과 번뜩거리는 눈동자. 민첩해지는 손놀림. 그가 기계라는 것은 얼굴이 아니라 행동으로 직감할 수 있었다. 사고로 몇 달을 쉬었지만 그의 촉수는 여전히 살아 있었다.

그는 재빨리 팀원들에게 신호를 보냈다. 일행은 바짝 긴장하며 기계와의 거리를 일정하게 유지했다. 기계가 몸집이 넉넉한 여자의 옆으로 바짝 다가갔다. 그는 여자의 핸드백 쪽으로 바짝 몸을 붙였다. 그의 손이 핸드백으로 가는 순간, 동료 형사가 카메라 셔터를 눌렀다. 장 형사가 셔터를 누르는 형사의 움직임을 저지했다. 기계의 손놀림이 멈추었다 싶은 순간 기계의 모습이 인파 속으로 사라졌다.

한순간 기계의 머리통이 장 형사의 시야에 잡혔다. 기계가 따라붙었던 여자의 모습도 보였다. 장 형사는 인파를 헤집고 그들의 뒤를 쫓았다. 장 형사의 걸음이 빨라졌고 손짓도 민첩해졌다. 그런데 없다. 기계의 모습은 그의 시야에서 완전히 벗어나고 없었다. 그는 허탈한 표정으로 동료 형사들을 돌아보았다. 그는 '놓쳤다'라는 눈빛을 그들에게 보냈다.

그가 기대한 것은 '자신들은 놓치지 않았다'거나 민망한 나머지 '정말 쥐새끼 같은 놈이네요'라는 눈빛이었다. 그런데 그들의 반응이 수상했다. 놀라움, 황당함, 배신감 등 어느 한 가지라고 딱 꼬집을 수 없는 매우 복잡한 표정들이었다. 특히 자신이 형제처럼 여기는 후배 형사는 황망하기 짝이 없다는 표정이었다.

그는 장 형사가 입원해 있는 동안 자신의 자리를 대신했던 팀의 2인자다. 그는 수갑을 쥔 채로 다가와 낮은 목소리로 말했다. 목소리는 작았지만 권위적이고 엄중했다. 마치 현행범을 검거할 때처럼 재빨리 미란다 원칙을 읊조렸다. 장 형사는 소리를 버럭 지르며 직속 후배인 그에게 눈을 부라렸다.

"야 변 형사, 지금 장난하냐? 그 새끼를 놓쳤는데 장난하고 싶냐고?"

변 형사는 장 형사의 팔을 바투 잡으며 다시 한 번 목소리를 낮춰 말했다.

"팀장님, 사람들 눈도 있는데 조용히 서로 가시죠."

변 형사의 심상치 않은 태도에도 불구하고 장 형사는 장난으로 여기며 화를 냈다.

"이 새끼 진짜 지금 뭐 하자는 거야!"

장 형사는 소리를 버럭 지르며 후배 형사의 멱살을 틀어쥐고 주먹을 날렸다. 변 형사는 잽싸게 주먹을 피하며 짧고 단호하게 말했다. 그는 장 형사의 팔을 잡아 허리 뒤쪽으로 꺾었다.

"조용히 서로 가시자고요."

그의 시선은 다른 곳을 향하고 있었고 입술은 거의 움직이지 않았다. 마치 복화술을 하고 있는 것처럼 보였다. 그는 친밀한 사람을 대하는 것처럼 장 형사에게 자신의 몸을 밀착시켰다. 그리고 어정쩡하게 지켜보고 있는 다른 형사에게 눈짓을 했다. 그가 카메라 셔터를 눌렀던 형사였다. 명령을 기다렸다는 듯이 그는 장 형사에게 몸을 밀착시키며 한 팔을 바투 잡았다. 장 형사는 꼼짝없이 동료 형사들에게 제압당하고 말았다. 그는 침착해지려 했지만 그의 오른팔은 변 형사의 옆구리를 계속해서 가격했다.

"선배님, 용서하십시오."

변 형사는 쥐고 있던 수갑을 장 형사의 손목에 채웠다. 장 형사의 모습은 현행범으로 체포된 범죄자의 모습이 되고 말았다.

장 형사가 끌려온 곳은 강력범 취조실이었다. 변 형사가 그에게 일러준 죄목은 소매치기였다. 참으로 황당한 일이 아닐 수 없었다. 소매치기 전담 형사인 자신이 소매치기 피의자라니. 수갑이 채워진 손으로 장 형사는 탁자를 내리쳤다.

"야 이 개자식들아, 소매치기라니? 두 눈 똑바로 뜨고 봐. 내가 니들 팀장이야 팀장…."

변 형사는 장 형사의 재킷 주머니에서 지갑을 꺼냈다. 그리고 장 형사의 눈앞에 바짝 들이댔다. 장 형사는 자신의 주머니에서 나온 낯선 지갑을 보고 기겁을 했다.

"뭐야, 니들? 함정이지? 누구의 지시로 공작을 꾸민 거냐고? 변 형사 너지? 나를 제거하고 내 자리에 앉으려는 속셈인 게지?"

장 형사는 변 형사를 향해 연거푸 고함을 질렀다. 변 형사는 장 형사의 손목에서 수갑을 풀어 주었다. 그의 손목에는 멍이 들었고 손에서는 피가 흘렀다. 그는 피가 흐르는 오른손을 재빨리 바지 주머니 속에 감췄다. 변 형사는 못 본 체하며 장 형사를 의자에 앉혔다. 그리고 조용히 취조실을 나갔다.

장 형사는 악몽을 꾸고 있는 게 아닌가 싶어 바지 주머니에 넣었던 오른손을 꺼냈다. 찢긴 손등에서는 여전히 피가 흐르고 있었다. 그는 왼손으로 변 형사가 밀어놓고 간 휴지를 풀어 상처를 눌렀다. 아팠다. 수갑을 찼던 팔목의 멍도 눌러 보았다. 역시 아팠다. 그러므로 꿈은 아니었다.

그는 자신의 오른팔을 한동안 내려다보았다. 오른팔에게 미안했다. 나아가 자신에게 팔을 이식해 준 오른팔의 주인에게 몹시 미안해졌다.

"저의 오른팔이 장 형사님의 오른팔이 되어 훌륭하게 쓰이기를 바랍니다."

자신에게 팔을 기증했다던 사람이 마지막으로 썼다던 메모의 내용은 한 글자도 잊지 않고 있었다. 그 사람이 마지막 남긴 유언이었다는 의사의 말도 기억하고 있었다.

갑자기 벽에 걸린 스크린에 동영상이 비춰졌다. 장 형사의 눈이 휘둥그레졌다. 화면에 비친 장면은 방금 전 명동의 풍경이었다. 장 형사는 인파 속에서 아주 쉽게 자신의 모습을 발견했다. 자신이 쫓던 기계의 뒷모습도 그대로 찍혀 있었다. 그의 시선은 기계의 뒷모습을 놓치지 않고 있었다.

그러나 어느 순간 기계의 모습이 화면에서 사라졌고 그 자리에 자신이 들어가 있었다. 카메라가 쫓고 있는 것은 자신의 오른손이었다. 자신의 오른손은 기계가 따려다 만 여자의 핸드백을 노리고 있었다. 백을 따고 지갑을 꺼내 자신의 주머니에 넣는 시간이 불과 3초밖에 걸리지 않았다.

그는 자신의 눈을 의심했다. 그의 마음을 읽었는지 같은 화면은 몇 차례나 반복되었다. 특급 소매치기라고 할 만큼 그의 오른손의 솜씨는 현란했다. 그것은 자신이 소매치기 전담반을 꾸린 후 붙잡아 들인 몇 안 되는 전문가의 능수능란한 솜씨였다.

화면에는 자신의 손이 클로즈업되고 있었다. 오른손의 손가락이 구부러진 순간 손톱 밑에 새겨진 문신이 눈에 들어왔다. '必'자였다. 그 손가락은, 아니 그 손은 몇 년 전에 잡아들인 소매치기 박의 손이었다.

장 형사는 자신의 오른손을 탁자 위로 들어올렸다. 그리고 가운데 손가락의 손톱을 눌렀다. 핏기가 사라지자 '必'자의 형태가 뚜렷해졌다. 자신이 잡아들인 전과 20범인 기계의 오른손이 아닌가.

"장 형사님, 우리의 악연은 필연이 될 겁니다, 반드시."

그는 스무 번째 검거 현장에서 그렇게 느물거렸었다.

반드시. 장 형사는 자신도 모르게 '반드시'를 읊조렸다. 이어 그의 입에서 괴성이 터져 나왔다. 그는 자신의 오른팔을 사정없이 탁자에 내리쳤다. 놈의 팔을 떼어내려고 계속해서 내리쳤다. 그러나 그의 오른팔은 춤을 추듯 허공을 휘젓기에 바빴다.

---

*   기계는 소매치기 조직 중 지갑을 절취하는 사람.
**   안테나는 대상을 정하는 사람.
**   바람은 대상자의 시선을 교란시키는 사람.

전자동 인간 세척기

카메라가 켜지기 직전 수행원 중 한 명이 회장의 이마에 물을 뿌려 땀방울을 연출했다. 회장의 보좌진과 수행원들은 비누와 샴푸는 물론이고 수건까지 준비해서 요소요소에 세팅을 했다. 요양원에서는 한 번도 사용해 본 적이 없는 향기로운 제품들이었다. 타일 바닥 위에서 바들바들 떨고 있는 노인에게는 잔뜩 거품을 낸 바디샴푸가 끼얹어졌다. 향기로운 목욕제를 사용한 것은 어디까지나 회장의 후각을 위한 것이었다.

회장은 신자가 시범을 보인 대로 한 손으로 노인의 등을 받치고 목욕타월을 낀 다른 손으로 노인의 가슴을 문질렀다. 카메라는 회장의 이마에 맺힌 땀방울과 노인의 가슴을 문지르고 있는 회장의 손을 길게 클로즈업했다. 그리고 줌 아웃을 시킨 다음 카메라를 껐다.

카메라가 꺼지기 무섭게 회장은 토하기 시작했다. 그가 토해낸 오물은 노인의 가슴팍으로 쏟아졌다. 목욕제의 향기는 순식간에 사라졌다. 토사물의 냄새는 노인의 배설물만큼이나 지독했다. 요양원장을 비롯한 수행원들은 토사물을 뒤집어쓴 노인은 아랑곳하지 않은 채 비위가 상해서 괴로워하는 회장을 부축하느라 부산을 떨었다. 그들은 마치 재난 현장에 쓰러진 의인을 구해내는 것처럼 일사불란하게 움직였다.

요양원장과 총무 등 시설 관계자는 모두 수행원의 부축을 받고 있는 회장의 앞뒤를 에워싸고 사무실로 향했다. 뒷마무리는 오롯이 신자의 몫으로 남았다. 그녀는 씻기다 만 노인은 물론이고 회장이 토해 놓은 오물까지 치워야만 했다.

그녀는 오물을 뒤집어쓴 노인을 한동안 내려다보았다. 이도 없는 잇몸에서 턱턱 소리가 날 만큼 노인은 심하게 몸을 떨었다. 그에게는 오물의 불쾌함보다 추위가 더 고통스러운 것처럼 보였다.

신자는 회장 일행을 돌아보았다. 그 순간 사람들 사이로 회장의 얼굴이 보였다. 때마침 회장도 신자에게로 고개를 돌렸다. 신자와 눈이 마주치자 그는 오만상을 찌푸리며 재빨리 고개를 돌려 버렸다.

"흥, 저 인간도 한 가닥 양심은 남아 있나 보지. 퉤, 퉤."

누가 들어도 상관없다 싶을 만큼 신자는 부아가 치밀었다. 그녀는 회장의 면상이라 생각하고 오물에 침을 뱉었다.

"쯧쯧쯧… 어르신, J그룹 회장의 목욕 수발을 받게 되어 무한 영광이라고요? 대통령도 못 받을 호사를 부리게 되었으니 이만한 횡재가 어디 있겠느냐고요? 아이구야, 엄청 큰 축복을 온몸으로 받으셨네요. 엄청 좋겠습니다요. 회장님의 은총을 이리도 크게 받았으니….”

신자는 노인을 씻기면서 연신 궁시렁거렸다. 그래도 부아가 가라앉지 않았다. 그녀는 필요 이상 힘을 주어 노인의 몸을 씻겼다. 노인의 입에서 자지러질 것 같은 신음소리가 새어나왔다. 그러나 신자는 노인의 고통에 마음을 기울일 여지가 없었다. 회장이 쏟아낸 토사물은 노인이 뭉개 놓은 똥기저귀보다 더 고약하고 더럽게 느껴졌다. 하마터면 그녀 또한 아침에 먹은 김칫국을 토할 뻔했다. 그녀는 치미는 욕지기를 가까스로 참아냈다.

그녀는 회장 일행이 가져다 놓은 샴푸로 노인의 머리를 다시 감겼다. 그리고 바디샴푸를 풀어 여러 번 노인의 몸을 닦고 헹구어 냈다. 샴푸와 목욕제의 향기는 매우 그럴듯했지만 신자의 기분을 헹궈 내지는 못했다.

“아이구, 내 팔자야.”

그녀의 입에서는 저절로 탄식이 터져나왔다.

“노인네가 아니라 내 운수가 사나운 날이구만. 이 노인네는 나라도 씻겨 주고 있지만 더러운 내 기분은 누가 씻겨 주냐고?”

신자는 말끝을 바짝 세웠다. 노인의 표정은 추달을 당하고 있는 죄인처럼 주눅이 들었다. 그녀의 넋두리는 노인을 씻기고 옷을 입히는 내내 그치지 않았다. 그녀는 휠체어를 당겨 노인을 앉혔다. 갑자기 노인이 그녀의 손을 잡았다.

"이 노인네가 노망이 들었나. 왜 지랄이야."

신자는 신경질적으로 노인의 손을 뿌리치며 소리를 질렀다. 노인은 겁먹은 표정을 지으며 손가락으로 욕실 입구 쪽을 가리켰다. 손가락 방향을 따라가던 신자의 눈빛이 휘둥그레졌다. 카메라가 그들을 정 조준하고 있었던 것이다. 신자의 얼굴에서 핏기가 싹 가셨다. 그녀의 심장은 멎어 버렸는지 한동안 뛰지도 않았다.

카메라에 찍힌다는 것이 무엇을 의미하는지 그녀도 모르지 않았다. 권력이나 돈의 힘이 얼마나 무서운지도 알아야 할 만큼은 알고 있었 다. 회장이 노인에게 저지른 횡포는 결코 세상에 알려지지 않겠지만 장애 노인을 신경질적으로 씻긴 자신의 모습은 과장되고 확대되어 세 상의 뭇매를 맞을 수도 있었다.

몹쓸 인간으로 세상에 알려지는 것보다 더 두려운 것은 일자리를 잃는 것이었다. 남편의 병원비, 아들의 등록금, 아파트 관리비 등등. 자신이 아니면 해결할 수 없는 모든 것이 머릿속에서 앵앵거렸다. 그 녀는 다짜고짜 카메라맨에게 몸을 던졌다. 그러나 카메라맨은 잽싸게 몸을 피했다. 그녀는 넘어진 몸을 일으켜 무릎을 꿇었다. 그리고 두 손을 모아 싹싹 빌었다.

"제발 살려 주세요, 기자님. 죽을죄를 지었습니다. 처음입니다. 원래 이런 사람이 아닙니다. 저는 지금까지 노인을 학대해 본 적도 없습니 다. 제발요."

신자는 온몸을 던져서 사정을 했다. 이 순간 그녀에게 카메라맨은 하느님보다도, 대통령보다도, 요양원 원장보다도 더 높고 두려운 존재로 여겨졌다. 그녀는 슬며시 고개를 들고 카메라맨을 올려다보았다. 카메라맨의 입꼬리가 슬쩍 치켜졌다. 비웃는 것인지, 어이없다는 것인지, 그녀로서는 가늠하기 어려웠다. 그녀의 통사정이 통했는지 어쨌는지 알아볼 새도 주지 않고 카메라맨은 원장실 쪽으로 가버렸다.

J그룹 회장 일행이 다녀간 뒤로 한 달이 흘렀다. 신자에게는 지옥을 헤매고 있는 것처럼 끔찍한 시간이었다. 차라리 죽는 것이 낫다는 생각이 들기도 했지만 요행을 바라는 마음도 못지않았다.

원장이 부른다는 전갈을 받았을 때, 그녀는 드디어 올 것이 왔다고 생각했다. 그녀는 죽을상을 하고 원장 앞에 섰다.

"이신자 씨, J그룹 홍보실 기자와 무슨 일이 있었던 건가?"

신자는 원장의 말투가 부드러워 잠깐 혼란스러웠다. 질문의 요지가 무엇인지 짐작이 되지도 않았다. 애매하거나 무엇인지 모를 때는 입을 다무는 것이 능사이며 상책이란 것을 경험을 통해 익힌 터였다. 그녀는 멍청한 표정을 지으며 눈을 크게 뜨고 원장을 바라보았다.

"아무튼, J그룹에서 우리 요양원에 선물을 보내왔어요. 홍보실 기자가 회장님께 적극적으로 건의를 했다나 뭐라나. 회장님이 우리 요양원을, 아니 나를 특별하게 생각하고 계시다는 증거가 아니겠어? 결국 내가 이신자 씨에게 주는 선물인 거지 뭐. 감사한 마음으로 더욱 열심히 성실하게 일하도록. 노인들을 내 부모님이다 생각하고 더욱 친절하게… 알았나?"

신자는 원장이 자기 자랑을 끝없이 늘어놓는 동안 더욱 헷갈렸다. 홍보실 기자가 카메라맨이었다는 것쯤은 알아듣겠고, 원장이 J그룹 회장을 마치 친구나 되는 것처럼 절친한 관계라고 과장하는 것도 알아들었다. 그러나 J그룹에서 보낸 선물은 무엇이며, 원장이 그것을 자기에게 선선히 내주겠다는 것이 무슨 뜻인지 알아듣기 어려웠다.

선물은 목욕기계였다. 그것은 우주인의 복장과 세탁기를 합친 모양새를 하고 있었다. 목욕기계는 세탁기 옆에 설치되었다. 설치기사는 작동 요령과 방법을 차분하게 설명하였다. 작동법은 그다지 어렵지 않았다. 기사는 세탁기 세제 투입구처럼 생긴 곳에 샴푸와 바디샴푸를 각각 상한선까지 부었다. 목욕 버튼을 누르면 적당량이 자동으로 머리나 몸으로 분사된다고 말했다. 목욕기계의 가장 큰 장점은 머리를 감기거나, 등을 밀어 준다거나, 사타구니나 항문, 겨드랑이 등의 부위를 벌리거나 들어 올려 닦을 필요가 없다는 것이었다.

신자는 신이 났다. 조금 전까지 지옥에서 헤맸던 사실도 까마득하게 잊었다. 그녀는 이렇게 착한 기계를 만들어낸 개발자가 대단히 존경스러웠다. 그리고 목욕기계를 기부한 J그룹 회장에게 무한한 감사를 느꼈다. 더불어 그의 비리는 물론이고 그날의 실수도 모두 용서해 버렸다. 아니 그가 저지른 비리나 실수는 그녀를 위한 신의 덫이 아니었나 싶기도 했다. 그에게 부여된 사회봉사 명령이 아니었더라면 이런 기계는 구경도 하지 못했을 것이기 때문이었다.

역시 재벌 총수는 뭐가 달라도 달랐다. 죗값을 치르는 것도 돈벌이로 연결시켰다니 놀라웠다. 이곳에서 무리 없이 시운전이 끝나면 본격적으로 판매가 시작될 거라고 설치기사는 말했다. 이미 사전 작업이 끝난 상태라는 것이다.

신자는 자기가 J전자에 엄청난 공을 세운 것 같아 어깨가 으쓱해졌다. 목욕기계는 당연한 선물로 여겨졌다. 사실 J그룹 회장은 딱 한 번 장애 노인의 목욕 봉사를 수행했다. 목욕 봉사라고 해봤자 카메라가 작동되고 있는 단 몇 분에 불과했다. 모델이 되었던 장애 노인은 신자가 미리 씻겨 놓은 상태였다. 똥이 묻은 노인의 사타구니를 씻기고 떡이 진 머리를 미리 감겨 놓은 사람은 신자였다는 말이다. 회장의 비위가 몹시 약하다는 J그룹 비서실의 연락을 받고 원장의 진두지휘 아래 미리 만반의 준비를 해둔 터였다.

회장의 수행원들과 원장은 예행연습을 하듯 신자에게 장애 노인을 씻기게 했다. 그리고 사방에 카메라를 설치하고 따로 카메라맨들도 대기시켰다. 마치 영화를 찍는 것 같았다. 애벌 목욕을 거친 노인은 카메라에 불이 들어올 때까지 벌거벗은 채로 바닥에 누워 있어야만 했다. 그들이 떠난 뒤 노인은 곧바로 감기에 걸렸다. 요양원에서는 손을 쓸 수 없을 만큼 폐렴이 깊어졌다. 요양병원으로 옮겨간 노인은 아직까지 요양원으로 돌아오지 않았다. 신자를 비롯한 요양원 누구도 그의 생사를 알지 못했다. 굳이 알려고 하지도 않았다.

장애 노인 두 명만 씻겨도 온몸의 진이 다 빠지던 목욕 행사는 전자동 세탁기를 돌리는 것만큼 수월해졌다. 노인들이 오줌을 지리거나 똥을 짓이겨도 신자는 별로 걱정스럽지 않았다. 오랫동안 목욕을 하지 않은 노인이 당장 들어온다고 해도 이제는 두렵지 않았다. 그녀는 냄새나는 노인들을 목욕기계 속에 넣고 또 넣었다. 목욕기계 덕분에 요양원의 칙칙하고 구저분한 공기는 점점 상쾌하게 헹구어지고 있었다.

신자가 방으로 들어오자 노인들은 서둘러 자리를 피했다. 신자는 문을 가로막고 서서 노인들을 둘러보았다. 몸이 잰 노인들은 재빨리 신자의 시선 밖으로 빠져나갔다. 움직임이 굼뜨거나 장애가 있는 노인들이 그녀의 시선에 걸려들었다.

"김 할머니, 이 할머니, 박 할머니…, 김 할아버지, 이 할아버지, 박 할아버지…."

신자에게 호명당한 노인들의 눈빛에는 두려움이 가득했다. 그들은 목욕을 하지 않기 위해 이리저리 피하거나 딴청을 부렸다. 그러나 신자의 손을 벗어나지 못하고 끌려 들어가기 일쑤였다. 휠체어에 앉혀진 노인들은 아예 아무런 저항도 하지 못했다.

신자는 장애가 심한 노인부터 옷을 벗겼다. 그리고 목욕기계의 뚜껑을 열고 철망 의자에 앉혔다. 버튼을 눌러 허리와 손목 그리고 발목에 벨트를 채웠다. 겹쳐지는 부위가 없도록 노인의 팔과 다리는 적당히 벌렸다.

그녀는 뚜껑을 덮은 다음 작동 버튼을 눌렀다. 사방에서 물이 분사되어 노인의 몸을 적셨다. 그리고 비눗물이 노인의 몸에 뿌려졌다. 곧이어 목욕타월을 장착된 통이 바짝 조여지자 회전하기 시작했다. 마치 자동세차장의 풍경을 보는 듯했다. 아그그그… 아그그그… 앙다문 노인의 잇새로 비명이 새어 나왔다. 그러나 신자는 기계 속의 노인에게 신경을 쓰지 않았다. 노인의 비명은 바글바글한 거품 속으로 스며들었다. 신자의 귀에는 목욕기계가 회전하는 소리와 물이 분사되고 소용돌이치는 소리만 들렸다.

다음 차례의 노인은 옷을 벗기기도 전에 진저리를 쳤다. 그는 어둔 귀로 목욕기계 속의 비명을 환하게 듣고, 느끼는 것 같았다. 노인들의 눈에는 불안과 두려움이 가득 서려 있었다. 통이 제자리로 돌아가고 다시 물이 뿌려지기 시작했다. 수압이 세서 비누거품은 순식간에 씻겨내렸다. 그리고 온풍기가 돌기 시작했다. 물기는 금세 걷혔다. 노인의 머리카락이 올올이 날리더니 기계가 멈췄다.

신자는 큰 대자로 묶여 있던 허리와 양팔 그리고 두 다리에서 벨트를 풀었다. 눈알이 금세 튀어나올 것처럼 노인은 눈을 치뜨고 있었고, 온몸의 혈관은 잔뜩 부풀어 있었다. 목욕기계 밖으로 나온 뒤 한참 동안 노인의 숨소리는 고르지 못했고, 눈도 잘 감기지 않았다. 그러나 신자는 다음 노인을 목욕기계 속에 넣고 다시 작동 버튼을 눌렀다. 노인들 모두가 기계목욕을 버거워하는 것은 아니었다. 개중에는 기계목욕을 즐기는 것처럼 보이는 노인도 있었다.

노인들을 모두 씻기는 시간은 채 한 시간도 걸리지 않았다. 특별히 힘을 쓸 필요도 없었기 때문에 그다지 피곤하지도 않았다. 신자는 지쳐서 널브러져 있는 노인들에게 기저귀를 채우고 옷을 입혔다. 그리고 소량의 수면제를 넣은 요구르트를 나눠줬다. 노인들은 신자가 나눠준 요구르트를 달게 마셨다. 그들은 천진하게 다시 웃었다.

신자가 노인들의 옷을 대형 세탁기에 몰아넣고 돌아왔을 때 노인들은 모두 잠이 들어 있었다. 신자는 그들에게 베개를 받쳐 주고 이불도 덮어 주었다. 식기세척기에서 막 꺼낸 그릇처럼 노인들은 말갛게 씻겨 있어 보기에 아주 좋았다. 그녀는 잠들어 있는 노인들을 내려다보았다. 그들은 낡고 해진 인형처럼 미동도 하지 않았다.

신자는 커피믹스 두 개를 쏟아 머그잔 가득 뜨거운 물을 부었다. 그녀는 소파에 등을 기대고 앉아 천천히 커피의 맛을 음미했다. 혀에 달달한 맛이 감겨 기분이 좋아졌다. 요양원에 취직한 뒤 유일하게 즐기는 사치스런 시간이었다.

목욕기계가 들어오기 전에는 퇴근 시간까지 동동거리고 다녀도 여유가 생기지 않았다. 설령 쉴 틈이 생겼다 해도 오물을 짓이긴 노인들을 씻기고 옷을 빨고 청소를 하다 보면 비위가 상해서 물도 마실 수가 없었다. 일이 거듭되고 이력이 날 만한 시간이 지났는데도 결코 익숙해지거나 무던해지지 않아서 너무 고통스러웠다. 그 어떤 일을 한다고 해도 이보다 못할 일은 없을 것 같았다.

신자가 보고, 맡고, 느끼는 것은 불쾌함과 더불어 그 어떤 것이었다.

몇 명의 주검과 마주치기 전까지 그것의 정체를 파악하지 못했다. 그것이 죽음의 냄새라는 것을 그녀는 나중에야 알았다. 자신의 손으로 기저귀를 갈아 주고, 오물이 묻은 몸을 씻겨 주고, 옷을 갈아입혀 주던 그들을 기다리는 것은 오직 죽음뿐이었다.

그러나 목욕기계를 사용하고 난 뒤부터는 신자의 마음이 달라졌다. 노인들이 무생물처럼 느껴졌다. 돌멩이나 나무 등걸을 보는 것처럼 감정이 생기지 않았다. 더 이상 죽음의 냄새가 고통스럽지도 않았다. 단지 그녀가 해결해야 하는 것은 악취 제거와 청결한 환경뿐이라고 생각했다. 자신의 일터가 그런대로 괜찮은 곳이라고 여겨졌다.

커피 맛은 매우 달고 매우 썼다. 그녀는 매우 달고, 매우 쓴 그 맛 때문에 기분이 좋아졌다. 하품을 길게 하며 창밖을 내다보던 그녀의 표정이 순식간에 어두워졌다. 그곳에는 〈현장 2015〉라는 프로의 진행자들이 카메라를 앞세운 채 현관으로 진입하고 있었다. 고발 프로를 진행하는 그들은 텔레비전에서 보았던 바로 그 모습들이었다. 그날의 악몽이 되살아났다.

"안 돼!"

신자는 미친 듯이 현관을 향해 달려 내려갔다.

골드라벨의 감옥

"… 왕형수에게 사회봉사 160시간을 명령한다."

판결문을 읽어낸 판사는 한 템포 숨을 쉰 다음 법봉을 내리쳤다. 판사가 법봉을 내려놓기도 전에 방청석에서는 환호성이 터졌다.

"왕 회장님 만세."

환호성 속에서 유난히 도드라지는 아부성 목소리도 들렸다. 목소리의 주인공은 김 이사였다. 왕형수는 애써 표정을 바로 잡았다. 그는 김 이사를 통해 이러한 판결이 나게 되리라는 것을 미리 전해들은 터였다. 회사 고문변호사는 물론이고 개인 변호사까지 모두 동원해서 얻어낸 결과였다. 사회적 파장이 컸던 사건이었던 만큼 최종 판결이 나기 전까지 왕형수는 마음을 놓을 수가 없었다. 1심과 2심에서 실형이 내려졌는데도 불구하고 '유전무죄'라고 여론이 떠들썩했기 때문이었다.

그의 유능한 변호사들이 발바닥이 뜨겁도록 뛰어다니고 권력의 인맥과 언론의 힘까지 모두 동원한 결과 마지막 판결은 그들이 기획한 대로 내려졌다.

열흘 후, 왕형수는 비서실장과 고문변호사를 앞세우고 보호관찰소에 출두했다. 고문변호사는 보호관찰소장에게 판결문을 내보이며 왕형수의 신분을 확인시켰다. 소장은 변호사가 내미는 서류와 신분증을 확인한 다음 친절하게 사회봉사 내역과 방법을 설명했다.

"왕형수 씨, 첫 번째 방법은… 두 번째 방법은… 세 번째 방법은 아무것도 하지 않고 한자리에 있기만 하면 되는 겁니다."

소장은 왕형수에게 세 가지의 봉사 방법을 제시했다. 왕형수는 익히 알고 있거나 예상했던 첫 번째와 두 번째 방법보다 세 번째 방법에 마음이 끌렸다. '신분이 노출되지 않음'이란 문구가 마음에 들었기 때문이었다. 왕형수는 고문변호사를 돌아보았다. 변호사도 생소했는지 당황스런 표정을 지었다. 왕형수는 다시 소장에게 물었다.

"한자리에 있어야 한다고?"

"네, 제공되는 옷을 입고 그냥 계시기만 하면 됩니다. 일종의 무대라고나 할까요. 거기에 맞는 프로그램은 이미 설정이 되어 있기 때문에 아무런 노력을 하지 않아도 됩니다."

"그럼 카메라는?"

"카메라요? 글쎄요. 언론사의 카메라는 따라붙지 않을 겁니다. 저희가 철저히 통제를 할 테니까요. 설령 어쩔 수 없는 상황이 되어 카메라에 찍힌다 해도 왕형수 씨가 노출되는 것은 아닙니다. 이 방법은 일반 범죄자들에게는 절대로 주어지지 않는 혜택입니다. 왕형수 씨와 같은 특수계층과 특별한 신분층. 즉 골드라벨 등급이기 때문에 주어진 특권이라 할 수 있습니다. 참고로 성추행 사건과 도박 사건으로 사회봉사 명령을 받았던 황 회장님과 궁 회장님 역시 세 번째 방법으로 사회봉사 명령을 잘 끝내셨습니다."

범죄자라는 말을 듣자 왕형수의 심기가 몹시 불편해졌다. 지금 자신은 범죄자의 신분이라는 사실과 죗값을 치르기 위해 안내를 받고 있다는 사실을 깨달았기 때문이었다. 또한 라벨이란 말 때문에 자신의 몸에도 바코드가 붙어 있는 것처럼 느껴져 불쾌감이 더했다. 게다가 대법관보다 더 권위와 위엄이 실린 것 같은 소장의 목소리가 신경을 긁었다. 이 새끼, 지랄하고 있군. 어디 두고 보자. 왕형수는 훗날 반드시 소장을 손을 봐줘야겠다고 결심했다. 그는 필요 이상 크게 헛기침을 해대며 불쾌감을 드러냈다.

그러자 소장은 표정이 굳어지며 머리를 조아렸다. 왕형수는 오만상을 쓰며 소장을 쏘아보았다. 소장은 그의 시선을 피하며 두 손을 비벼댔다. 그러나 그의 입꼬리가 비틀리는 것을 왕형수는 눈치채지 못했다.

"그래, 언론사 카메라는 따라붙지 않는단 말이지?"

"물론입니다, 왕 회장님."

꼬박꼬박 왕형수라고 이름을 부르던 소장이 갑자기 왕 회장님이라고 호칭을 바꿨다. 왕형수는 표정을 풀며 짧게 한숨을 내쉬었다. 사실 기자들이 쉼 없이 플래시를 터트리며 사방에서 셔터를 눌러대는 것은 고문 중의 고문이었다. 항소심까지 진행되는 동안 그 고문을 참아 내느라 머릿속 핏줄이 다 터져 버리는 줄 알았다.

"단, 이 방법을 선택한 이상 변경은 절대 불가합니다. 중도에 포기하거나 성실히 봉사활동을 수행하지 않을 경우, 실형으로 전환된다는 것을 다시 알려 드립니다. 왕 회장님, 다시 여쭙겠습니다. 정말 세 번째를 선택하시겠습니까?"

말투는 정중했지만 내용은 무척 고압적이었다. 왕형수는 마치 실형을 선고받는 것처럼 심장이 벌렁거렸다. 그러나 그는 담담한 것처럼 가슴을 폈다. 소장의 목소리가 매우 떨렸던 것은 자신의 권위가 살아 있기 때문이라고 생각했다.

지정일 아침이 되었다. 왕형수는 소장이 이끄는 대로 사회봉사를 수행할 장소에 도착했다. 사복차림의 보호관찰관이 운전하는 경차를 타면서 비서나 직원 등 수행원은 아무도 대동하지 못했다. 신분이 노출되는 것을 막기 위해서라고 그들은 말했다. 담당 관찰관은 교도관 중의 한 사람인 것 같았다. 그는 일절 사족을 붙이지 않았다. 필요 이상의 예의도 갖추지 않았다. 단지 범죄자를 수송하는 로봇처럼 행동했다. 무례하긴 했지만 자신의 신분이 노출되지 않으려면 그것도 나쁘지 않다고 생각했다. 지금은 무조건 참는 수밖에 없다고 스스로를 다독였다. 그렇게 체념을 했음에도 천하의 왕 회장인 자신답지 않은 것 같아 서글펐다.

"자, 이것으로 변장을 하십시오."

담당 관찰관은 기계적인 목소리로 말했다. 그가 건네준 것은 원형 대로 잘 복원된 호랑이 가죽이었다. 단순한 호랑이 가죽이 아니라 안 쪽에는 소형 컴퓨터가 내장되어 있었다. 컴퓨터에 연결된 여러 가닥의 선들을 머리, 가슴, 양손, 양다리, 꼬리뼈에 부착시켰다. 아니 호랑이 가죽을 입으면 저절로 연결이 되도록 장착되어 있었다.

"화장실 다녀오셨습니까? 이 고리를 잠그는 순간 화장실을 갈 수 도 없고 물을 마실 수도 없습니다. 제가 도와 드릴 수 있는 것도 여기 까지입니다. 그리고 이 방은 휴식시간이 되어야만 열리도록 세팅이 되어 있습니다."

"알았다니까. 어때 내가 정말 호랑이 같은가? 오히려 재밌구만. 마 치 초등학교 시절 학예발표회를 하는 것 같은 기분이야."

"자 그럼, 고리를 잠그고 전원을 켜겠습니다. 이 안으로 들어가십 시오."

담당 관찰관은 왕형수의 기분에 맞장구를 치지 않고 기계적인 목 소리로 말했다. 그가 버튼을 누르자 왕형수의 허리는 저절로 꺾였다. 그의 양손은 반사적으로 유리 방바닥을 짚었다. 다시 일어서려고 했 지만 그의 허리는 세워지지 않았다.

담당 관찰관이 유리방 문을 닫자마자 저절로 문이 닫혔다. 왕형수

는 가로 4미터, 세로 4미터, 높이 2미터 정도의 유리방에 완벽하게
갇혔다. 천장이라고 해야 하나 뚜껑이라고 해야 하나? 아무튼 위쪽
은 뚫려 있어서 그나마 다행이었다. 담당 관찰관이 리모컨 버튼을
누르자 대기실의 셔터가 열렸다. 이윽고 유리방은 동물원 관람실로
옮겨졌다.

동물원이 개장되자마자 관람객이 쏟아져 들어왔다. '봄방학 특별
전시'라고 쓴 현수막이 한눈에 들어왔다. 관람객들을 처음으로 맞이
하게 된 곳은 로비 중앙에 자리 잡은 유리방이었다. 졸지에 호랑이가
되어 버린 왕형수에게로 관람객들이 모여들었다. 왕형수는 자신이 구
경거리가 되었다는 것을 알고 화가 났다. 그는 목청을 높여 소리를 질
렀다. 그런데 자신의 목소리는 들리지 않고 호랑이가 울부짖는 소리
만 요란하게 실내를 흔들었다. 아차, 싶었다. 자신의 목소리나 행동은
모두 컴퓨터의 통제로 호랑이의 목소리와 행동으로 변환되고 있다는
것을 알 수 있었다.

그는 두 팔을 들어 유리벽을 짚었다. 유리벽 가까이에 붙어 있던
관람객들이 혼비백산하며 뒤로 물러났다. 그러나 단단한 유리벽이란
것을 알고 그들은 다시 가까이 다가왔다. 왕형수가 몸부림을 치고 더
크게 고함을 칠수록 관람객은 더 열광했다. 특히 장난기가 발동한 아
이들은 맞장구를 치듯 박수를 치고, 휘파람을 불었다. 그리고 손에 쥐
고 있거나 들고 있던 것들을 호랑이를 향해 던졌다. 야구공, 사탕, 과
자, 심지어 돌멩이까지 유리방 안으로 날아들었다. 공과 돌멩이 등은

호랑이 머리와 몸통을 맞고 퉁겨지기도 했다. 호랑이의 벌린 입 속으로 사탕이나 과자가 들어가기도 했다.

호랑이와 관람객들은 상호작용을 일으켰다. 호랑이는 더욱 으르렁거렸고, 관람객들은 더욱 흥분하였다. 마치 야성이 살아 있는 것처럼 호랑이의 포효는 요란했다. 길길이 날뛰던 호랑이가 제풀에 쓰러질 때까지 관람객들은 유리방 앞을 떠나지 않았다.

왕형수는 자신이 완벽하게 갇혔을 뿐만 아니라 엄청난 린치를 당하고 있다고 생각했다. 그러나 자신이 아무리 날뛰어도 담당 감찰관은 나타나지 않았다. 그는 이를 갈았다. 이 문이 열리기만 하면 그 누구도 용서하지 않겠다고 다짐했다.

"피고 왕형수는 자신의 사업 파트너인 피해자를 납치했을 뿐만 아니라 목숨이 위태로울 만큼 린치를 가했다. 또한 그의 아들을 유인하여 인질로 잡고 경영권 일부를 포기하도록 종용했다. 이로 말미암아 피해자와 그의 아들은 심한 정신적·물질적 피해를 입었다…"

검사의 논고를 들을 때도 왕형수는 피해자나 피해자 가족에게 조금도 미안하지 않았다. 다만 자신을 고발하고 재판에 회부한 피해자의 싹을 아예 잘라 버리지 못한 것을 억울하게 생각했다. 세상살이, 특히 기업 경영도 정글의 법칙에서 벗어날 수 없다고 생각했다. 강한 자만이 살아남는 것이라고 굳게 믿었다. 힘을 동원하는 데 수단과 방법을 가릴 필요가 없다는 것이 왕형수의 평소 지론이었다.

사방을 둘러보았다. 곳곳에 감시카메라가 설치되어 있었다. 저쪽

어딘가에서 혹은 통제실 모니터를 통해서 그 혹은 그들이 자신을 낱낱이 살피고 있다는 생각이 들어서 더욱 분했다. 왕형수는 뉘었던 몸을 일으켰다. 그리고 사력을 다해 유리벽을 내리치고 걸어찼다. 아무리 내리치고 걸어차도 유리벽은 끄덕도 하지 않았다. 그러자 시큰둥하게 들여다보던 새로운 관람객들이 박수를 치고 함성을 질러댔다. 그가 날뛰면 날뛸수록 관람객들은 환호성을 질러대며 돌멩이와 쓰레기를 던지고 긴 막대나 쇠파이프를 던져 넣어 린치를 가했다.

왕형수는 피가 거꾸로 솟는 것 같은 느낌을 숨길 수 없었다. 그러나 자신은 유리방에 갇힌 한 마리 맹수일 뿐이었다. 맹수는 대중의 안녕을 해칠 수 있으므로 완벽하게 격리시켜야 하는 것이 동물원의 기본 규칙이었다. 또한 맹수의 공격성과 포악성을 보여주는 것도 포기할 수 없는 문제로 여기는 것 같았다. 맹수다운 맹수를 관람객들은 원하고 있기 때문이었다. 호랑이보다 더 호랑이다운 모습과 몸짓. 관람객들에게 짜릿한 공포와 두려움을 안겨주는 호랑이. 그것의 실체가 왕형수라는 사실을 관람객들은 알아채지 못했다.

원격으로 조정된 유리방은 다시 대기실로 돌아왔다. 유리방이 대기실 안으로 들어오자 셔터가 내려졌다. 비로소 유리방 문이 열렸다. 그리고 단단히 죄어졌던 호랑이 가죽의 고리도 풀렸다. 왕형수는 기진맥진한 채로 호랑이 가죽을 벗었다. 그는 속옷이 축축하게 젖은 것을 확인하고 소스라쳤다. 오줌을 지렸다는 사실도 깨닫지 못하고 있었던 것이다. 속옷뿐만이 아니라 양말까지 젖었다. 대기실 한쪽 구석에 놓여 있는 작은 바구니 안에는 새 팬티와 양말이 준비되어 있었다.

"너희들은 다 예상하고 있었단 말이지? 그래, 빌어먹을 놈들 나가서 보자."

왕형수는 속내를 드러내며 고함을 쳤다. 그는 관찰소장을 비롯한 감찰관들을 어떻게 처리할 것인가 곰곰이 생각했다. 그리고 사업 파트너를 납치할 때 동원했던 폭력배들과 그들에게 지시할 사항을 머릿속으로 정리했다. 이들을 납치한 다음 린치만 가하는 것이 아니라 아예 목을 비틀어 버리겠다고 결심하고 또 결심하면서 이를 갈았다.

그에게 주어진 휴식시간은 한 시간이었다. 휴식시간은 너무 짧았다. 유리방에 갇힌 채로 맹수 역할을 하던 세 시간에 비하면 휴식은 너무나 허망하게 흘러가 버렸다. 세 시간 동안의 형벌은 살아온 오십여 년보다 더 길고 긴 시간이었다. 그리고 그 어떤 형벌보다도 무겁고 끔찍한 것이었다.

하긴 지금까지 자신은 그 누구로부터 벌을 받아 보았거나 폭행을 당한 적이 없었다. 그는 언제나 벌을 내리는 사람이었고 자신 혹은 대리자를 통해 폭행을 공공연하게 행사한 사람이었다.

"왕형수 씨, 휴식시간이 끝났습니다. 다시 호랑이 가죽을 입으십시오."

대기실 벽에 설치된 스피커에서 감찰관의 목소리가 들렸다. 왕형수는 사방의 스피커를 돌아보면서 소리를 질렀다.

"네 이놈, 어림없는 소리 하지도 마. 나는 왕 회장이야. 감히 누가 나에게 명령을 내린단 말이냐? 목숨을 부지하고 싶거든 빨리 나를 내보내라. 그렇지 않으면 쥐도 새도 모르게 죽여 버릴 거다. 알았냐?"

이번에도 자신의 목소리는 메아리처럼 되돌아와서 자신의 몸을 후려쳤다.

"왕형수 씨, 시간을 엄수하십시오. 그렇지 않으면 곤란해집니다."

감찰관의 재촉에도 왕형수는 꼼짝하지 않고 버텼다. 그러자 낮은 파동의 전류가 자신의 몸으로 전달되기 시작했다. 아마도 전기고문이 이러지 않을까 싶을 정도로 저릿저릿한 고통이 가해졌다. 버티고 있을 만큼 가벼운 고통이 아니었다. 차라리 유리방 안으로 들어가는 것이 낫다는 생각이 들 정도였다.

왕형수가 유리방 안으로 들어가자 대기실의 셔터가 서서히 올라가기 시작했다. 로비는 사람들로 북적거렸다. 왕형수는 정신이 번쩍 들었다. 호랑이 가죽을 뒤집어쓰지 않으면 우스꽝스러운 자신의 모습이 그대로 노출될 판이었다. 그는 부랴부랴 호랑이 가죽을 뒤집어썼다. 그리고 감찰관이 했던 것처럼 꼬리뼈 근처의 마지막 고리도 마저 걸었다. 그러자 온몸으로 전자음이 감돌기 시작했다. 다시 호랑이로 돌아가고 있는 것이었다. 동시에 유리방이 로비 쪽으로 서서히 이동하기 시작했다.

"왕형수 씨, 당신은 오전에 세 시간 동안 사회봉사명령을 성실하게 수행하셨습니다. 이제 오후의 명령을 수행하는 중입니다. 계속해서 성실하게 수행할 것으로 믿습니다. 또한 한국 호랑이의 모습을 재현하여 관람객들에게 커다란 즐거움을 주고 있다는 사실에 대해 자부심을 가지십시오. 그러면 고통스럽지 않게 사회봉사명령을 수행할 수 있을 겁니다."

왕형수는 어이가 없었다. 사회봉사를 즐겁게 수행할 수 있을 거라고⋯. 그는 자조적으로 중얼거리며 호랑이 가죽 매무시를 바로잡았다. 유리방이 로비 한가운데 정지하기가 무섭게 관람객들이 모여들었다. 왕형수는 자신을 구경거리로 여기고 있는 관람객들을 향해 팔을 휘두르고 발길질을 해댔다. 관람객들은 호기심과 장난기가 가득한 눈으로 자신을 향해 삿대질을 하거나, 주먹감자를 먹이거나, 돌멩이와 쓰레기를 던졌다. 유리벽 너머로 막대기를 들이밀기도 했고 쇠파이프로 내리치기도 했다. 왕형수는 그것들을 피하기 위해 벽으로 바짝 몸을 붙였다.

자신과 관람객 사이에는 유리벽 한 겹으로 경계가 나뉘어져 있었다. 견고한 유리벽은 관람객들의 폭력으로부터 그를 보호하고 있지만, 감찰관은 물론이고 관람객 모두의 모욕이나 폭력에 노출된 투명한 감옥일 뿐이었다. 그가 움직임을 멈추자 감찰관의 음성이 귓속을 파고들었다.

"당신은 관람객들에게 즐거움을 주고 있으므로 자부심을 가지십시오. 당신이 성실하게 봉사활동을 수행할수록 당신의 죄는 가벼워집니다. 첫 번째 수행자인 황 회장님과 두 번째 수행자인 궁 회장님 역시 아주 성실히 사회봉사명령을 수행하셨음을 알려 드립니다."

황 회장은 원숭이, 궁 회장은 반달곰이었다고 했던가? 그들이 저잣거리 같은 동물원에서 원숭이 흉내를 내고, 반달곰 흉내를 내면서 구경거리가 됐었다는 사실은 전혀 언론에 노출되지 않았다. 왕형수는 그들이 카메라를 대동하고 양로원이나 고아원에서 적당히 시늉만 했을 것으로 짐작하고 있었던 것이다.

왕형수는 귀청이 찢어질 것 같아 다시 움직이기 시작했다. 그는 감찰관을 향해 고함을 질러댔다.

"그래, 나는 왕 회장이다. 나를 저잣거리에 내놓고 조롱할 테면 마음껏 해봐라. 그러나 너희들은 훗날을 두려워하게 될 거다."

왕형수는 사방을 휘둘러보며 고래고래 소리를 질렀다. 그러나 그의 목소리는 맹수의 울부짖음으로 자신에게 되돌아왔다.

"크흐흥, 크흐흥…."

정글의 한가운데인 것처럼 호랑이의 포효가 유리동물원을 뒤흔들었다. 관람객들의 환호성도 더불어 커졌다.

송곳니 족속의 부활

"중앙공원 갈대숲에서 변사체 발견. 최근 3개월 동안 연속적으로 일어난 살인사건과 동일한 수법에 의해 살해된 것으로 보인다. 목에는 날카로운 이빨에 물린 상처가 있고 얼굴과 몸 곳곳이 찢겨졌다. 상처가 끔찍한 것으로 보아 피해자가 거칠게 저항했던 것으로 추측된다. 피해자가 덕망이 높은 스님이었다는 것과 인적이 많은 도심 한복판 공원에서 살해되었다는 점은 대단히 충격적이다."

기자들을 따로 불러 브리핑을 할 사이도 없이 사건은 기사화되었다. 전화는 불통이 될 만큼 요동쳤다. 홈페이지 또한 다운이 될 만큼 원성과 야유와 비난이 들끓었다. 경찰은 도대체 뭐 하고 있는 거냐. 우리는 허수아비들에게 세비를 낭비하고 있었던 거냐. 차라리 인공지능 로봇에게 수사를 맡겨라. 강력반을 다시 조직하라 등등.

댓글에 댓글까지 늘어나 비난과 야유는 끝이 보이지 않았다. 게다가 혹시 중세에 잠들었던 드라큘라가 부활한 것이 아니냐는 엉뚱한 의문을 제기하는 네티즌도 여럿 있었다. 그들이 제기하는 의문이 생뚱맞다고 할 수는 없었다. 살해된 피해자들의 목에는 하나같이 날카로운 이빨 자국이 있었다. 상처의 위치도 모두 일치했다.

시민들의 불안은 날로 증폭되었다. 공원을 산책하는 사람들은 눈에 띄게 줄었다. 놀이공원이나 유원지는 한산하다 못해 적막해졌다. 평화의 시대가 마감되는 것 같은 세기말적 공포가 도시를 지배하기 시작했다.

경찰서로 부임한 이래 살인사건은 한 번도 일어난 적이 없었다. 병이 들거나 늙어서 죽은 사람은 있었지만 타의에 의해 살해된 일은 처음 맞게 된 강력사건이었다. 더구나 세 사람이나 살해당했다. 책에서나 읽었던 이른바 연쇄살인사건이 일어난 것이다.

범죄심리학·수사기법·해부학 등을 공부하긴 했지만 현장에서 그것들을 활용할 기회는 거의 없었다. 《범죄의 역사》에서 읽었던 살인·강도·강간·방화 등의 강력범죄는 장 형사가 태어난 이후 일어난 적이 없었다. 연쇄살인사건이란 것도 21세기 이전에나 있었던 희귀한 사건이라고 기술되어 있었다.

23세기 현 시대에는 동물을 도축하는 것은 물론이고 인간이 인간을 훼손하는 사건은 거의 일어나지 않았다. 혹시나 싶어 근현대 범죄 역사를 뒤적여 보았지만 강력사건이라고 규정했던 사건들은 백여 년 동안 한 번도 발생한 적이 없었다. 장 형사는 어디서부터 어떻게 접근을 해야 할지 막막하기만 했다. 이런 식의 강력범죄에 대한 수사기법을 따로 연구해 본 적이 없었기 때문이다.

도서관에서 대출해 온 책을 펼쳤다. 《차가운 악》이라는 페이지를 펼치자, 접힌 메모지가 끼워져 있었다.

인간은 풀과 곡식을 먹어야 한다고? 미친놈!!! 육식의 시대가 다시 돌아올 것이다. 아멘.

잉크의 색감이나 필체로 보아 최근에 끼워진 메모 같았다. 자신보다 먼저 이 고서의 내용에 관심을 가진 사람이 있었다는 말이 아닌가.

육식의 시대가 돌아온다? 상상만으로도 소름이 끼쳤다. 엽기 영화나 역사물에나 등장하는 도축장의 풍경이 저절로 떠올랐다. CG 작업으로 연출된 장면이란 것을 뻔히 알면서도 소나 돼지들을 도축하는 장면은 끔찍했다. 가죽을 벗기고, 목을 자르고, 배를 가른 소의 사체를 끝도 없이 매달아 놓은 장면은 오래도록 머릿속에서 사라지지 않았다.

과거의 인간들이 잔혹하게 살해된 동물의 사체를 어떻게 먹을 수 있었는지 이해하기 어려웠다. 오래된 영화 속의 인간들은 동물의 사체를 먹으면서 매우 행복한 표정을 짓고 있었다. 당대의 문화는 당대의 환경과 풍속으로 이해하고 해석해야 한다는 내레이션이 있었지만 공감할 수 있는 장면은 아니었다.

　장 형사는 '육식의 시대'를 검색하기 시작했다. 히틀러라는 아이디를 가진 사람의 글이 눈에 띄었다. 인간이 육식을 포기하면서부터 자연의 질서가 무너지기 시작했다는 논조였다. 기하급수적으로 늘어난 동물들로 인해 인간의 공간은 형편없이 축소되었을 뿐만 아니라 동물들의 공격을 막기 위해서 도시 외곽에는 특별한 방호벽을 쳐야 하는 불행한 사태가 초래되었다는 것이다. 몇 겹의 성곽을 쌓는 것도 부족하여 마을마다 담장을 겹겹이 둘러야 하는 사태를 자초했으며, 초식을 하고부터 인간은 한없이 게을러졌고 투쟁 의식도 사라져 버렸다고 개탄했다.

　인간은 만물의 영장이다. 신은 인간에게 만물을 다스릴 권위를 위임하셨다. 자연과의 공존이란 인간의 존엄성을 부정하고 비하하는 말과 같다. 그러므로 다시 고기를 섭취하여 인간의 본성을 회복하여야 한다. 인간의 본성이란 공격적이고 투쟁적이며 미래지향적인 성향이라야 한다. 그렇게 되기 위해서 과학계와 의학계 모두 나서서 퇴화된 송곳니를 복원시켜야 한다는 주장이었다. 21세기로 돌아가야 한다는 주장에 찬성하는 네티즌들이 늘어나고 있다는 사실이 놀라웠다.

　송곳니를 복원시킨다. 장 형사는 입속으로 되뇌었다. 아하, 송곳니라고? 그는 사건의 단서를 찾은 것 같았다. 살해된 사람들은 모두 송곳니처럼 날카로운 이빨에 물려 죽었다. 도대체 이러한 송곳니를 가진 것은 어떤 족속일까?

장 형사는 거울 앞에 서서 입을 크게 벌렸다. 송곳니는 앞니와 어금니의 경계에 뭉툭하게 퇴화된 채 시늉으로 남아 있었다. 나머지 이들은 모두 맷돌처럼 넓적했다. 그는 동료들의 입도 살펴보았지만 송곳니가 부활되거나 복원될 가망성은 보이지 않았다. 그러므로 피해자를 물어뜯은 송곳니의 주인은 인간이 아닐 가능성이 높았다.

장 형사는 피해자들의 프로필을 검색하기 시작했다. 역시 예상이 맞았다. 그들은 하나같이 육식을 주장하는 사람들에게 적극적으로 반대 의사를 표했던 사람들이었다. 한 명은 환경단체 간부였고, 다른 한 명은 육식주의의 폐해에 대해서 조목조목 반론을 펼친 학자였다. 그리고 중앙공원에서 발견된 변사자는 중앙공원에서 자주 법석을 여는 스님이었다. 장 형사는 바로 사이버수사대에 협조를 구하는 동시에 본청에 증원을 요청했다.

덫으로 설정된 형사 옆으로 긴 머리 여자가 다가가고 있었다. 장 형사와 그의 일행은 바짝 긴장했다. 그러나 여자는 덫을 지나쳤다. 긴장이 막 풀리려는 순간, 덫이 그녀를 따라가기 시작했다. 여자가 들어간 건물은 청소년 쉼터였다. 덫도 여자의 뒤를 따라 건물 안으로 들어갔다. 장 형사는 묘한 긴장감에 사로잡혔다. 지금까지 한 번도 경험해 본 적이 없는 긴장감이었다. 머리칼이 올올이 서고 온몸의 근육이 뻣뻣해졌다. 머릿속을 싸고 있던 딱딱한 껍질이 한꺼번에 벗겨지는 쾌감이 온몸으로 전해졌다.

덫으로부터 위험신호가 전해졌다. 장 형사와 그의 일행은 담장을 뛰어넘어 건물 안으로 들어갔다.

"모두 꼼짝하지 마."

덫을 에워싸고 있던 청년들의 시선이 일제히 장 형사 일행에게 쏠렸다. 긴 머리 여자는 덫의 멱살을 잡은 채 돌아보았다. 여자가 덫의 멱살을 놓았다. 덫은 바닥으로 나가떨어졌다. 이미 기절한 상태였다. 여자가 신호를 보내자 청년들은 괴성을 지르며 달려들었다. 그들의 눈빛은 굶주린 짐승처럼 번뜩였고, 치아는 맹수의 이빨처럼 뾰족하고 날카로웠다. 마치 사자나 호랑이에게 공격을 당하고 있다는 착각에 빠질 뻔했다.

"발사!"

장 형사의 명령에 따라 그의 동료들은 일제히 마취 총과 레이저 총을 발사했다. 청년들과 여자는 단번에 쓰러졌다. 주방의 냉장고에는 토막 낸 동물의 사체가 가득 들어 있었고 오븐과 냄비에도 굽거나 익힌 고기들로 가득했다. 장 형사와 그의 일행들은 모두 마당으로 뛰어나갔다. 그들은 한참 동안 구토를 했다. 마당에 쌓인 동물의 머리와 뼈다귀를 보고 그들은 다시 토하기 시작했다. 마치 지옥으로 추락한 기분이었다.

원장의 금고에서 나온 일지에는 청소년들의 훈련 과정이 세밀하게 기록되어 있었다. 이곳의 청소년들은 유아기 때부터 특별한 방식으로 은밀하게 키워지고 있었던 것이다. 아이들은 이름 대신 전사 1, 전사

2… 하는 식으로 불리고 있었다. 본청의 병력을 동원하여 쉼터를 살살이 수색하였다. 지하실의 풍경은 상상을 초월했다. 수천 년 전으로 시간을 되돌려 놓은 것이 아닌가 싶을 정도였다. 수십 명의 청년들이 고대의 전사 복장으로 훈련을 받고 있었다. 청소년들은 하나같이 송곳니가 발달되어 있었다. 넓적한 이를 뽑아내고 뾰족한 송곳니로 박아 넣은 아이들도 많았다. '대제국의 영광을 위하여 전사들이여 깨어나라. 너희들은 초식동물이 아니다. 고기를 먹고 인간성을 회복하라.' 사방의 벽에는 붉은 글씨로 쓰인 구호가 나붙어 있었다.

육식주의자들의 쿠데타 음모는 차단되었다. 그러나 이 사건은 시민들에게 어마어마한 충격을 안겨 주었다. 시민들은 맹수보다 더 위험한 대상이 인간이라는 사실을 알고 경악했다. 그들은 과거가 역사 속에 박제된 것이 아니라는 사실도 깨닫게 되었다. 역사는 반복되며 인간의 욕망은 결코 채워질 수 없다는 것도 알게 되었다. 육식의 징후는 여러 곳에서 나타나기 시작했고, 송곳니를 가진 사람들도 공공연하게 커밍아웃을 시도했다. 경찰서의 조직이 강화되었다. 시민들은 자신들의 안전을 보장할 강력한 지도자를 원하게 되었다.

"장 형사 이는 괜찮나? 나는 송곳니가 새로 나려는지 아파 죽겠어."

경찰서에 도착하자 동료 형사가 물었다. 장 형사는 욱신거리는 송곳니를 지그시 물었다. 그러나 아프다는 내색은 하지 않았다. 다음 세기에는 육식주의자들이 판치는 야만의 시대가 부활할 것 같았다. 장형사는 잇몸이 아파서 저절로 인상이 찌푸려졌다.

중원의 붉은 달

화장을 마친 궁리는 거울에 비친 자신의 모습을 찬찬히 들여다보았다. 매끄럽고 포동포동하고 뽀얀 피부, 풍성하고 우아하게 단장된 머리, 비단옷을 걸친 풍만한 몸매. 거울에 비친 그녀의 모습은 재상의 아내와 견주어도 손색이 없을 만큼 우아했다. 뼈다귀에 거친 가죽을 겨우 덮어쓰고 있는 것처럼 야위었던 몸피, 오랜 가뭄 끝에 바짝 마른 쑥대강이처럼 거칠었던 머릿결. 그렇게 비루하고 초췌했던 노예의 모습은 흔적도 없이 사라졌다.

물론 남편 역아의 모습에서도 비천한 노예의 모습은 말끔하게 지워졌다. 그것은 남다른 수완과 술수 그리고 신이 내린 매우 특별한 혀를 가졌기 때문이었다. 물을 긷고 짐을 나르는 노예에서 왕의 최측근인 주방장에 오르기까지 그의 술수에 넘어가지 않은 상전과 관리는 없었다.

그는 주인이나 상전의 마음을 사로잡기 위해서라면 못할 짓이 없었다. 자신의 충성심을 증명하기 위해서라면 한순간의 머뭇거림도 없었다. 기력을 잃은 상관을 위해 서슴없이 자신의 넓적다리 살을 떼어 구워 먹였고, 살아 있는 포로의 몸을 훼손하거나 기막힌 요리를 만들어 웃전의 혀를 매료시켰다. 자신의 살을 떼어 먹이는 것은 충복임을 증명하는 데 모자람이 없었고, 살아 있는 적장의 신체 부위를 자르거나 떼어내는 것은 맹주의 자만과 오만을 부추기기에 충분했다.

그러나 상전이나 웃전이라 해서 무턱대고 요리 솜씨를 발휘하지는 않았다. 권좌를 움직일 수 있는 핵심 세력이거나 권력의 정수에 한해서였다. 단적으로 말해 그의 승승장구의 비결은 바로 권력의 향방을 짚어내는 촉수와 술수 그리고 오미五味를 매료시킬 수 있는 요리 솜씨였던 셈이다.

여러 우물물을 섞은 한 모금의 물에서도 각각의 우물물을 구분해낼 만큼 역아의 혀는 귀신같은 능력을 지녔다. 그의 혀는 가려내지 못할 맛이 없었을 뿐만 아니라 그의 요리는 천하의 그 누구도 따라할 수 없을 만큼 전무후무한 맛을 만들어냈다. 그의 요리를 맛본 귀족이나 관리들은 하나같이 그를 '신의 혀를 가진 자'라고 일컬었다. 이제 왕에게 가장 가까운 사람은 재상이 아니라 역아라는 것을 부인할 사람은 아무도 없었다. 제나라의 2인자는 바로 역아인 셈이다.

남편 역아의 출세는 곧 궁리의 출세이기도 했다. 그와 그녀의 주인이었거나 상전이었던 사람들은 그들 앞에 엎드려 머리를 조아렸다. 특히 궁리를 천대하던 모든 귀부인들이 그녀 앞에 엎드려 용서를 빌었다. 발가락도 빨게 했고 오물도 핥게 했을 만큼 궁리에게 포악을 떨었던 귀부인들이었다.

궁리는 자신에게 했던 그대로 그들을 유린하면서 쾌감을 느꼈다. 그러나 그것도 잠깐이었다. 더 이상 기쁘지도 않았고 쾌감도 생기지 않았다. 뭔가 계속 찜찜했는데 그것이 불안이었다는 것을 궁리는 나중에야 깨달았다.

집이 커지고, 노비가 많아지고, 곳간에 재물이 늘었지만 궁리는 오히려 외로워졌다. 아무리 치장을 하고 피부를 가꿔도 남편과 함께 잠자리에 드는 일은 드물어졌다. 특히 왕의 주방장이 되고부터는 남편의 얼굴을 보는 것도 어려워졌다. 남편과 잠자리를 한 것이 언제였는지 기억이 나지 않을 정도였다. 아들이 이제 세 살이 되었으니 아마 이태 전이 아니었나 싶다. 오랜 시간 사내를 안아 보지 못한 자신의 몸뚱어리가 한없이 측은하게 여겨졌다.

궁리는 여몄던 옷을 젖혔다. 거울에 비친 육체는 언제라도 남자를 받아들일 준비가 되어 있었다. 그녀는 풍만한 가슴과 탱탱한 아랫배와 치모가 풍성한 삼각지대를 지나 매끈한 허벅지를 눈으로 훑었다. 그녀는 다리를 조금 벌렸다. 뜨거운 열기가 허벅지를 타고 흘렀다. 마치 뜨겁게 토해내는 한숨처럼 열기가 새어 나왔다. 순간 아랫배에 야릇한 통증이 느껴지면서 저절로 콧등이 시큰거렸다. 남자에 대한 갈망이나 욕망과는 다른 통증이었다. 알 수 없는 일이었다. 그녀는 다리를 오므렸다. 그러나 아릿한 통증은 여전했다. 그녀는 심호흡을 한 다음 옷매무새를 여몄다. 그리고 색색의 보석으로 장식된 황금꽂이를 머리에 꽂았다. 때마침 안마당에서 아들의 재잘거림과 웃음소리가 들려왔다.

마당에는 아들이 옥구슬을 굴리며 놀고 있었다. 아들은 색색의 옥구슬을 행랑채 쪽문을 향해 계속해서 던졌다. 구슬을 던지고 있는 아이의 표정이 매우 즐거워 보였다. 궁리는 아들의 밝은 모습을 보자 저절로 마음이 푸근해졌다. 아랫도리에 느껴졌던 통증도 가셨다.

그녀는 구슬이 굴러가는 쪽으로 시선을 옮겼다. 비긋이 열린 쪽문 너머에는 마구간지기 아들이 구슬을 받아내고 있었다. 초라한 행색에 누런 콧물을 흘리고 있었지만 천진한 표정은 자신의 아들과 다르지 않았다. 얼굴을 씻기고 좋은 옷으로 갈아입힌다면 충분히 귀엽고 사랑스러울 모습이었다.

여느 때와 달리 궁리는 아이들이 노는 모습을 격의 없이 바라보았다. 구슬을 던지고 받는 사이 아이들은 서로에게 가까이 다가가고 있었다. 아들은 행랑채 쪽문 쪽으로 다가갔고 마구간지기 아들은 문턱을 넘어 안마당 안으로 들어왔다. 여느 때 같으면 결코 있을 수 없는 일이었다. 그러나 마음이 말랑말랑해진 궁리는 마구간지기의 아들을 별다른 차별 없이 바라보았다. 마구간지기 아들이 결코 넘어서는 안 되는 문턱을 넘어왔다는 사실도 깨닫지 못할 만큼 궁리는 너그러워져 있었다. 그녀는 두 아이의 해맑은 표정을 보는 것만으로 행복해졌다. 오랜만에 젖이 도는 것처럼 그녀의 젖가슴이 저릿저릿해졌다.

그녀의 행복을 깬 것은 느닷없이 들려온 말발굽 소리였다. 말발굽 소리는 오후의 안채를 흔들 만큼 요란해지더니 이내 급박한 발걸음들이 안채를 향해 다가오고 있었다. 정신이 번쩍 든 궁리는 대문을 향해 고개를 돌렸다. 남편과 마부가 안채로 들어오고 있었다. 그녀는 아이들에게 시선을 돌렸다. 어느새 아들의 수발을 드는 계집종이 행랑채의 문을 닫고 아들을 안아 아래채로 향하고 있었다. 마구간지기 아들은 행랑채 문 너머로 사라지고 없었다.

역아의 표정은 돌덩이처럼 차가웠다. 그의 말투에는 아무런 감정이 묻어 있지 않았다. 살아 있는 포로의 입을 벌리고 혀를 잘라낼 때보다 더 차갑고 냉랭했다. 그의 명령은 간결했다.

"아들을 데려와라."

하필 아들이라니…. 남편 역아의 말을 듣는 순간, 궁리는 심장이 얼어붙는 것 같았다. 예사롭지 않은 말투였고 명령이었다. 그녀는 깊게 숨을 몰아쉰 다음 떨리는 목소리로 물었다.

"나리, 무무슨 일인지-요?"

역아는 궁리를 외면한 채 대답했다.

"주군께서 사람고기를 원하신다."

궁리는 온몸이 얼어붙는 것 같았다. 왜 하필 우리 아들이냐고 묻지도 못했다. 남편이 결정한 이상 번복 따위는 없다는 것을 그녀는 익히 알고 있었다.

"시간이 없다. 빨리 데려와라."

궁리는 남편이 채근하자 정신이 번쩍 들었다. 역아는 이미 반쯤 몸을 일으켰다. 마음을 가라앉힌 궁리는 재빨리 남편을 주저앉혔다. 그녀는 조금 전 아들이 똥을 쌌다며 목욕을 시켜서 데려오겠다고 말했다. 그녀는 벌벌 떨리는 몸을 애써 추스르며 마당으로 내려섰다. 그때 아들이 갖고 놀던 옥구슬이 마당으로 굴러들어왔다. 행랑채 문턱 아래로 마구간지기 아들의 발이 보였다. 그녀는 정신없이 아래채로 달려가 아들을 데려왔다. 그리고 행랑채로 나가 문을 걸어 잠갔다. 그녀는 마구간지기 아들의 옷을 벗겨 자신의 아들에게 입혔다. 그리고 숯검댕과 흙을 얼굴에 묻히고 머리를 마구 헝클어 버렸다. 그녀는 자신의 목걸이와 반지 그리고 머리의 장신구를 잡히는 대로 빼내어 아들의 옷섶과 주머니에 넣었다. 그리고 가장 아끼던 황금꽂이도 아들의 손안에 쥐어 주었다.

아들이 자신의 치맛자락을 잡고 늘어지자 인정사정보지 않고 걷어차 버렸다. 아들은 고꾸라져 댓돌에 얼굴을 부딪쳤다. 아들의 얼굴에서 피가 흘렀지만 궁리는 돌아보지 않았다. 그녀는 마구간지기 아들을 안고 안채로 들어왔다. 이 모든 일은 순식간에 이루어졌다. 그녀는 자신의 심장이 쇳덩어리처럼 차가워졌다는 것을 느낄 수 있었다.

궁리는 마구간지기 아들을 씻긴 다음 아들의 옷을 입혔다. 아이가 버둥거리며 울음을 터트리자, 그녀는 양손에 옥구슬을 쥐어 주고 과자에 정신을 잃게 하는 약을 발라 물려주었다. 아이는 과자를 먹기가 무섭게 이내 정신을 잃었다. 그 와중에도 아이는 옥구슬을 단단히 쥐고 있었다. 궁리는 아이의 머리에 두건을 씌웠다. 아이의 얼굴은 절반 이상 두건으로 가려졌다. 그녀는 아이를 강보로 단단히 감싼 다음 남편에게 넘겨주었다.

역아는 아이를 받아 안기가 무섭게 대문을 나갔다. 그는 강보에 싸인 아이의 얼굴을 보지도 않았다. 아이의 팔딱거리는 심장이 가슴으로 전해지는지 강보를 단단히 여몄을 뿐이다. 그는 결코 아이의 얼굴을 보지 않을 작정이었다. 그는 대기하고 있던 말 위에 서둘러 올라탔다. 너무 지체했다 싶어 박차를 가해 궁을 향해 달려갔다.

궁리는 남편의 모습이 멀어지자 그제야 참았던 숨을 내쉬었다. 그녀는 가슴을 쓸어내리며 행랑채 대문을 열었다. 아들은 보이지 않았다. 그녀는 마구간지기에게로 달려갔다. 아들은 마구간지기의 품에 안긴 채 울고 있었다.

"여봐라, 누구 없느냐. 안채에 도둑이 들어 내 보석을 몽땅 훔쳐 이쪽으로 달아났다. 어서 빨리 도둑놈을 잡아라. 잡는 즉시 쳐죽여도 좋다. 아니 잡는 즉시 때려 죽여라."

궁리는 일부러 마구간지기를 향해 고함을 질렀다. 고함 소리에 놀란 마구간지기는 일손을 멈추고 아이의 몸을 내려다보았다. 그는 아이의 손에 들린 황금꽂이를 보고 기겁을 했다. 그리고 아이의 옷섶에 싸인 보석들을 발견하고는 사색이 되었다. 그는 잠시 주위를 둘러보고는 재빨리 아이를 앞섶에 넣고 옷을 여몄다. 그리고 자신이 관리하는 궁리의 말을 타고 달아났다.

"도둑을 잡아라. 도둑을 잡. 아. 라. 도. 둑. 을…."

마구간지기가 안전하게 빠져나갔다고 느끼자 궁리의 목소리는 목구멍으로 잦아들었다. 그녀는 누각으로 올라가 큰길을 내다보았다. 마구간지기가 탄 말은 마을 밖 황톳길을 내달리고 있었다. 그녀는 먼지 속으로 사라지는 그들의 모습을 눈도 깜박이지 않고 바라보았다. 이윽고 한 점 먼지바람마저 사라지자 허물어지듯 주저앉았다. 그녀는 고개를 들어 하늘을 올려다보았다. 한낮인데도 하늘에는 달이 떠 있었다. 붉은 달이었다. 그녀는 달을 보며 중얼거렸다.

"잘 가라 내 아들. 그리고 그대의 아들도…."

혼돈의 부활

천지개벽 후, 만물이 생겨나자 여와는 진흙을 뭉쳐 사람을 만들기 시작했다. 정성을 들인 만큼 보기에 아주 좋았다. 그러나 넓은 대지를 채우기에는 너무 더뎠다. 그는 새끼줄에 진흙을 묻혀 휘둘렀다. 흩뿌려진 진흙 덩어리는 모두 사람이 되었다. 진흙이 묻은 새끼줄을 휘두를 때마다 더 많은 사람들이 생겨났다. 이로써 흩뿌려진 진흙 덩어리에서 생겨난 사람들이 진흙을 곱게 빚어 만든 사람에 더해져 대지에 가득 찼다.

급기야 계엄령이 선포되었다. 그러나 광장에 운집한 시위대는 해산할 기미가 보이지 않았다. 정치개혁과 민주화 그리고 부정부패 척결을 외치는 시위대의 목소리는 조금도 사그라지지 않았다. 총서기장의 간곡한 호소에 기대를 걸었던 시위대는 그가 실각했다는 소식을 듣고 분노했다. 그들의 시위는 한층 더 격렬해졌다. 마찬가지로 인민대회장의 불도 꺼지지 않았다. 제국의 혼란을 결코 용납할 수 없다는 전통문과 함께 수도권과 그 예하부대 그리고 특수부대와 경찰은 전쟁 상태로 돌입했다. 하다못해 위화가 소속된 공병대대에까지 전투 태세에 임하라는 명령이 하달되었다.

그러나 위화는 별다른 위기를 느끼지 않았다. 그는 자신의 소속 부대 임무가 시위대의 해산과는 전혀 관련이 없다고 생각했다. 그를 비롯한 부대원들은 어제처럼 건설장비와 기계를 닦고, 조이고, 기름을 치면서 여느 날처럼 하루하루를 보냈다.

위화의 목적은 별 탈 없이 군대 생활을 마무리하고 고향으로 돌아가는 것이었다. 제대를 한 달 앞둔 그는 하루가 여삼추였다. 군대의 시계는 거꾸로 세워도 돌아간다는 말이 믿기지 않을 만큼 시간은 더디 흘렀다. 그나마 그는 자신이 준비해 둔 여러 종류의 자격증과 면허증을 보면서 위안을 삼았다.

그는 여러 종류의 자동차와 건설장비 운전면허증을 소지하고 있었다. 또한 건축에 관한 자격증도 가지고 있었다. 이 모든 면허증과 자격증은 모두 공병대에 입대해서 획득한 것들이었다. 자격증을 획득할 때마다 자신감으로 충만해졌다. 그의 삶은 피를 팔아야만 했던 할아버지나 온몸을 던져서 노동을 해야 했던 아버지와는 다를 것이라고 자신할 수 있었다. 게다가 그에게는 미용 기술을 가진 약혼녀도 있었다. 지금 대경 중심가의 미용실에서 수습 중인 그녀는 위화의 제대에 맞취 고향에다 미용실을 차릴 참이었다.

그녀와의 미래를 생각하자 위화는 저절로 콧노래가 나왔다. 장차 그의 꿈은 건설회사를 설립하는 것이었다. 그런데 계엄령이라니. 위화는 군대 말년에 닥친 이 상황이 자신에게 닥친 위기가 아닌가 싶어 못내 찜찜해졌다.

민주화와 개방을 주도했던 어르신이 떠난 지 47일이 지났다. 추모 인파였던 시위대가 개혁과 민주화를 외치며 평화문 광장을 점거한 지 47일째가 된 것이다. "제국에 대해 불만을 품은 자는 모두 적이다. 적에게는 단 일 프로의 관용도 베풀어선 안 된다." 아침 일찍 공표된 총서기의 담화는 반복해서 전파를 탔다. 총서기의 담화 발표를 바탕으로 한 대대장의 훈시는 매우 비장했다. 마치 총서기라도 되는 것처럼 그는 담화 내용을 반복했다.

"광장에 모인 시위대들은 모두 폭도이거나 반역자들이다. 그러므로 그들은 우리의 적이다."

그는 좌중을 둘러보며 출동 준비 명령을 내렸다. 공병대장이 명령을 내리자 부대원들은 의외라는 표정을 감추지 않았다. 공병대와 시위대 해산이 무슨 관련이 있는지 납득이 되지 않는다는 표정들이었다. 그러나 그들은 이내 표정을 수습하고 명령대로 움직였다.

수백 대의 트럭에 물 저장 탱크가 실렸다. 또한 수십 대의 물 저장 탱크에는 세제와 염소표백제를 섞은 물이 채워졌다. 이틀 동안 공병 대대가 출동 준비를 한 것은 물을 채우고 세제를 준비하는 일이었다.

더불어 수십 대의 제설차도 집결시키고 유조차도 대기시켰다. 군인은 무조건 명령에 복종할 뿐이므로 질문은 허용되지 않았다.

49일이 되는 일요일 자정이 되자마자 출동 명령이 떨어졌다. 선두는 제설차량들이었다. 유조차와 세제를 실은 트럭들이 뒤를 따르고 그 뒤를 물 저장탱크를 실은 트럭들이 따르도록 지시가 내려졌다. 위화의 임무는 제설차량을 운전하는 것이었다.

"엄청난 양의 쓰레기가 널려 있을 것이다. 우리 부대의 임무는 그 쓰레기를 치우고 소각한 뒤 깨끗하게 청소를 하는 것이다."

위화는 대대장의 명령을 듣고 불안했던 가슴을 쓸어내렸다. 쓰레기를 치운다는 말에 그는 한결 마음이 가벼워졌다.

도시는 깊이 잠들어 있었다. 시위대도 잠에 빠진 듯 광장은 조용했다. 차량의 이동로만을 열어놓은 채 광장은 무장한 군인들로 에워싸여 있었다. 수십 겹으로 에워싼 군인들이 서서히 광장을 향해 움직이기 시작했다. 그들은 아주 조용하게 광장을 향해 전열을 좁혔다. 물 한 방울도 새어 나가지 않을 만큼 그들의 간격은 물샐 틈이 없어 보였다. 위화는 침을 꿀걱 삼켰다. 자신의 온몸이 옥죄어 오는 것 같아 허리를 곧게 폈다. 공병대 앞에는 대규모의 탱크부대가 광장을 향하고 있었고 탱크부대 앞에는 특수부대원의 차량과 지휘관의 차량이 보였다.

새벽 3시, 신호와 함께 기관총이 발사되기 시작했다. 이윽고 비명과 아우성이 광장을 뒤흔들었다. 위화는 자칫 운전대를 놓칠 뻔했다. 그는 상황을 가늠하기 어려웠지만 가까스로 정신을 수습했다. 결코 브레이크를 밟을 수 없다는 사실을 깨달은 것이다. 자기 뒤에는 수십 대의 세제 차량과 수백 대의 물 저장 트럭이 뒤따르고 있었고, 이들 또한 멈추거나 돌아갈 수 없다는 것을 알고 있었다. 그것은 명령이었다.

기관총 소리는 멈추지 않았다. 사람들의 비명과 아우성도 커졌다. 사람들은 총탄을 피해 사방으로 흩어졌다. 잠깐 틈을 벌려 출구를 만들자 절반쯤의 시위대가 광장 밖으로 빠져나갔다. 군인들은 이내 간격을 좁혀서 시위대를 광장 안쪽으로 몰아넣었다. 한동안 기관총이 불을 뿜었다. 미처 빠져나가지 못했거나 항거를 하던 시위대는 탱크 앞으로 몰려갔다. 그러나 탱크부대는 시위대를 향해 진격을 멈추지 않았다.

"쥐새끼 한 마리도 빠져나가게 해서는 안 된다."

지휘관의 명령과 함께 군인들은 고기를 몰 듯 사람들을 탱크 쪽으로 몰아넣었다. 탱크는 장애물도 아니라는 듯 사람들을 깔아뭉개고 지나갔다. 사람들을 뭉개고 탱크가 지나가고 또 지나갔다. 탱크를 피해 달아나려는 사람들을 군인들은 무자비하게 후려갈겼다. 에워싸인 사람들은 한 명도 탈출하지 못했다. 탱크는 그들을 뭉갠 뒤 조용히 광장을 빠져나갔다.

쓰레기를 치워라. 공병대장의 명령이 떨어졌다. 위화는 반사적으로 눈삽을 내려 광장 바닥을 밀었다. 피비린내가 진동했다. 구역질이 올라왔지만 이를 앙다물었다. 위화를 비롯한 수십 대의 제설차는 대대장의 명령에 따라 광장을 밀고 또 밀어 시신을 한곳으로 모았다. 수백 명의 사람들과 그들의 소지품들이 산더미처럼 쌓이고 또 쌓였다.

탱크부대가 임무를 마치고 물러났듯이 제설차량도 임무를 마치고 광장 한편으로 물러났다. 제설차가 빠지기 무섭게 기름 냄새가 진동했다. 이윽고 불기둥이 솟았다. 위화는 자신이 꿈을 꾸고 있거나 아니면 지옥에 떨어졌다는 생각이 들었다. 그는 눈과 귀와 코가 감지하고 있는 이 상황을 맨정신으로 바라보기 어려웠다.

"티끌 하나도 남기지 말고 깨끗하게 청소를 하라."

공병대장의 명령은 계속되었다. 잔해를 치우고 세제를 쏟아 광장을 닦고 또 닦았다. 수백 대의 트럭이 싣고 온 수백 톤의 물과 광장의 소화전에서 끌어온 수천 톤의 물로 광장을 씻고 또 씻어냈다.

이윽고 날이 밝았다. 피 한 방울, 잔해 한 조각 남아 있지 않은 것을 확인한 공병대장은 서둘러 부대원들에게 복귀 명령을 내렸다. 밤새 광장을 에워쌌던 십팔만 명의 군인들도 모두 자신들의 부대로 돌아갔다. 광장에는 어제 일을 모르는 다른 부대의 군인들이 배치되었다. 그들의 표정에는 어떤 그림자도 드리워 있지 않았다.

광장은 어젯밤의 사태를 짐작하기 어려울 만큼 어떤 날보다도 더 깨끗했다. 아침 뉴스에는 시위대의 해산 장면이 짧게 지나갔다. 정부 대변인은 광장을 점거했던 폭도들과 약간의 소요가 있었을 뿐 사망자는 한 명도 없었다고 전했다. 뉴스를 보는 많은 사람들은 별다른 의

구심을 갖지 않는 것처럼 보였다.

"천지개벽 후, 여와는 진흙으로 사람을 만들었다. …그는 새끼줄에 진흙을 묻혀 사방으로 흩뿌렸다. 그러자 무수히 많은 사람이 생겨나 대지에 가득 찼다."

위화는 인간의 창조 신화를 읊조리면서 키득키득 웃었다. 그는 지난밤 제설차로 쓸어낸 것이 진흙 덩어리라고 믿고 싶었다. 그는 이내 미친 듯이 도리질을 했다. 나는 어젯밤 매우 중대한 역사적 진실을 지웠다. 그것도 아주 깨끗하게. 그는 피의 일요일에 동참했다는 사실을 도저히 부인할 수 없었다. 아니야, 아니야. 그는 또다시 세차게 머리를 흔들었다. 그는 하늘을 향해 두 팔을 뻗었다. 그리고 소리쳤다.

"창조주시여 내가 쓸어 버린 것이 인간입니까, 진흙 덩어리입니까?"

푸른 융단 게임

집에 도착했을 때 가장 먼저 나를 반긴 것은 제우스였다. 6개월이나 헤어져 있었는데도 녀석은 동네가 들썩거릴 만큼 짖어댔다. 얼마나 요란스러운지 이웃들이 모두 문을 열고 밖으로 나왔다. 덕분에 그들에게도 내가 돌아왔다는 것이 자연스럽게 알려지게 되었다. 잔뜩 구겨졌던 그들의 표정이 나와 마주치는 순간 환하게 펴졌다.

"안녕, 마이클. 반가워 마이클."

그들은 손을 흔들며 나의 귀가를 환영했다. 그리고 내 모습을 아래위로 훑어보며 엄지손가락을 바짝 세웠다.

"마이클 최고야."

군복을 입고 있는 내 모습이 멋있다고 칭찬하는 사람은 바로 옆집

피터였다. 그는 베트남전쟁에서 많은 전과를 올렸던 지휘관이었다고 늘 자랑하곤 했다. 내가 군대에 지원하게 된 동기 중 일부는 실감나게 전해 주던 전투 상황과 번쩍거리던 훈장 그리고 군복을 입고 찍은 멋진 그의 모습 때문이기도 했다.

"피터 아저씨, 건강하시죠?"

내 말에 그는 다시 한 번 엄지를 세운 손을 들어 보이고는 안으로 들어갔다. 전쟁영웅이었다는 것을 믿기 어려울 만큼 그는 늙고 초췌했다.

펄쩍펄쩍 뛰며 반기는 제우스를 떼어놓기도 전에 어머니와 아버지 그리고 뒤이어 아들이 나왔다.

"내 아들, 반갑다. 네 생일에 맞춰 정말 잘 돌아왔구나."

어머니와 아버지는 입을 맞추기라도 한 것처럼 동시에 같은 말로 나를 반겼다. 그들과 차례차례 포옹을 한 다음 나는 아들을 안아 올렸다. 사실 아들은 생각보다 훨씬 무거웠다. 녀석이 유치원생이 아니라는 것을 매번 잊어버리는 것이 문제였다.

"아빠, 제가 몇 살인지 아직도 모르세요?"

아들은 어깨를 으쓱해 보였다.

"마이클, 생일을 축하한다. 때맞춰 돌아와서 정말 기쁘구나."

아버지는 같은 말을 계속했다. 그만큼 반갑다는 뜻일 것이다. 어머니는 아버지의 말에 고개를 끄덕이며 그윽한 눈으로 나를 쳐다보았다.

"아빠, 생일을 축하합니다. 그리고 존경합니다."

아들은 내 모자를 쓰고 어설프게 거수경례를 붙였다. 아들의 말을 듣자 자긍심으로 가슴이 뿌듯해졌다. 나는 다시 한 번 아버지, 어머니, 아들과 포옹을 했다.

가족의 축하를 받으며 먹는 저녁식사는 그 어떤 만찬과도 비교할 수 없을 만큼 행복했다. 다만 지금 이 자리에 아내가 없는 것이 가장 큰 아쉬움이었다. 아내가 있었다면 훨씬 더 행복했을 것이다.

아내는 긴급뉴스가 있어 취재 중이라는 연락을 해왔다. 그것도 아주 간단한 문자 한 줄이었다. 부드럽고 자상하기 그지없는 그녀였지만 일을 할 때는 아주 냉정하고 치밀했다. 마치 남편도 아이도 없는 사람처럼 철저한 프로 근성을 드러냈다. 그녀의 촉수는 24시간 온 세상을 향해 뻗어 있다고 해도 과장된 표현이 아니다.

세상에는 헤아릴 수도 없이 많은 일들이 일어난다. 그 일들 중 그녀의 레이더망에 걸린 일들이란 직·간접적으로 세계에 영향을 미치는 일들이다. 그녀는 자극이 큰 뉴스를 따라 다닌다. 그녀를 크게 자극하는 뉴스는 곧 미국을 자극하는 뉴스이기도 했다.

내가 그녀를 사랑하는 만큼 그녀가 나를 사랑한다고 믿고 있다. 그녀의 사랑을 조금도 의심하지 않지만 내 생일을 그녀와 함께 보내지 못한다는 것은 몹시 서운하다. 휴가를 생일에 맞추기 위해서 무리한 출격까지 감행했다. 그녀를 만날 수 있다는 생각에 단 1분도 지체할 수 없었다. 도대체 그녀를 붙잡고 있는 긴급뉴스라는 것이 뭐란 말인가.

"마이클, 너무 서운하게 생각하지 마라. 네 아내는 매우 중요한 일을 하고 있지 않니? 네 아내는 6개월 내내 너를 기다렸단다. 아마 내일은 너와 함께 즐거운 시간을 보낼 수 있을 거야."

어머니는 내 속을 훤하게 들여다보고 있는 것처럼 말했다. 그리고 아내를 감싸고 들었다. 아내의 직업을 그들은 너무나 잘 이해하고 있었다. 몇 날 며칠 현장에 매달려 있는 일도 다반사였기 때문에 지금 같은 일은 그다지 신경도 쓰이지 않는 모양이었다.

내 기분과 상관없이 부모님은 기분이 좋아 보였다. 와인 한 병을 둘이서 다 비울 정도였다. 아들의 생일을 같이 보낼 수 있다는 것이 그들에게 이렇게 기쁜 일이란 것을 처음으로 알았다. 그들은 잔이 채워질 때마다 내가 자랑스럽다고 했다. 군인이어서 자랑스러운 것인지, 내가 특수비행사라서 자랑스러운 것인지는 가늠할 수 없었다. 나쁘지는 않았다.

아버지가 잔을 든 채로 TV를 켰다. 마침 뉴스 시간이었다. 수업 중인 같은 반 학생을 향해 무자비하게 총을 난사했다는 끔찍한 사건, 토네이도가 휩쓸고 간 남부의 처참한 광경, 북한의 김정은이 2인자인 장성택을 처형했다는 소식 등의 뉴스가 지나갔다. 그리고 백악관을 배경으로 서 있는 아내의 모습이 나타났다. 파병을 반대하는 피켓을 든 사람들이 그녀의 주위로 몰려들었다.

그녀는 격앙된 목소리로 소식을 전했다. 어젯밤 아프가니스탄에 떨어뜨린 전자폭탄이 수십 명에 이르는 노인과 부녀자 그리고 아이들의 목숨을 앗아갔다는 내용이었다. 전송된 화면에는 팔다리가 잘려 나가고, 머리가 깨지고, 내장이 터진 시신들이 즐비하게 늘어져 있었다. 시체를 수습하고 있는 사람들은 주름이 깊은 노인과 차도르를 입은 여자들이었다. 눈곱이 낀 노인의 눈은 초점을 잃은 것 같았고, 얼굴까지 가린 여자들은 허공을 향해 양손을 휘저었다. 얼굴을 가렸기 때문에 그녀들이 어떤 표정을 짓고 있는지는 알 수 없었다. 가까스로 잡아낸 듯한 화면에는 건장한 남자들이 무장한 채 현장을 감시하고 있었다. 그들은 얼굴 절반을 가리고 있었다. 그런 중에도 번뜩거리는 눈빛은 생생하게 잡혔다.

아내가 주목해서 전달하고 있는 문제는 미군에 의해 살해된 사람들이 민간인이라는 사실이었다. 대부분 노인이나 부녀자 그리고 아이들이 피해자가 되었다는 것을 그녀는 격앙된 목소리로 전달했다. 집단 몰살이라고 할 만큼 많은 사람들이 희생되었다고 그녀는 말했다. 그 순간 피켓을 들고 있던 사람들이 카메라를 향해 야유를 보냈다. 아내는 목소리를 가다듬고 말을 이었다. 미 공군기가 공격 목표물에 대한 착오를 일으켰을 가능성, 탈레반의 계략에 의한 거짓 정보에 속았을 가능성, 두 가지 모두에 대한 전문가들의 의견을 인용했다.

명분이 그 무엇이었든 간에 대량살상이 일어났다는 것에 대한 책임은 미국이 벗어나기 힘들 거라고 전문가들의 말을 곁들여 전했다. 누구를 위해서 이 전쟁을 계속하고 있는가? 우리의 아들들이 왜 이렇게 무거운 짐을 져야 하는가? 아내의 마무리 멘트에 피켓을 든 사람들이 동시에 함성을 질렀다.

아내를 밀어낸 화면에는 커다란 폭발과 함께 푸른 섬광이 화면 가득 퍼졌다. 에메랄드빛 빛다발은 충분히 아름다웠다. 폭발은 연속적으로 일어났다. 빛이 사위기 전에 다시 폭발이 일어났다. 깊고 짙은 어둠을 바탕으로 일어나는 섬광은 어떤 레이저 예술보다도 아름답고 황홀했다.

어젯밤 내가 만들어낸 바로 그 작품이었다. 에메랄드빛, 그것은 현란한 색채와 문양을 만들어내던 그 어떤 불꽃놀이보다 더 깊고 푸르렀다. 짙은 어둠을 배경으로 한 푸른빛은 더욱 비밀스럽고 은근하고 유혹적이었다. 어둠 속에 가려진 그 무엇까지 들여다볼 필요는 없었다. 그 속에 엄청난 보석이 가려져 있다 해도 무조건 따를 뿐이었다. 왜냐하면 나는 군인이기 때문이다. 아름다운 융단 게임을 한판 벌이고 나는 휴가를 나온 셈이었다, 바로 내 생일날.

어젯밤 나는 조금 들떠 있었다. 머릿속에는 온통 휴가에 대한 생각으로 가득했다. 아내와 아들 그리고 부모님을 만난다고 생각하니 피곤하지도 않았다. 스마트 기능이 결합된 폭탄을 장착한 다음 내장 컴퓨터에 목표물의 위치를 설정했다. 목표물에 대한 정보는 간단했다. 공격 지점과 투하할 폭탄의 양 그리고 정확한 시간. 목표물의 실체나 파괴 목적에 대한 정보는 주어지지 않았다.

목표물이 사정거리 안에 들어오자 세팅된 컴퓨터가 신호를 보냈다. 버튼을 눌렀다. 곧이어 폭탄의 꼬리에 결합된 카메라가 목표물에 적중했다는 화면을 보내왔다. 모니터에 전송된 화면이 떴다. 푸르게 일어나는 엄청난 빛 무리. 마치 깊고 거대한 바다가 용틀임을 하고 있는 것 같았다. 용틀임은 연속적으로 일어났다. 그리고 빛 무리는 섬광을 일으키며 밤하늘을 수놓았다. 온몸이 짜릿해졌다. 공격 완료. 모니터의 화면은 그대로 모선으로 전송되었다. 오케이, 속히 귀환 바람. 모선에서 보낸 메시지가 모니터에 떴다. 지체하지 않고 모선을 향해 기수를 돌렸다. 그리고 나를 기다리고 있는 집으로 돌아왔다.

부모님은 잠자리에 들었고 아들은 제 방에서 게임을 하고 있다. 아들은 전사가 되어 더 많은 적을 사살하고 고지를 점령했다. 사살된 적의 수가 많을수록, 적의 고지를 점령할수록 점수가 높아졌다. 게다가 탈취한 전리품도 많았다. 녀석은 게임 레벨이 높다고 은근히 자랑을 했다. 대단히 비싼 전리품을 탈취한 것이 무엇보다 큰 성과라고 뻐기기까지 했다. 아들은 다시 더 많은 적을 죽이기 시작했다. 높은 레벨을 가진 아들은 유저들 중에서 영웅이었다.

거실로 나왔다. TV 소리가 요란했다. 나는 채널을 이리저리 돌렸다. 딱히 보고 싶은 방송이 있는 것은 아니었다. 활극이 벌어지고, 끈적끈적한 신음 소리를 내며 섹스를 하고, 온몸을 흔들며 노래를 하고, 흠런한 방에 함성이 터지고…. 그 어떤 채널도 시선을 끌지 못했다. 그것들은 사실 내가 하고 싶은 모든 것들이었다.

그러나 지금 할 수 있는 것은 그냥 마시는 것밖에 없었다. 술은 점점 줄어들었고 몸도 흐느적거리기 시작했다. TV에서는 다시 정규 뉴스가 진행된다. 또다시 학생의 총에 난사당한 교실, 토네이도, 붉은 깃발과 김정은.

다시 텔레비전 화면에 아내의 모습이 나타났다. 술병은 바닥을 드러냈다. 아내의 목소리가 아득해졌다. 초점이 점점 흐려지기 시작했다. 아내가 멀어지고 내가 만들어낸 화려한 융단 게임이 펼쳐졌다. 얼마나 아름다운 섬광인가. 휴가가 빨리 끝나 다시 출격을 하고 싶어진다. 온몸이 근질근질해진다.

그들을 위한 나라는 없다

전세는 회복할 수 없을 만큼 기울었다. 벽파진이 무너졌다는 전령이 도착하기도 전에 성안으로 불화살이 날아들었다. 벽파진 방어에만 전력을 기울인 나머지 좌우의 기습공격을 미처 알아채지 못한 것이다. 성문과 성곽을 지키던 수비대원들의 전열은 순식간에 무너졌다. 전열을 채 가다듬지도 못한 채 상장군은 전선을 사수하라고 호령했다. 그는 달궈진 철판 위의 호랑이처럼 전선을 누볐다. 그러나 너무 늦어 버렸다. 정부와 몽골의 연합군은 파죽지세로 성문을 밀고 들어왔다. 바다에는 아직 상륙하지 않은 배가 수십 척에 이르렀다.

수없이 날아든 불화살로 왕궁과 관아에 불이 붙었다. 선봉에 섰던 동료 병사들이 화살에 맞고, 칼과 창에 찔린 채 죽어 넘어졌다. 그들의 주검을 밟고 여몽연합군이 밀려들었다. 드디어 올 것이 오고야 만 것이다. 최악의 날을 기다렸던 것은 아니지만 지금이 바로 그때라는 것을 장치현은 온몸으로 깨달았다.

무모한 저항을 하는 것보다 살아남아야 한다는 것에 뜻을 같이 해 둔 터였다. 그래야 후일을 도모할 수 있다는 것이 김통정 장군의 뜻이 었고, 현명하지 못한 지휘관 때문에 개죽음을 당할 수 없다는 것이 장 치현의 생각이었다. 더 이상 지체할 시간이 없었다.

김통정 장군은 자신의 부관인 장치현에게 신호를 보냈다. 장치현은 기다렸다는 듯이 그 신호를 받아 깃발을 흔들었다. 장치현의 신호를 알아챈 일부 병사들이 대열을 이탈하여 약속된 방향을 향해 제각각 뛰기 시작했다. 그들은 적군의 공격을 교란시키기 위해 여러 방향으 로 흩어졌다. 병사들의 퇴로가 산 쪽인 것이 다행이라면 다행이었다.

장치현과 그의 수하들은 민첩하게 산성을 빠져나왔다. 그들은 험한 낭떠러지를 타고 해안기슭으로 내려왔다. 덕분에 가장 먼저 목적지에 도착할 수 있었다. 그들은 별도로 준비해 둔 배에 올랐다. 만약의 경 우 김통정 장군과 뜻을 달리할 작정으로 준비해 둔 배였다. 배 안에는 당분간 먹을 양식과 무기와 물이 준비되어 있었다.

이윽고 김통정 장군과 그를 따르는 군사들도 배에 올라 떠날 차비 를 끝냈다. 아직 해안으로 내려오지 못한 병사들이 있었으나 기다려 줄 여유가 없었다. 낭떠러지를 타고 내려오는 병사를 뒤로하고 그들 은 서둘러 배를 출발시켰다. 쫓기는 상황인데도 김통정 장군의 기백은 여전했다. 그는 아직도 병사들의 사기를 일으켜 세울 만큼 기세가 등등했다.

장치현은 잠시 회한에 잠겼다. 한때 왕을 지키는 정예 병사로서, 또 한 시절은 최고권력자를 호위하는 무사로서, 얼마 전까지는 국권 회복을 위한 투사로서, 그는 무한한 자긍심을 가졌었다. 그것은 목숨을 걸 만큼 충분한 가치가 있다고 장치현은 굳게 믿었었다. 그러나 고려의 왕은 몽골군에게 포로가 된 그들을 돌아보지 않았고, 무신권력은 자신들의 문벌을 유지하기 위해 그들을 헌신짝처럼 버렸으며, 새왕과 지휘관은 끝내 자신들을 지켜줄 힘을 회복하지 못했다. 이제는 섬겨야 할 군주도, 지켜야 할 나라도 없다는 생각에 장치현의 마음은 허망하기 그지없었다.

신념이 사라진다는 것은 매우 서글픈 일이다. 자신의 운명이 다른 누군가에 의해서 결정될 수밖에 없다는 자각이 생긴 것은 더욱 불행한 일이다. 왕의 무사가 된 것도, 신의군이 된 것도, 다 허무하기 짝이 없다는 자각, 나아가 지금까지 품었던 것이 신념이나 명분이 아니었을지도 모른다는 회의. 그것이 최선의 선택일 수밖에 없었던 하층민의 운명을 당연하게 받아들였던 어리석음.

이 모든 깨달음은 장치현이 글을 깨우쳤기 때문이었다. 책을 읽게된 것은 욕심내서는 안 될 보물을 훔친 것만큼이나 그에게 위험한 금기였다. 미천한 무사 주제에 스스로의 주인이 되려고 했다니…. 장치현은 스스로를 비웃었지만 글을 몰랐던 때로 돌아가고 싶지는 않았다.

바야흐로 김통정 장군을 대장으로 하여 조직이 재편될 것이고 또 다시 서열이 정해질 것이다. 아니 함께 탈출을 도모하기 위해 세를 규합했던 그 순간 이미 조직은 재편되었다고 해야 옳았다. 어쨌거나, 그렇다고 해서 달라질 것이 무엇이란 말인가? 이 조직원들 역시 다시 전쟁터에 세워질 운명에 놓이게 될 게 아닌가. 정해진 자신의 운명을 거역하겠다는 장치현의 의지는 더욱 확고해졌다.

갑포 해안 기슭을 돌아 큰 바다로 나왔다. 뒤늦게 해안에 도착한 병사들의 절규가 들렸으나 애써 귀를 막고 눈을 돌렸다. 산성 안에는 불길이 더 거세게 타올랐다. 아비규환의 상황이 눈에 선했다. 김통정 장군의 지휘 아래 병사들은 힘껏 노를 저었다. 장치현은 장군의 사기가 오히려 부담스러워졌다. 연합군의 추격을 벗어날 때쯤이면 그와의 연대도 깨질 것이기 때문이다.

어느덧 해가 지고 있었다. 수평선의 노을은 산성을 태우고 있는 불길보다 더 붉었다. 그들이 탄 배는 황홀하게 번지고 있는 노을을 외면하고 탐라를 향해 나아갔다. 바다에는 어둠이 짙게 내려앉고 있었다. 쇠락한 하현 달빛이 처연하게 바다 위로 드리워졌다. 밤이 깊어지자 병사들은 바람에 몸을 맡긴 채 졸기 시작했다. 김통정 장군은 어둔 수평선을 향해 돌부처처럼 서 있었다. 그의 어깨 위로 헝클어진 머리카락이 흘러내려 비장함이 더해졌다. 머리카락은 제멋대로 흩날렸다.

기회는 이때다 싶었다. 장치현은 수하들에게 신호를 보냈다. 수하들은 장치현이 가리키는 방향으로 급하게 뱃머리를 돌렸다. 그들은 사력을 다해 노를 젓기 시작했다. 그는 아무런 이별 의식도 치르지 않고 조용히 김통정 장군의 무리에서 벗어날 수 있기를 간절하게 바랐다.

그러나 그것은 바람에 그치고 말았다. 웬만큼 무리에서 멀어졌다 싶었는데 장군의 목소리가 들렸다. 그의 목소리에는 당황한 기색이 역력했다.

"반역이다, 저놈들을 쫓아라!"

몇 발의 화살이 그들의 배로 날아들었다. 화살 한 발이 수하의 등에 꽂혔지만 속도를 늦출 수 없었다. 이제 목숨을 함께했던 장군 무리는 적군으로 변했다. 결국 다 마찬가지였다. 아군과 적군의 차이는 어깨를 나란히 하느냐, 등을 돌리느냐에 불과하다는 생각으로 씁쓸해졌다. 적으로 규정된 이상 죽이느냐, 죽임을 당하느냐로 극명해졌다. 그것이 전쟁이었다.

그러나 장치현은 명분을 잃어버린 싸움에 목숨을 걸고 싶지 않았다. 그와 수하들은 사정거리 밖으로 벗어나기 위해 죽을힘을 다해 노를 저었다. 그들은 도망을 치고 있는 것이 아니었다. 전장 바깥으로 탈출하고 있는 중이었다. 먼 남쪽 따뜻한 낙원을 향해서…. 그곳은 늘 꽃이 피고, 과일이 주렁주렁 열리고, 물고기가 그득하다고 하지 않던 가. 추위나 굶주림이 없으면 당연히 전쟁도 없을 것이다. 장치현은 먼 남쪽 바다 하얀 섬이 표시된 지도를 번쩍 들어 올리며 힘을 다하여 부르짖었다.

"빨리빨리 더 빨리 노를 저어라. 우리가 나라를 버린 것이 아니다. 나라가 우리를 버린 것이다. 가자. 어서 가자. 저 어둠 너머에는 우리가 펼칠 새로운 세상이 있다."

애간장이 녹을 것 같은 장치현의 통곡은 밤바다에 절절하게 울려 퍼졌다.

아버지와 아들의 전쟁

수십억 원의 현금과 수십억 원대의 금괴가 한꺼번에 사라졌다. 금고 속에는 지폐 대신 위폐, 금괴 대신 쇳덩어리로 채워져 있었다. 돈과 금괴가 언제 사라졌는지 알 수 없었다. 서서히 사라진 것인지 한꺼번에 사라진 것인지 그것도 짐작이 되지 않았다. 귀뚜라미 울음소리가 가슴속으로 파고들지 않았다면, 이 큰집에 혼자 있다는 사실을 깨닫지 못했다면, 지금도 내 전 재산이 사라졌다는 사실을 깨닫지 못했을 것이다.

도난 신고를 한 지 사흘이 지났다. 사흘 내내 온 신경은 전화기에 쏠려 있었다. 혹시나 싶어 휴대폰도 손에서 놓지 않았다. 배도 고프지 않았고, 잠도 오지 않았다. 먹지 않았기 때문에 화장실에 갈 일도 없었다. 잠을 잘 수 없었기 때문에 전화벨 소리를 놓치는 실수도 하지 않았다.

　휴대폰을 쥐고 있는 손바닥은 끈끈하고 축축했다. 휴대폰을 다른 손으로 옮겨 쥐고 끈적거리는 땀을 셔츠 자락에 쓱쓱 닦았다. 그리고 손바닥을 들여다보았다. 벌겋게 달아오른 손바닥에서 이내 땀이 배어 나오기 시작했다. 온몸의 땀구멍이 모두 닫히고 오직 양손바닥의 땀구멍만 열려 있는 것처럼 쉼 없이 땀이 배어 나왔다.

　사무장이 돈 수억 원을 갖고 줄행랑을 놓았을 때도 이렇게 긴장하지 않았었다. 그 돈이면 아들에게 달라붙은 신용불량자 딱지를 떼어 주고도 남을 액수였다. 그뿐인가. 아내가 요구하던 위자료를 주고도 남을 돈이었다.

　모른 체하고 있는 사이 아들은 회생불능 상태에 빠졌고, 아내는 수술 시기를 놓쳐 죽고 말았다. 그러나 그들을 돕지 않았던 것을 후회하지는 않았다. 채무자들에게 떼일망정 아들을 구제해 주지 않은 것이나 아내의 수술비를 대주지 않은 것에는 다 그럴만한 이유가 있었다. 제 앞가림도 못하는 아들에게 돈을 퍼주는 것이나, 회생 가망이 없는 아내에게 수술을 시키는 것은 무모한 투자라고 생각했기 때문이었다. 아들 녀석이 진 빚은 어디까지나 아들 녀석이 감당해야 할 몫이었다. 밥 먹여 주고, 옷 입혀 주고, 대학 입학금까지 대줬으면 아비로서의 역할은 다 했다고 나는 생각했었다. 그러므로 장학금을 받든, 아르바이트를 하든, 학자금 대출을 받든, 대학을 졸업하는 것은 아들이 감당할 문제였다. 그러나 아들은 보란 듯이 내 기대를 허물었다. 대학까지 졸업하고도 제 앞가림 하나 못하고 신용불량자가 되었으니 한심하기 짝이 없었다.

아내도 마찬가지였다. 그녀는 달랑 손가방 하나만을 들고 내 집으로 들어왔었다. 그녀의 손가방에는 갈아입을 속옷 한 벌과 화장품 몇 가지가 전부였다. 하다못해 양말 한 짝 살 돈도 갖고 있지 않았다. 그랬던 그녀가 이혼을 요구하고 나섰다. 살려 주는 셈치고 이혼을 해 달라고 해서 어이가 없었다. 이혼을 하는 것은 일도 아니었다. 다만 위자료가 문제였다. 30년 동안 가사노동의 대가를 돈으로 환산했다는 괴변을 늘어놓으며 그녀는 간청을 해왔다. 그러나 어디 가당키나 한 말인가? 내가 바람을 피우기를 했나, 노름을 했나. 그렇다고 폭력을 일삼기를 했나. 소송을 당한다고 해도 문제될 거리가 조금도 없었다.

범인은 곧 잡힐 것이다. 나는 최면을 걸 듯 계속해서 읊조렸다. 전화벨이 울릴 때마다 심장이 오그라들고 온몸의 터럭들이 곤두섰다. 그러나 기대했던 전화가 아니었다. 입안이 바짝바짝 타고 혀뿌리가 목구멍으로 말려들었다. 찬물 한 컵을 아주 천천히 마셨다. 물도 체한다는 말을 들은 적이 있기 때문이다. 범인을 잡기 전에는 죽을 수 없는 노릇이었다. 광고에서 본 것처럼 물을 천천히 씹어서 삼켰다. 그때 전화벨이 울렸다. 범인을 잡았습니다. 빨리 경찰서로 나오십시오. 나는 몹시 반가웠는데 형사의 목소리는 떨떠름했다.

형사가 범인을 데려왔다. 범인은 내 눈을 뚫어지게 바라보았다. 오그라들었던 심장이 아예 멎어 버린 것 같았다. 나는 범인의 시선을 피했다. 심장이 뛰고 있는지 의심스러워 깊게 숨을 들이마셨다. 그리고 다시 범인의 얼굴을 바라보았다.

세상에! 범인의 얼굴 위로 아내의 얼굴이 겹쳐졌다. 그녀는 차갑게 비웃었다. 당황스런 쪽은 오히려 나 자신이었다. 나는 가까스로 중심을 잡으며 정신을 수습했다. 그리고 최대한 부드러운 목소리로 물었다.

"너였냐? 다행이구나. 돈과 금괴는 잘 보관해 뒀지?"

"그럼요. 정말 필요한 사람들이 잘 보관하고 있겠지요."

"나는 니 애비다. 너도 알다시피 그 돈과 금괴는 내 인생 전부다."

"네, 네. 잘 알고 있지요. 그래서 제가 잘 내다버렸습니다."

"뭐라고? 그곳이 어디야?"

"아무리 그래도 소용없습니다, 강 사장님. 덕분에 최고급 술을 마셨고, 수천만 원씩 베팅을 하는 도박을 했고, 최고로 잘 빠진 여자와 잘 지냈습니다. 지난 몇 달 그야말로 환상적인 시간들이었습니다. 그 지독한 돈 냄새, 아버지 냄새가 정말 죽여줄 만큼 향기롭더라고요."

"알았다. 알았으니 남은 것이라도 돌려줘."

"아직도 실감이 나지 않으십니까? 당신이 나와 엄마를 버렸던 것처럼 내가 당신을 버렸다니까요."

아들의 목소리는 아주 담담했다. 표정도 흔들림이 없었다. 그는 내 발치께에 가래침을 끌어올려 뱉었다. 나는 벌거벗은 채 시베리아 겨울 벌판에 서 있는 것처럼 온몸이 떨렸다. 나는 말문을 닫은 채 유치장을 향해 돌아서는 아들의 뒷모습만 멍청하게 쳐다보았다.

툭

이제 그 누구의 소리도 들리지 않는다. 나는 숨소리까지 참아 가며 귀를 세운다. 역시 더 이상 인기척은 없다. 살며시 방문을 열고 거실을 훑는다. 거실은 참으로 고요하다. 몇 시간 전의 흔적은 거의 느껴지지 않는다. 그저 어두울 뿐이다. 열린 문 사이로 빠져나간 불빛이 거실의 어둠을 밀어낸다. 그 위로 내 그림자가 목을 늘이고 두리번거린다. 거실 한가운데 놓여 있었던 골프채와 야구방망이도 치워지고 없다. 그것들은 본래의 목적을 떠나 나를 위협하는 도구로 활용되었다. 초등학교 이후 한 번도 잡아 본 적이 없던 그것이 어디에 있다가 튀어나왔는지 나는 알 수 없었다. 야구방망이가 온전히 내 것이었을 때, 세상도 내 것이었다. 그때 아빠의 키는 몹시 컸지만 나만큼 크다고 생각하지는 않았다. 야구도 나보다 잘하지 못했다.

초등학교를 마치기 전까지 나는 그렇게 아빠를 늘 이겼다.

중학생이 되자마자 아빠는 어깨와 목에 잔뜩 힘을 주었다. 지금부터는 '아버지'라고 불러라. 아빠가 높은 담장 너머에 있는 사람처럼 느껴졌다. 가로막고 있는 담이 너무 높아서 내 힘으로는 뛰어넘을 수 없을 것 같았다. 그 담은 점점 높아지고 단단해질 거라는 예감이 들었다.

"아빠든 아버지든 호칭이 뭐가 중요해. 당신이 똑똑한 아들 다 망쳐 놨잖아."

엄마는 참았던 불만을 한꺼번에 쏟아놓으며 아빠를 원망했다. 그리고 나를 다그쳤다. 또래의 다른 아이들은 벌써 수능 준비를 하는데 뭐 하고 있냐는 것이었다. 아빠는 엄마의 기세에 눌려 아무 말도 하지 않았다. 엄마 역시 담장 너머로 멀어졌다. 두 사람은 나를 자신들이 만든 튼튼한 우리에 가둬 버렸다.

그날 이후 야구방망이는 내 눈에서 사라졌다. 사실 엄마가 짜준 시간표가 너무 빡빡해서 야구방망이를 떠올릴 여유가 없어졌다. 쳇바퀴에 올려진 다람쥐 새끼처럼 나는 돌고 또 돌았다. 학교, 학원, 과외 선생. 돌고 또 도는 일 외에 다른 세상이 있다는 사실도 잊어버렸다. 아빠와 엄마, 모든 선생님들의 요구에 나는 쉽게 적응해 나갔다. 그들이 강요하는 것은 그다지 어려운 일이 아니었다. 엄마의 믿음처럼 나는 머릿속에 있는 모든 것들을 비워 내고 그들이 넣어 주는 것들을 차곡차곡 집어넣었다. 그리고 그들이 알려주는 잘 찍는 요령도 쉽게 터득

했다. 아무도 내 암기력과 찍는 요령을 의심하지 않았다.

수능 당일 그 모든 믿음은 한꺼번에 무너져 버렸다. 그것은 아주 단순한 기억 때문이었다. "나는 내 시가 예문으로 나온 수능 문제를 보고 깜짝 놀랐다. 출제자가 제시한 답은 정답이라고 볼 수 없었다. 제시된 문항에 정답은 없었다. 해석하기에 따라 전부가 답이거나 전부가 오답이었다." 애석하게도 바로 그렇게 말했던 시인의 다른 시가 예문으로 제시되었다. 그 시인의 말처럼 그 문제에는 정답이 없을 수도 있고 전부 정답일 수도 있을 터였다.

나는 그 문제를 대하는 순간 내가 암기했던 지식과 찍는 요령에 대해 의심을 품고 말았다. 결국 정답을 찾아내지 못했다. 역사나 사회 관련 문제도 마찬가지였다. 아빠 엄마가 배운 역사와 내가 배운 역사 그리고 내 후배들이 배울 역사가 다르거나 달라질 것이라는 사실이 혼란을 부추겼다. 모든 문제가 오답처럼 여겨졌다. 내가 확신할 수 있는 답은 수리 영역이나 외국어 영역 정도였다.

엄마는 고개를 들고 다닐 수 없을 거라며 울고 또 울었다. 스카이에 입학하지 못하는 놈은 사람 구실도 할 수 없다고 아빠는 으름장을 놓았다. 당장 저 녀석을 기숙학원에 처넣어. 땅. 땅. 땅. 아빠는 최종 판결을 내리는 것처럼 야구방망이로 거실 바닥을 내리찍었다. 엄마는 아빠의 의견에 단 한마디도 토를 달지 않았다. 무조건 수용하겠다는 의지로 느껴졌다. 눈앞이 팽팽 돌고 숨이 가빠졌다.

생각을 정리하기도 전에 엘리베이터는 꼭대기층에 다다랐다. 옥상에는 눈이 하얗게 덮여 있었다. 쇠사슬로 결박당한 것처럼 발걸음이 무거웠다. 뽀드득, 뽀드득… 눈이 밟힐 때마다 쇳내가 나서 시큼하게 침이 고였다. 스테인리스 난간을 잡았다. 머릿속에서 별 몇 개가 뽀드득 소리를 내며 부서졌다. 그리고 머리통이 조여들기 시작했다. 아들아, 아무런 걱정 하지 마라. 아빠 엄마가 열심히 닦고 조이고 기름을 쳐줄 테니까. 너는 죽을힘을 다해 돌고 또 돌아라. 학원, 과외, 문제집 또 문제집. 전기 스파크를 일으키며 그것들이 눈앞에서 돌고 또 돌았다. 나는 그들의 아들 속에서 나를 꺼내 주고 싶었다. 방법은 한 가지밖에 없었다. 나를 가두고 있는 그들의 아들을 깨부수는 것이었다.

난간으로 올라섰다. 까마득한 저 아래 땅을 향해서 그들의 아들을 던져 버렸다. 30층, 29층, 28층…. 베란다에 서 있는 남자와 눈이 마주쳤다. 그와 내 눈이 마주친 시간은 얼마쯤이었을까? 몇십 분의 일 초? 머리가 땅에 닿기 직전 그가 아빠였다는 것을 깨달았다. 툭. 그의 아들은 지상에 닿자마자 부서져 버렸다. 나는 부서진 몸을 빠져나와 갇혀 있던 몸을 내려다보았다. 하얀 눈 위로 붉은 피가 서서히 번져가기 시작했다. 고요한 밤, 거룩한…. 먼 데서 크리스마스 캐럴이 희미하게 울리고 있었다.

난간 위의 술병

현관 1미터 앞에 이르자 전자음이 삑삑거렸다. 매일 반복되는 일인데도 경고음처럼 느껴져 신경이 곤두선다. 아직은 1분 전이다. 옷매무새를 고친 다음 단정한 자세로 선다. 구두까지 확인하고 나자 정각 9시다. 나는 두 눈을 현관문에 들이댄다. 초록 불빛이 아주 잠깐 반짝인다. 현관문은 아주 부드럽게 열린다. 현관에 들어서자마자 에어샤워기가 작동된다. 서늘한 바람이 내 몸을 쭉 훑는다.

이상하다. 이 집 주인남자의 구두가 어제 그대로 있다. 하긴 예외인 날도 있을 것이다. 아무리 컴퓨터처럼 움직이는 사람이라지만 그도 사람일 테니까. 아침 5시 출근, 7시 회의, 회의를 하면서 아침식사. 그런 아침 일상을 하루쯤은 깰 수도 있겠다고 생각을 하자 주인남자의 피도 따뜻할 것 같은 생각이 든다.

때맞춰 인터폰이 울렸다. 경비원이 아니라 주인남자의 운전기사다.

"혹시… 전무님 아직도 주무십니까?"

운전기사의 목소리는 매우 조심스러웠지만 초조함을 감추지 않았다.

"비서실에서 계속 연락이 오는데 아직도 안 내려오셔서…."

운전기사도 오늘은 예외를 인정했던 것일까? 아니면 차마 인터폰을 연결하지 못했던 것일까? 어쨌든 그는 새벽 5시에 주차장에 도착했을 것이다. 그리고 시동을 켠 채로 대기를 하고 있었을 것이다, 지금 이 시간까지.

"잠깐만 기다리세요."

나는 인터폰을 내려놓은 채 주인남자의 방을 노크했다. 아무런 반응이 없다. 나는 조금 더 크게 노크를 했다. 마찬가지다. 사실 방문은 반쯤 열려 있었다. 내친걸음이라 마음 놓고 문을 열어젖혔다. 주인남자는 방 안에 없다. 침대 상태는 어제 아침 내가 정리해 둔 그대로다. 주인남자가 어젯밤 자신의 침대에서 잠을 자지 않았다는 것을 말해 주고 있었다.

안방으로 달려갔다. 노크를 여러 차례 한 뒤에야 주인여자의 목소리가 들렸다. 문을 열자 그녀는 눈도 뜨지 않은 채 물었다.

"무슨 일이야?"

그녀의 목소리에는 아직도 잠이 덕지덕지 붙어 있었다.

"전무님 어디 계세요? 박 기사가 경비실에서 기다리는데요."

그녀는 잠꼬대처럼 말을 흐렸다.

"방에 없으면 출근했겠지."

그녀는 귀찮다는 듯이 더 이상 대꾸를 하지 않았다. 나는 운전기사에게 주인남자가 다른 차로 출근을 한 것 같다고 말해 주었다. 운전기사는 서둘러 인터폰을 끊었다. 몹시 당황한 것 같았다.

흐트러지지도 않았고 먼지도 없는 주인남자의 방을 청소하고, 아무도 사용한 흔적이 없는 주방을 다시 청소하고, 사용한 흔적이 없는 남자의 전용 화장실과 손님을 위한 화장실, 머리카락이 널려 있는 주인여자의 화장실을 청소했다. 그리고 주인여자의 헝클어진 침대를 정리한 다음 어지럽게 널려 있는 옷가지와 화장대를 정리하는 중이었다. 인터폰이 요란하게 울렸다.

"큰일 났습니다. 사모님 빨리 내려오세요."

경비는 주인여자인지 도우미인지 확인도 하지 않은 채 괴성을 질렀다. 큰일 났다는 말을 듣는 순간 등골이 서늘해졌다. 그것이 뭔지 모르지만 전혀 예상할 수 없는 일이 벌어졌다는 느낌이 들었다. 예리하고 강한 무엇에 내 척추가 관통당한 느낌이었다.

나는 튕기듯 밖으로 뛰어나갔다. 이곳이 71층이란 사실을 확인하고 고속 엘리베이터로 옮겨 탔다. 내가 지상에 닿았을 때 앰뷸런스도 도착하고 있었다. 나는 무작정 앰뷸런스가 가는 방향으로 뛰었다. 그곳은 사람들이 별로 다니지 않는 곳이었다.

아아, 세상에, 오 하느님…. 주인남자가 피투성이가 된 채 엎드려 있었다. 수박이 박살난 것처럼 머리가 깨졌고, 팔과 다리도 제멋대로 널브러져 있었다. 그의 몸에서 흘러내린 피는 보도블록 사이로 스며들었고 고여 있던 피도 말라 가고 있었다.

그는 어제 입었던 그 차림새였다. 어느새 주인남자의 주변으로 폴리스라인이 쳐지고 있었다. 경찰은 우왕좌왕하는 경비원들과 미화원들을 폴리스라인 밖으로 밀어냈다. 떠밀리는 내게 경비원이 말했다.

"사모님…요?"

경찰은 내가 주인여자라도 되는 것처럼 내 팔을 잡아끌었다. 나는 손사래를 쳤지만 소용이 없었다. 나는 태도를 바꿔 어떻게 된 거냐고 경비원들과 경찰들을 번갈아 보며 물었다. 미화원 한 명이 불쑥 내 앞으로 다가와서 말했다.

"청소를 하다 보니까 71층 옥상 휴게실 난간에 술병이 놓여 있더라고요. 바람이라도 세게 불어 바닥으로 떨어질 것을 상상하니 오금이 저렸어요. 만약 지나가는 사람이 그 술병을 맞게 된다면 어떻게 되겠어요? 이상한 생각이 들어 바닥을 내려다보니 쩌어 아래 바닥에 뭐가 떨어져 있는데… 직감이란 게 있잖아요? 살이 벌벌 떨렸어요. 술병에 손도 대지 못하겠더라고요. 손대지 않은 건 정말 잘한 일이죠?"

그녀의 말이 끝나기도 전에 주인남자를 실은 앰뷸런스가 타워캐슬 뒷마당을 떠났다.

주인여자는 휴대폰을 받지 않았다. 음성메시지, 문자, 음성메시지, 문자… 몇 통이나 보냈지만 연락이 오지 않았다. 미용실로, 마사지실로, 카페로 수소문을 한 뒤에야 가까스로 주인여자와 연결이 되었다.

주인여자가 도착하기도 전에 경찰과 방송국, 신문사 기자들이 북새통을 이뤘다. 그러나 나는 아무 말도 해줄 수가 없었다. 그것은 금기 사항이었다. 주인남자에 대해서 말할 수 있는 사람은 오직 주인여자뿐이었다. 그러나 그녀는 자신의 남편의 지난밤과 아침의 행적을 전혀 알지 못했다. 지난 밤 자기 방에서 잤을 거라고도 했고 아침에 출근을 했을 거라고도 하면서 횡설수설했다. 해질녘 술병을 들고 옥상으로 올라간 것은 알 턱이 없었다. 그녀는 내가 전해 준 말을 이리저리 짜깁기를 하고 있었다.

기자들의 손에는 어느새 Y사에서 배포한 자료가 들려 있었다. 그들은 자료를 읽으며… 자살로 단정을 하면서… 중계를 했다. 주인여자는 사고사라고 주장을 했지만 그녀의 말에 귀를 기울이는 사람은 없는 것 같았다.

나는 그들을 뒤로하고 71층 옥상 휴게실로 올라갔다. 그곳에도 폴리스라인이 쳐져 있고 경찰 두어 명이 먼 산을 바라보고 있었다. 난간 위에 하얀 스프레이로 그려진 동그라미는 술병이 놓였던 위치를 표시한 것 같았다. 술병은 절반의 술이 담긴 그대로 바닥에 내려져 있었다. 나는 그 술병을 생생하게 기억했다. 바로 어젯저녁 때였으니까.

퇴근을 하려는데 주인남자가 통화를 하면서 거실로 나왔다. 그의 손에는 술병이 들려 있었다.

"네 회장님, 지시하신 대로 정리를 하겠습니다. 저항도 만만치 않을 것입니다. 네, 네. 제가 책임을 지고 총대를…."

그는 통화하는 사이사이 병째로 술을 마셨다. 내가 안주를 챙기려 하자 그가 고개를 가로저었다. 그는 나를 다시 한 번 흘긋 보고는 현관 쪽으로 걸어갔다. 재빨리 달려가 문을 열고 비켜섰다. 비상구 쪽으로 걸어가는 그의 뒷모습이 몹시 쓸쓸해 보였다. 그 순간 가장 진실한 표정은 뒷모습에 있다는 말이 떠올랐다.

자살이었는지, 타살이었는지, 아니면 사고사였는지, 나는 짐작할 수 없다. 저 난간에 놓여 있던 술병만이 그의 마지막을 목격했던 셈이다. 그 술병은 남자에게 무엇을 속삭였던 것일까? 회장님 오른팔로서의 명예, 반도체의 신화적 인물, Y사의 제2인자…. 남자를 수식할 단어는 모든 사람들이 부러워할 만큼 명예로운 것이었다. 명예에 걸맞게 돈도 많았다. 소문에 의하면 그의 재력은 통장의 숫자로 읽어야 할 정도로 부자라고 했다.

그가 자살을 해야 할 만큼 절박한 이유들을 나는 모른다. 주인여자의 말처럼 자살이 아닐 수도 있다. 그가 자살할 이유가 없다면 말이다. 그러나 71층에서 추락하는 남자의 마지막을 지켜보았을 술병은 아무것도 말해주지 않는다.

두 대의 자동차

수철은 철수의 자동차에서 엔진을 빼냈다. 그는 자신의 자동차에 그 엔진을 장착했다. 엔진은 수철의 차에 제 몸인 것처럼 꼭 맞았다. 그럴 수밖에. 철수의 자동차는 국내에는 두 대밖에 없는 쌍둥이나 다름없는 차였기 때문이다.

수철은 자동차에 이상이 생길 때마다 쌍둥이 자동차에서 해당 부품을 빼내 자신의 자동차를 수리했다. 처음에 빼낸 것은 아주 단순한 부품이었다. 시간이 지남에 따라 자동차는 점점 더 고장이 잦아졌다. 혹사시킨다는 표현이 지나치다고 할 수 없을 만큼 수철의 질주 본능을 충족시킨 자동차였기 때문이었다.

수철은 부품이 망가질 때마다 철수의 자동차에서 부품을 빼냈다. 점화 플러그, 팬벨트. 시동모터, 소음기, 변속기 등등. 급기야 엔진을 통째로 빼내기까지. 자동차 부품을 쉽게 구할 수 없는 그로서는 가장 손쉬운 수리 방법이었다. 그렇다고 철수의 자동차를 완전히 망가트릴 생각은 아니었다. 방치하려는 것도 아니었다. 그는 자동차 원산지인 독일 본사에 자동차 부품 전체를 주문해 놓은 터였다.

수철과 철수가 함께 구입했던 자동차는 독일 통일을 기념해서 100대 한정으로 제작된 제품이었다. 독일 본사에서는 그런 까닭에 부품 구하기가 쉽지 않다는 메일을 보내왔다. 충분한 시간을 주면 주문한 부품 일체를 보내겠다는 의지를 내비쳤지만 장담을 하지는 않았다.

그러나 수철은 장인정신 운운하는 말에 기대를 걸었다. 독일의 장인정신을 믿고 있었다. 철수가 돌아오기 전에 부품이 도착하면 아무 문제가 없을 거란 생각에서였다.

수철은 외장 몸체만 남은 철수의 자동차를 한동안 바라보았다. 막 출고된 것처럼 흠집 하나 없는 몸체였다.

"나의 애마를 부탁해."

"걱정 마. 우린 친구 아이가."

철수는 자신의 자동차를 맡기면서 간곡하게 말했었다. 수철 또한 철수의 부탁을 마음을 다해 들어줄 작정이었다. 수철은 그러고 몇 번이나 덮개를 씌우고 벗기기를 되풀이한 끝에 어렵게 그에게 자동차 열쇠를 넘겼었다. 마치 사랑하는 연인을 떼어놓고 돌아서는 남자처럼.

수철은 철수의 모습이 떠올라 마음이 불편해졌다. 흠집 하나 없는 자동차 몸체도 눈에 거슬렸다. 엔진은 자동차의 심장이나 다름없었다. 공기를 흡입하여 압축하고 그 힘으로 연료를 폭발시켜 자동차를 살아 달리게 하는 그 심장을 도려냈다는 사실. 마치 친구의 애인을 빼앗아 영혼까지 훔쳐 버린 느낌이었다. 그러나 어쩌겠는가. 그는 철수의 자동차를 건성으로 바라보며 덮개를 씌웠다.

수철은 자신의 차로 돌아와 시동을 걸었다. 경쾌한 소리를 내며 시동이 걸렸다. 마치 갓 출고된 자동차가 처음으로 내지르는 신호음 같았다. 역시! 그는 엔진 소리를 듣자 기분이 좋아졌다. 철수에 대한 미안함도 이내 사라졌다. 그는 브레이크 페달에서 발을 뗐다. 자동차는 기다렸다는 듯이 차고를 빠져나갔다. 그는 가속페달을 지그시 밟으며 속도를 높였다. 철수의 자동차. 그것의 내장 부품으로 조립된 수철의 자동차는 아우토반을 달리듯 도로를 질주하기 시작했다. 얏호, 아흐흐….

페르세폴리스

파르사의 마지막 일몰

꿈이었을까?

막 잠에서 깨어난 다리우스 3세는 선뜻 눈을 뜨지 못했다. 섣불리 눈을 뜨게 된다면 한꺼번에 모든 것이 사라질 것만 같아서 몹시 불안했다. 그는 온몸의 신경을 곤두세웠다. 그리고 조금 전까지 자신이 보고 느꼈던 정경들을 되짚기 시작했다.

온몸의 근육이 팽팽해질 만큼 왕비의 살냄새는 향기로웠다. 왕자와 공주는 천진스럽게 웃었다. 그리고 궁녀들과 시종들의 표정 역시 밝고 환했다. 자신과 나란히 앉아서 그들을 내려다보고 있는 어머니는 그지없는 표정을 지었다. 마치 아후라 마즈다의 날개에 감싸인 것처럼 행복해 보였다. 그 모든 것들을 보고, 듣고, 느끼면서 다리우스 3세는 시간이 영원히 멈추기를 간절히 바랐다. 왕좌에 오른 후 한 번도 느끼지 못했던 몹시 소중한 풍경이었다.

"위대한 신이시며, 다리우스 대왕에게 파르사를 열어 주신 아후라 마즈다시여, 지금 이 순간이 당신께서 바라시던 바로 그때가 아닙니까. 그러니 부디 이 시간을 붙잡아 주소서."

다리우스 3세는 간절한 마음으로 읊조렸다. 그는 자신이 읊조린 기도에 스스로 감동하여 가슴이 뭉클했다. 저절로 흘러내린 눈물을 닦을 생각도 하지 못한 채 그는 사람들의 얼굴을 꼼꼼하게 살펴보았다. 때마침 아침 햇살이 깊숙이 빨려들어왔다. 들이비친 햇살은 사람들의 얼굴을 하나하나 비추기 시작했다.

그런데 이상한 일이었다. 어머니도, 왕비도, 왕자와 공주도, 궁녀들과 시종들도 모두 하나같이 젊고 앳된 얼굴들이었다. 마치 이제 막 사랑을 시작한 열다섯 살 소년과 소녀의 표정과 몸매를 지니고 있었다. 그는 어머니와 자신의 얼굴도 살펴보았다. 마찬가지였다. 자신도 열다섯 살의 젊고 아름다운 소년의 얼굴이었다.

"아, 그렇지!"

다리우스 3세는 자신의 모습이 어린 코도만누스의 얼굴이라는 것을 새삼 깨달았다. 자신이 왕좌에 오르게 될 거라고는 꿈에도 생각하지 못했던 그때, 그는 다만 용맹스런 전사가 되고 싶었던 열다섯 살의 아름다운 소년이었다. 그는 전사가 되기 위해 지혜롭고 용맹하기로

소문난 족장 하팀을 찾아 사막을 헤맨 적이 있었다. 자칼의 밥이 된다고 할지라도 꼼짝없이 당할 수밖에 없는 지경에 이르렀을 때 그는 하팀을 만날 수 있었다. 너무 기쁜 나머지 그는 단숨에 기력을 회복했었다. 바로 그때 거울 조각에 비친 자신의 얼굴을 보게 되었다. 지옥을 막 탈출하여 천상에 오른 것 같은 표정이 거울에 비치고 있었다.

지금 다리우스 3세가 보고 있는 자신의 얼굴은 그때 거울에 비쳤던 바로 그 얼굴이었다. 어머니도, 왕비도, 왕자와 공주도, 궁녀와 시종들도 각자 가장 아름답고 행복했던 어떤 순간의 표정들이란 생각이 들었다.

또 이상한 것은 햇살이 비끼는 순간 그들 각자의 얼굴에서 표정이 사라지고 있다는 것이었다. 마치 밀랍인형처럼 표정이 굳어 버렸다. 그래선지 그들은 햇살이 다른 얼굴로 비껴가는 것을 몹시 안타까워들 했다. 그러나 향기와 소리는 여전히 궁 안을 맴돌았다. 향기나 소리가 일으키는 파장도 보이는 듯했다.

"전하, 빨리 일어나십시오."

팽팽하게 당겨진 깃발을 단숨에 찢는 것 같은 소리가 온몸을 파고들었다. 다리우스 3세는 자신을 깨우고 있는 목소리가 베소스의 것임을 금방 알아차렸다. 다급한 베소스의 목소리를 그는 온몸으로 들었다. 그러나 귓전에는 여전히 행복에 겨운 웃음소리들이 맴돌았다. 다리우스 3세는 눈을 뜨고 싶지 않아 계속 미적거렸다.

"전하, 수사가 함락되었답니다. 적들이 언제 이곳에 도착할지 모릅니다. 빨리 정신을 차리십시오, 빨리빨리."

 침실까지 들어온 베소스는 다리우스 3세를 거칠게 일으켜 세웠다. 그 순간 조금 전까지의 평화로운 풍경과 해맑은 웃음소리와 가슴까지 스며들던 향기가 일순간에 사라졌다. 그리고 베소스의 거친 숨소리만이 자신의 가슴을 압박했다. 베소스의 표정은 험악하게 일그러졌고 입에서는 지독한 단내가 풍겼다. 조금만 지체하면 자신의 목을 비틀어 버릴 것 같았다. 평화로운 시기라면 결코 용납할 수 없는, 당장 목을 치고도 남을 만큼 무엄하기 짝이 없는 태도였다. 그러나 지금은 전시였다.

 다리우스 3세는 찬물을 뒤집어쓴 것처럼 정신이 번쩍 들었다. 가우멜라 전투에서 패한 뒤 퇴각에 퇴각을 거듭한 끝에 가까스로 이곳에 도착했다. 그는 몹시 지쳤었다. 잠도 자지 못했고 제대로 먹지도 못했다. 오직 목숨을 보존하기 위해서 자신의 군사를 전쟁터에 남겨둔 채 도망을 거듭했다. 그리고 이곳에 도착하자마자 별천지에 도착한 것처럼 깊은 잠에 빠졌다. 그리고 빈속을 채우고 다시 잤다. 며칠을 잔 것인지, 아니면 단 하룻밤을 잔 것인지 가늠이 되지도 않았다.

 그러나 굳이 시간을 헤아리고 싶지 않았고 자신이 누구인지도 알고 싶지 않았다. 그런 덕분에 아침나절에는 천국에라도 다녀온 것처럼 달고 향기롭고 행복한 꿈을 꾸었다. 할 수만 있다면 다시 그 꿈속으로 들어가 영원히 깨어나지 않았으면 좋겠다는 생각이 간절했다. 거듭 말하지만 지금은 전쟁 중이다. 제국의 군대는 병사 대부분을 잃었다.

이제 남은 병사는 겨우 몇십 명의 기마병과 패잔병이나 다름없는 보병 100여 명이 있을 뿐이었다. 퇴로를 열기 위해서는 오합지졸일망정 절실하게 필요한 병력이었다.

베소스는 마치 비밀스런 이야기를 나누고 있는 것처럼 자신의 얼굴을 다리우스 3세의 얼굴 가까이 바짝 들이댔다. 그리고 시종이 알아듣지 못할 만큼 소리를 낮춰 말했다.

"목을 비틀어 버리기 전에 빨리 일어나 밖으로 나가시지요."

베소스의 목소리에는 살기가 잔뜩 묻어 있었다. 그의 목소리는 잘 벼린 칼날을 목에 들이대고 있는 것 이상으로 섬뜩했다. 다리우스 3세는 두려움에 떨며 문 쪽에 서 있는 시종에게 시선을 돌렸다. 다리우스 3세와 눈이 마주친 시종은 얼른 고개를 돌리며 딴청을 부렸다. 다리우스 3세는 고삐에 매인 말처럼 베소스의 뒤를 따랐다. 아파타나 궁전을 나와 외국 사신들을 맞이했던 백주의 방을 지났다. 그리고 만국의 문 앞으로 나왔다. 계단 밑에는 병사들이 허름한 누더기처럼 이곳저곳에 늘어져 있었다. 그들은 함부로 구겨서 던져놓은 걸레 같았다. 그들의 눈에는 아무런 희망이 깃들어 있지 않았다. 당장 알렉산드로스 군대가 들이닥친다 해도 그대로 밟혀 죽을 상황이었다.

"전하, 무슨 수를 쓰든 간에 병사들을 일으켜 세우십시오. 저들을 일으켜 세우고 칼을 들도록 할 수 있는 사람은 오직 당신밖에 없소이다. 내 부하들의 칼끝이 전하의 목을 베기 전에 병사들을 일으켜 세우세요. 그래야 당신의 목숨을 보존할 수 있을 겁니다. 알았습니까?"

베소스는 뒷덜미를 바투 잡아 벼랑 끝에 세우듯이 다리우스 3세를 높은 곳에 세웠다. 다리우스 3세는 한참 동안 아무 말도 못하고 병사들을 내려다보았다. 자신 역시 저들과 조금도 다르지 않다는 생각이 들었다. 그는 수천 명의 병사들을 사지에 남겨놓은 채 정예 병사 기백 명만을 데리고 도망치는 그 순간부터 이미 전의를 상실했다. 자신이 도망치고 있는 그때, 그리스 군대는 어머니와 왕비를 비롯한 왕족들을 포로로 잡아가 버렸다. 그걸 알면서도 그는 계속해서 도망을 쳤다. 제국의 왕으로서는 도저히 용납되지 않는 비겁한 짓이었다는 것을 모르지 않았다. 그러나 그는 싸움꾼이 되지 못했다. 그가 이끄는 군대는 번번이 참패를 거듭했다.

베소스의 강요가 아니더라도 그는 자신의 병사들을 일으켜 세우고 싶어졌다. 그래서 그리스 군대에게 몰살되지 않고 살아남을 수 있도록 용기를 주고 싶었다. 그것이 제국의 왕으로서 마지막 소명인지도 모른다는 생각이 들었다. 그는 눈을 크게 떴다. 그리고 목소리를 가다듬었다.

"병사들이여, 일어나라. 그대들은 모두 대페르시아 제국의 위대한 병사들이다. 다리우스 대왕께 이 제국의 건설을 허락하셨던 것처럼 위대하고 거룩하신 아후라 마즈다께서 우리의 제국과 그대들의 목숨을 돌보실 것이다. 그리고 제국의 왕족들을 능멸하고 제국의 여인들을 능욕한 알렉산드로스의 군대를 내치실 것이다. 아후라 마즈다께서는 반드시 제국의 영광을 되살려 주실 것이다. 병사들이여, 그렇지 않은가?"

다리우스 3세의 목소리는 궁전 구석구석까지 퍼져 나갈 만큼 쩌렁쩌렁하게 울렸다. 미리 준비하고 있었던 것처럼…. 그의 호소는 병사들의 귓속으로 빨려들었다. 마치 아후라 마즈다가 큰 날개를 펴고 궁전으로 내려오고 있다는 착각이 들 만큼 그의 목소리는 성스럽기까지 했다. 병사들이 하나 둘 일어서기 시작했다. 기병들이 함성을 지르자, 이어서 보병들도 함성을 질렀다.

"위대한 신 아후라 마즈다시여, 전지전능한 신이시여…."

병사들은 하늘을 우러르며 아후라 마즈다를 간절히 부르기 시작했다. 파르사가 진동할 만큼 그들의 염원은 간절하게 울려 퍼졌다.

해가 기울기 시작할 쯤에야 전령이 도착했다. 다리우스 3세는 만국의 문 앞까지 나가 전령을 맞이했다. 전령의 말은 절망적이었다. 함락된 수사에서는 알렉산드로스가 승리의 축배를 들고 있고, 그를 생포하기 위해 알렉산드로스의 군대가 이곳을 향해 진격해 오고 있다고 했다. 전령은 소식을 전하자마자 그 자리에 고꾸라지고 말았다. 그는 쓰러진 전령을 물끄러미 내려다보았다. 그는 아무런 생각을 할 수가 없었다. 정말 끝이라는 생각이 들었다. 넋을 빠뜨리고 있는 그를 베소스가 몰아세웠다.

"전하, 지금 뭐 하고 있는 겁니까? 이대로 적을 맞아들일 작정입니까?"

그는 베소스의 말을 귓등으로 흘려들었다. 그리고 고개를 들어 제국의 궁전을 둘러보았다. 거대한 궁전의 위용은 여전히 당당하고 웅장했다. 그러나 궁전을 세우고 완성시킨 다리우스 대왕과 선왕들의 아우라가 서서히 사그라지고 있는 것을 느꼈다. 그는 눈을 질끈 감았다 떴다. 잔뜩 기울어진 저녁 햇살이 눈을 찔렀기 때문이었다. 해는 만국의 문을 지나 서쪽으로 기울고 있었다. 목구멍이 뜨거워졌다.

"전하, 전하, 전하… 빨리 서두르십시오. 적이 목전에 다다랐답니다."

베소스의 명령에 따라 병사들이 다급하게 전열을 가다듬었다. 사실상 병사들을 지휘하고 있는 사람은 베소스였다. 베소스는 다리우스 3세를 말에 강제로 태웠다. 그리고 힘껏 말의 엉덩이를 채찍으로 내리쳤다. 말은 순식간에 땅을 박차고 달려 나갔다. 아주 조촐한 제국의 군대가 그들의 뒤를 따랐다.

소나무 숲이 끝나기도 전에 엄청난 굉음이 들려왔다. 지축이 흔들릴 만큼 말발굽 소리도 요란했다. 서쪽 하늘에 걸려 있던 태양이 산산조각나며 벌겋게 흩어졌다. 거대한 왕궁을 밝혔던 태양이 저물고 있는 것이었다. 이곳은 다리우스의 고향이며 자신의 조상들이 평화롭게 살았던 은밀한 도시였다.

그러나 제국이 숨겨놓은 가장 아름다운 도시가 스무 살밖에 되지 않은 젊디젊은 적장 알렉산드로스와 그의 야만적인 군대에 짓밟히게 되었다. 다리우스 3세는 왕궁을 돌아보고 또 돌아보았다. 자신은 제국의 왕궁에 잘못 세워진 기둥이었다는 사실을 뒤늦게 깨달았다.

"누구나 위대한 왕이 되는 것은 아니다. 내가 몇 번을 거듭해서 왕족으로 태어난다고 해도 나는 결코 다리우스 대왕이 될 수 없을 것이다."

다리우스 3세는 미친 사람처럼 중얼거렸다. 베소스는 다리우스 3세의 말에 채찍을 내리치며 길을 재촉했다. 그는 걷잡을 수 없이 치밀고 있는 분노를 누르고 눌렀다. 전의를 상실한 채 부유하고 있는 왕의 뒷모습을 쳐다보았다. 그리고 무능한 왕을 처단하기에 가장 좋은 때가 언제인지 가늠하기 시작했다.

이제, 아버지의 집으로 간다

얼마쯤 달렸을까?

날이 밝자마자 햇살은 폭우처럼 쏟아져 내렸다. 멈추고 싶었다. 알렉산드로스가 아니라 지옥의 사자가 뒷덜미를 잡으려 한다고 해도 그늘을 찾아 쉬고 싶었다. 몇 번이나 말을 갈아탔지만 말도 몹시 지쳐 있었다. 마침 길 양옆으로 아름드리 사이프러스가 줄지어 서서 그늘을 만들고 있었다. 사이프러스 나무는 늙은 노인네처럼 작지만 짙은 그늘을 드리우며 묵묵히 그들을 내려다보았다.

"대왕의 길에 접어들었군."

다리우스 3세는 지금 지나고 있는 길이 어디쯤인지 짐작할 수 있었다. 자신이 닦아놓은 이 길이 적의 침입로가 될 거라고 다리우스 대왕은 상상이나 했을까? 수사에서 소그디아를 건너 에디오피아까지, 신드를 넘어 사르디스까지 제국의 전 지역을 통제할 수 있었던 길이었다. 그렇게 닦아놓은 이 길로 적군은 너무도 쉽게 수사까지 쳐들어왔고 제국의 은밀한 자랑인 파르사까지 삼키려 하고 있다. 아니 이미 적군에게 짓밟혔을지도 모른다.

그는 말의 고삐를 틀어쥐며 속도를 늦췄다. 속도가 느려지자 베소스의 채찍이 말을 후려치기 시작했다. 깜짝 놀란 말은 앞발을 허공으로 쳐들며 비명을 질렀다. 다리우스 3세는 가까스로 말을 진정시키며 베소스를 향해 명령을 내렸다.

"멈춰라, 베소스."

그러나 베소스의 채찍은 허공으로 날아올랐다. 채찍은 다리우스 3세를 향하고 있었다. 다리우스 3세는 재빨리 몸을 낮춰 박차를 가했다. 그리고 다시 소리쳤다.

"무엄하구나. 내 명령이 들리지 않는가."

다리우스 3세는 목청껏 내질렀지만 그의 목소리에는 힘이 실리지 않았다.

"아직은 완전히 적으로부터 벗어나지 못했으니, 입 닥치고 계속해서 달리십시오."

바짝 따라붙은 베소스는 눈을 부릅뜨고 소리를 질렀다. 자신의 의사가 철저히 무시되고 있었지만 다리우스 3세는 그 어떤 조치도 취할 수 없었다. 목구멍이 달라붙는 것처럼 갈증이 났지만 물을 달라는 말도 하지 못했다.

그는 안전지대에 도착해서 전열을 가다듬을 때까지만 참아 보기로 했다. 사실 참아 보겠다는 의지가 생긴 것도 아니었다. 체념이었다. 자신이 기대할 수 있는 것은 아무것도 없다는 것을 어렴풋이 깨달았던 것이다. 다리우스 3세의 군대는 쉬지 않고 동쪽으로, 동쪽으로 길을 재촉했다.

다리우스 3세는 말 위에 앉아 있는 것마저 너무 힘들었다. 목이 무척 말랐지만 물을 달라거나 마실 힘도 남아 있지 않았다. 그의 몸은 왕으로서의 모든 권위를 상실할 만큼 초췌했다.

박트리아에 도착하고서야 그들은 겨우 말에서 내렸다. 허겁지겁 물을 찾아 마셨고 그늘을 찾아 들었다. 후퇴를 거듭하는 동안 다리우스 3세의 군대는 말 위에서 먹고, 말 위에서 잤다. 아니지. 싸워 보지도 않고 달아나기만 했으니 도망이라고 해야 옳을 것이다. 어쨌든 처음 결심과는 다르게 다리우스 3세는 전열을 가다듬어 함락된 수사를 탈환해야겠다는 의지를 잃어버렸다. 그는 일개 사트라프 휘하의 군대 규모에도 미치지 못하는 자신의 군대를 초점이 희미한 눈으로 둘러보았다. 다행히 베소스 주위에 모여 있는 기병들의 모습에서는 아직도 전의가 살아 있는 것을 발견할 수 있었다. 이곳까지 무사히 올 수 있었던 것은 베소스와 그들 덕분이었다. 다리우스 3세는 기력을 회복하면 그들에게 상을 내려야겠다고 생각했다.

이 느낌은 도대체 무엇일까?

설핏 잠이 들었다 싶었는데 느낌이 아주 묘했다. 낮지만 아주 소란스러운 느낌. 칠월의 태양이 직선으로 꽂히고 있는데도 아주 서늘한 느낌. 시커멓고 무거운 그 어떤 것이 자신의 머리 위에서 서성거리고 있는 느낌. 그는 눈을 감은 채로 실체가 무엇인지 알아내려고 촉각을 곤두세웠다. 그가 무엇인지를 채 알아내기도 전에 자신의 말이 비명을 질렀다. 아파타나의 아름드리 기둥이 무너진다고 해도 자신의 말이 내지르는 비명보다 충격이 적을 것 같았다.

그는 반사적으로 일어섰다. 풀 한 포기도 들어 올릴 수 없었던 것처럼 지쳐 있던 그는 순식간에 전사의 자세를 취했다. 패배한 전쟁이었지만, 그는 전쟁터에서 단련된 사람이었다. 그는 무의식적으로 칼을 찾았다. 그러나 그의 손에 잡힌 것은 단검 한 자루였다. 그는 자신의 칼을 베소스에게 맡겼다는 것을 뒤늦게 깨달았다. 베소스는 제법 그럴듯한 말로, 즉 왕께서 너무 지쳤으니 칼을 맡겠다고 하면서 빼앗듯이 가져가 버렸다. 그는 조금이라도 무게를 덜어내고 싶어 갑옷까지 벗어서 그에게 맡겼었다.

"어리석고 무능한 코도만누스, 내가 너를 폐하노라. 지금부터는 이베소스가 페르시아제국의 왕이니라. 이제 너에게 대제국을 무너뜨린 죄를 물을 것이다. 죗값은 오직 너의 목숨뿐이다."

베소스는 왕의 문장이 새겨진 다리우스 3세의 칼을 들이댔다. 그의 주변을 에워싸고 있던 병사들도 일제히 칼을 빼들었다.

"이 무엄한 놈들, 감히 어디다 칼을 겨누고 있는가? 여봐라, 제국의 군사들이여… 당장 이놈들을 처단하라!"

다리우스 3세는 왕답게 호령을 하고 싶었지만 그의 목소리는 목구멍에 걸려서 빠져나오지 않았다. 그의 말을 알아들은 사람은 베소스 한 사람뿐인 것 같았다. 설령 자신의 호령이 만국의 문 앞에서처럼 쩌렁쩌렁하게 울렸다고 해도 병사들이 자신을 보호할 것 같지는 않았다.

그는 자신을 향해 좁혀드는 병사들을 둘러보며 미친 듯이 단검을 휘둘렀다. 그러나 한순간, 서늘한 느낌이 복부 깊숙이 빨려들었다. 복부를 파고든 칼은 자신이 수도 없이 휘둘렀던 칼이었다. 이 칼로 거둬들인 목숨이 몇 명이었는지 헤아릴 수도 없었다. 왕의 문장이 새겨진 칼은 피붙이보다도 더 가깝고 더 소중한 자신의 분신이었다.

그는 분신과 다름없는 자신의 칼이 자신의 목숨을 거두게 될 줄은 꿈에도 생각하지 못했다. 자신의 어머니를 비롯한 왕비와 피붙이들의 안전을 무시한 채 승산이 없는 전쟁에 참가한 것보다 더 어리석었다는 것을 뒤늦게 깨달았다. 베소스는 다리우스 3세의 몸을 관통한 칼을 빼서 다시 옆구리를 찔렀다. 칼이 빠져나간 구멍에서 피가 쏟아지기 시작했다.

그런데 다리우스 3세는 이상하게도 아무런 고통을 느끼지 못했다. 그는 피가 솟구치는 곳을 손바닥으로 누르며 베소스의 얼굴을 쳐다보았다. 그의 얼굴에는 자비를 기대할 만한 어떤 표정도 보이지 않았다.

침착하고 냉정했다. 다만 그의 두 눈은 광기가 느껴질 만큼 충혈되어 있었다.

다리우스 3세는 몇 군데나 칼에 찔렸는지 알 수 없었다. 숭숭 뚫린 물통처럼 복부와 옆구리에서 피가 쏟아졌다. 다리우스 3세는 바닥으로 고꾸라졌다. 그는 차라리 빨리 죽고 싶었다. 그러나 베소스는 심장이나 급소를 찌르지는 않았다.

"코도만누스, 너는 제국을 망친 벌로 아주 고통스럽게 서서히 죽어 갈 것이다. 그리고 네 몸뚱어리는 독수리나 자칼의 밥이 될 것이다. 이것이 너에게는 가장 합당한 죽음이라고 나는 생각한다. 제국의 병사들이여, 그렇지 않은가?"

차마 왕에게 칼을 들이대지 못했던 기병들은 물론이고 멀찌감치 이를 지켜보고 있던 병사들은 베소스의 물음에 함성으로 대답했다. 그들의 목소리에는 어떤 전쟁터에서보다 더 큰 두려움이 배어 있었다.

나는 지금 죽어 가고 있는가?

베소스와 병사들이 모두 떠나자, 주위는 너무나 고요해졌다. 여전히 햇살은 수직으로 쏟아지고 있었고, 바람은 한 점도 불지 않았다. 다리우스 3세는 손가락을 꼼지락거려 보았다. 아직도 감각이 살아 있었다. 그의 몸을 둘러싼 바닥은 축축했다. 손바닥에 물기가 만져지자

물이 몹시 마시고 싶었다. 그러나 자신의 주위에는 아무도 없었다. 모든 것이 몸속에서 다 빠져나가고 머리만 남아 있는 것처럼 여겨졌다. 어디선가 우렁찬 목소리가 들려왔다.

"나는 다리우스 왕이다. 여기는 내가 차지하고 있는 왕국이다. 소그디아를 건너 스키타이부터 에티오피아까지, 신드부터 사르디스까지, 이곳을 신들 중에 가장 위대한 신 아후라 마즈다가 나에게 주셨다. 아후라 마즈다시여, 나와 내 집을 보호하소서."

파르사의 아파타나 중앙 홀 석판에 새겨진 다리우스 대왕의 목소리였다. 다리우스 대왕이 지금 자신에게 나타나 제국의 영역을 조목조목 짚어 주며 왕족의 영원한 번성을 기원하고 있었다. 다리우스 3세는 눈을 감은 채로 대왕의 목소리를 경청하였다. 차마 눈을 뜰 수는 없었다. 다리우스 대왕의 말은 계속 이어졌다.

"아후라 마즈다시여, 이 제국을 적과 굶주림과 어리석음으로부터 보호하소서."

다리우스 대왕은 신을 향해 기도하고 있었다. 다리우스 3세는 기도문을 수도 없이 암송했던 기억과 함께 현자이며 예언자인 하팀의 모습을 떠올렸다.

"너에게 내밀어진 축배를 받지 마라. 그 잔을 받아 마시는 순간 너의 목에는 언제나 칼날이 드리워질 것이다. 그럼에도 불구하고 네 탐욕이 그 잔을 받아 마시게 되거든 늘 이 기도문을 암송해라. 그리고 네가 왕족 중에 가장 멀고 어리석은 코도만누스였음을 기억하라."

어른이 되고, 바고아스에게 추대되어 왕좌에 오르고, 다리우스 대왕의 영광을 되살리기 위해 전쟁을 벌이는 동안 다리우스 3세는 한 번도 하팀의 말을 떠올린 적이 없었다. 자신이 어리석은 왕족 중에 가장 멀고 어리석은 혈족이라는 사실도 잊어버렸다.

사실 바고아스가 자신에게 내밀었던 축배, 즉 왕좌는 너무나 엄청난 선물이었다. 그는 그렇게 큰 선물을 받을 준비가 되어 있지 않다. 그래서 바고아스가 내미는 잔을 받아야 할지, 거절해야 할지 판단할 수가 없었다.

그때는 코도만누스 자신으로서는 그것을 선택할 권리가 없다고 생각했다. 선왕 아르타크 세르크세스 3세와 그의 아들 아르세스를 독살했다는 것을 알고 너무나 두려운 마음으로 바고아스에게 이끌렸던 것이다.

"두려운가, 코도만누스. 내가 두렵나, 왕좌가 두렵나? 그래, 그대는 마땅히 나를 두려워하라. 그러나 왕좌를 두려워할 필요는 없느니라. 언제나 그대 뒤에는 내가 있다는 것을 잊지 마라. 나는 그대를 도와 다리우스 대왕의 영광을 되살려 놓을 것이다. 이제부터 당신은 코도만누스가 아니라 다리우스 3세이니라."

바고아스는 코도만누스의 양 어깨를 움켜쥐고 소곤거렸다. 코도만누스는 자신이 바고아스 손바닥에 올려놓은 장난감 같은 기분이었다. '네 목숨은 내가 쥐고 있음을 명심하라'는 무언의 압력이 강하게 느껴졌다.

"다리우스 3세시여, 전하는 이제 대페르시아 제국의 왕이십니다. 대대손손 영광을 누리십시오."

바고아스는 표정을 바꾸고 서사시를 읊는 것처럼 목청을 돋웠다. 얼굴은 코도만누스를 향하고 있었지만 그의 목소리는 왕궁에 모여 있는 모든 사람들을 향하고 있었다. 다리우스 3세로 명명되는 그 순간에도 코도만누스는 그가 몇 개의 얼굴을 갖고 있는지 짐작도 되지 않았다. 그래서 그는 바고아스가 몹시 두려웠다.

그는 엉덩이를 깊숙이 들이밀고 허리를 쫙 편 다음 궁전 안의 사람들을 내려다보았다. 바고아스로부터 벗어나는 방법은 모여 있는 사람들에게 있을 것이라는 생각이 들기 시작했다. 그들의 지지를 얻는다면 바고아스에 대한 두려움으로부터 벗어날 수 있을 것이라는 희망이 보였다.

바로 그 순간에 느꼈던 희망이 바고아스의 독배를 물리칠 수 있는 힘이 되었다. 나중에 깨달은 사실이지만, 선왕이나 선왕의 아들이 바고아스에게 죽임을 당할 수밖에 없었던 것은 신하들과 제국의 백성들보다 바고아스를 더 두려워했기 때문이었다.

그러나 결국 자신도 심복인 베소스에게 배신을 당했다. 자신도 선왕과 같은 운명에 처하게 될 것이라고는 꿈에도 생각하지 않았다. 너무 가까운 것은 잘 보이지 않는다는 격언이 틀리지 않았다. 베소스가 바고아스와 같은 존재라는 사실을 그는 깨닫지 못했던 것이다. 깨달음은 항상 너무 늦게 찾아온 선물이었다.

의식은 점점 희미해졌다. 하팀의 모습만이 환하게 빛났다. 하팀이 서 있는 곳은 아늑한 빛과 푸르스름한 색채로 밝았다.

"하팀이시여, 제가 이제야 당신의 말씀을 알아들었습니다. 그러나 너무 늦은 것 같습니다."

다리우스 3세는 의식 한 가닥을 붙잡은 채 중얼거렸다. 등만 보이던 하팀이 얼굴을 돌렸다. 그는 열다섯 살에 보았던 그 표정으로 미소를 지었다.

하팀의 등 뒤로 열다섯 살의 코도만누스가 나타났다. 다리우스 3세는 열다섯 살의 자신을 향해 미소를 지었다. 열다섯 살 소년의 표정은 맑고 밝았다. 그 소년이 자신을 향해 손짓을 했다. 다리우스 3세는 이끌리듯 소년을 따라 나섰다. 하팀은 까마득하게 멀어지고 있었다. 다리우스 3세는 뒤처지지 않기 위해 부지런히 걸음을 옮겼다. 그리고 소년의 손을 잡고 물었다.

"지금, 어디로 가는 거지?"

소년이 빙그레 웃으며 아주 먼 곳을 가리켰다. 그곳에는 아주 오래 전에 보았던 작은 집이 있었다. 소년 코도만누스가 살았던 집이었다. 어느새 하팀은 그 먼 곳에 도착해 있었다.

"아하! 이제야 비로소 아버지의 집으로 가는구나…."

사랑의 랩소디

정숙해 여사와 한수위 씨의 동상이몽

정숙해 여사는 닭장 쪽으로 걸음을 옮겼다. 닭장 쪽에서 푸드득대는 소리들이 요란했기 때문이었다. 닭장 안에는 어림짐작으로 보아 닭이 이십여 마리쯤 되는 것 같았다. 그런데 소란스러움은 수십 마리, 아니 수백 마리가 뒤섞여 싸움질을 하는 것처럼 보였다. 암컷들은 달아나느라 바쁘고 수컷들은 암컷들을 뒤쫓느라 정신이 없었다. 수탉 한 마리가 용케 암탉의 등 위로 올라탔다. 암컷은 잠깐 몸을 비틀었으나 이내 다소곳해졌다.

닭대가리 주제에 엉큼하기는…. 정숙해 여사는 슬그머니 미소를 지으며 암탉을 향해 눈을 흘겼다. 짝짓기는 순식간에 끝났다. 볏을 바짝 세운 수탉은 아랫도리를 한 번 흔들고 암탉의 등에서 내려왔다. 그리고 하늘을 향해 길게 회를 쳤다. 새벽이 아니니 수탉이 울었다고 해야 옳은 것인지 모르겠다. 암탉은 날개를 짧게 한 번 흔들어 털을 가다듬고는 천연덕스럽게 먹이를 쪼아댔다.

다른 수탉들도 암탉을 쫓느라 정신을 없었다. 사실 방금 전에 일을 끝낸 놈인지 아니면 딴 놈인지 구분이 된 것은 아니었다. 모두 비슷비슷한 데다 정신없이 섞이다가 흩어지는 바람에 한 놈에게 시선을 고정시킬 수가 없었다. 어쨌든 수탉이란 놈들은 오직 암탉의 등짝에 올라타기 위해 혈안이 되어 있었다.

정숙해 여사의 시선은 수탉의 움직임을 끈질기게 따라붙었다. 암탉을 놓칠 때는 안타깝게 한숨을 쉬기도 하고 수탉이 맹렬하게 따라붙을 때는 손뼉을 치며 응원을 했다. 그리고 수탉이 짝짓기에 성공하자 자신도 모르게 환호성을 질렀다.

"아유, 사모님 그게 그리 즐겁심니꺼?"

언제 왔는지 관리인 배은덕 씨가 묘한 미소를 지으며 정숙해 여사를 쳐다보고 있었다.

"아니, 그저….."

정숙해 여사는 말꼬리를 흐렸다. 그리고 정색을 하면서 물었다. 콜린지인지 콜라겐인지 하는 대통령 부부의 에피소드가 생각났기 때문이었다.

"배은덕 씨, 닭들은 하루에도 수십 번씩 저 짓을 한다는데 맞습니까?"

"사모님, 저 짓이 뭡니꺼?"

배은덕 씨는 딴청을 부리며 정숙해 여사를 쳐다보았다. 정숙해 여사는 배은덕 씨가 자신의 말을 알아듣지 못했다고 생각하고 다시 물었다.

"교미 말이에요. 교. 미."

"아하! 사모님이 그기 그렇게 궁금하십니꺼? 맞심더. 볏을 빡빡하게 세운 달구 새끼들은 하루에도 수십 번씩 저 짓을 하지예. 부럽심니꺼?"

정숙해 여사의 눈초리가 심상치 않자 배은덕 씨는 얼른 말을 바꾸었다.

"사장님께서 주신 술이 조금 과했나 보네예. 농담입니더. 용서해 주이소."

배은덕 씨가 머리를 조아리자 정숙해 여사는 표정을 풀며 말했다.

"사장님에게도 수탉의 정력에 대해서 꼭 말씀하셔야 됩니다."

정숙해 여사는 마치 영부인이나 되는 것처럼 은근한 목소리로 말했다.

잠시 후 한수위 씨가 정숙해 여사와 배은덕 씨가 있는 닭장 앞으로 다가왔다.

"거하게 마셨더니 비워 내는 것도 한참 걸리네. 여보, 이제 슬슬 갈 차비를 합시다."

한수위 씨는 묻지도 않았는데 먼저 말을 꺼냈다.

"여보, 나도 화장실 갔다 올 테니까 좀 기다려요."

정숙해 씨가 서둘러 닭장 앞을 벗어났다. 그는 배은덕 씨에게 눈짓을 하며 서둘러 마당 가운데로 걸음을 옮겼다. 설마 남편이 콜린지인지 콜라겐인지 하는 대통령처럼 엉뚱한 질문은 하지 않을 것이라고 생각했다.

닭장에서는 여전히 수탉과 암탉들의 쫓고 쫓김이 계속되었다.

"아, 저놈 벼슬이 엄청 기가 세게 생겼구만. 그것도 그렇겠지?"

한수위 씨의 물음에 배은덕 씨는 기다렸다는 듯이 수탉의 정력에 대해서 이야기했다.

"매번 같은 놈과 그렇게 많이 합니까?"

"아니지예. 절대 그것은 아니라예."

한수위 씨는 배시시 미소를 지었다. 주인 부부의 잠자리 같은 것은 아무래도 상관없었다. 달구 새끼 덕분에 계약이 수월하게 연장되었다는 사실이 중요했다.

정숙해 여사와 한수위 씨는 저녁시간에 대해 대단히 즐거운 상상을 하며 차로 향했다. 정숙해 여사는 새로 준비해 둔 잠옷과 향수를 떠올렸고, 한수위 씨는 장안동과 논현동 중 어느 쪽으로 갈까를 꽤 오래 저울질했다. 그리고 서로의 눈빛이 마주치자 공기가 참 맛있다는 말로 얼버무리며 급하게 차문을 열었다.

부부가 차문을 닫으려는 순간, 닭 울음소리가 크게 들려왔다. 꼬끼오~~ 꼬꼬댁~~

남자를 보았다

우리의 인생은 우연에 버린져져서, 우연에 버맡겨져서 피할 길이 없게 되었다. 알겠느냐? 우연한 일에 말이다. 이 세상에서 어떤 일이 일어나든, 어떤 일이 네 위에 떨어져 버리누르든, 비워두든, 우연한 사건이란 우연히 일어난다.

보르헤르트의 <지붕 위의 대화> 중

　자동차가 주저앉았다. 면접 장소를 불과 100여 미터 앞둔 도로변이었다. 앞바퀴 타이어가 찢겨져 있었다. 타이어 접촉면에 못이 박힌 적은 있지만 옆이 찢어진 것은 처음이었다. 난감했다. 8차선 도로변에 자동차를 버려둘 수도, 마지막 단계인 면접을 포기할 수도 없었다. 자동차는 두 번 다시 받을 수 없는 남편의 마지막 선물이었고, 면접은 내 경력을 처음으로 알아봐 준 연구소의 마지막 관문이었다.

서둘러 보조 타이어를 꺼냈지만 바퀴 끼우는 방법은커녕 공구조차 다루는 방법을 알지 못했다. 보험회사나 정비소에 전화를 걸어 도움을 청하는 방법이 있다는 것도 떠오르지 않았다. 속수무책으로 시간만 흘려보내고 있었다. 둘 중 하나는 포기할 수밖에 없었다.

시계를 보았다. 면접 몇 분 전이었다. 나는 향료회사 건물을 바라보며 구두를 벗고 뛰기 시작했다. 스타킹 올이 터져 나갔다. 로비 거울에 비친 내 모습은 어릿광대보다 더 우스꽝스러웠다. 화장은 땀으로 얼룩지고 스커트 솔기는 터졌으며 발가락에는 피가 흐르고 있었다.

게임 아웃. 나는 이미 아웃된 상태라는 것을 로비에 걸린 시계가 말해주고 보여주고 있었다. 그래도 포기할 수 없어 엘리베이터 앞으로 달려갔다. 안내원이 달려와 나를 붙들었다. 정신이 어떻게 된 것 아냐? 그들의 표정은 그렇게 읽혀졌다. 단적으로 말해 나를 미친년으로 보고 있는 듯했다. 내가 양손에 구두를 든 채로 면접자라고 말하자, 그들은 피식 웃었다. 내가 얼마나 절박한지 그에게 말해주고 싶었다.

엘리베이터가 열리고 정장차림의 사람들이 우르르 몰려나왔다. 몇 명은 이름표를 채 떼지 못한 채였다. 그들은 하나같이 나를 흘깃거렸다. 그중 한 남자가 나에게 다가왔다. 실기시험 때 나를 알아봐 준 남자였다. 후각이 예민하다며 자신의 아버지를 떠올리게 했었다.

향료연구소의 대장이었던 그를 떠올리는 것은 어렵지 않았다. 후각이 예민하군. 연구소장은 남자처럼 그렇게 말했었다. 향료 테스트가 끝난 뒤 남자는 짓궂은 표정으로 다가왔다. 그리고 낮은 목소리로 물었다.

"나 기억나지 않나요? 나는 누나 꽃무늬 팬티도 기억하는데."

당황스러웠다. 어리벙벙한 얼굴로 그를 바라보았다. 향료연구실에 맞춤한 흰 가운을 입고 안경을 쓴 젊은 연구원. 그뿐이었다. 꽃무늬 팬티까지 보여줬을 만큼 내밀한 친밀감이 느껴지지 않았다. 내가 별 반응을 보이지 않자 그가 답답하다는 듯이 말했다.

"아빠 연구소에 놀러갔다가 누나에게 아이스케키 했잖아요."

내 치마를 들췄다고 했는데도 여전히 남자의 어린 모습이 기억나지 않았다. 그런 장난질을 당했다는 기억도 없었다. 어쩌다 가족들이 연구소로 오기도 했고 상사들이 집들이 초대를 했었기 때문에 그들의 아이들과 마주칠 기회는 많았다. 누구의 아이랄 것도 없이 대부분의 아이들은 개구쟁이들이었다. 나는 남자의 어린 모습을 떠올리려고 애쓰지 않았다. 다만 남자의 모습에서 옛 직장 상사의 모습을 찾아내려 했을 뿐이었다. 연구소장에 대한 기억은 여전히 훈훈했다. 선한 미소와 함께 희고 긴 손가락이 떠올랐다. 무척 섬세한 손이었다.

나는 남자의 손을 유심히 살펴보았다. 그의 손은 희지도 않았고 가늘고 길지도 않았다. 그저 흔하게 보는 남자의 손이었다. 옛 직장 상사의 모습을 찾아내기는 어려웠다. 흔하디흔한 그 손이 나를 로비 한쪽으로 끌고 갔다. 그는 내 어깨를 눌러 자리에 앉힌 다음 들고 있던 구두를 신겨 주었다.

"누나, 너무 상심하지 말아요. 이 순간을 기억하는 제가 있으니까."

자동차는 팽개쳐 둔 그대로였다. 나는 맥이 풀려 경계석에 주저앉았다. 남자가 자신의 양복 윗저고리와 서류가방을 내 가슴에 안겼다. 그는 셔츠 소매를 팔꿈치 위까지 걷어 올린 다음 넥타이 자락을 셔츠 포켓에 쑤셔 넣었다. 그의 움직임은 일사불란했다. 트렁크에서 공구를 꺼내고, 찢어진 타이어를 빼내고, 보조 타이어를 끼웠다. 볼트를 조일 때 팔목의 근육이 불끈불끈 꿈틀거렸다. 볼트를 조이는 것이 아니라 제 몸의 근육을 팽팽하게 조이는 것처럼 느껴졌다. 내 시선은 그의 몸에서 꿈틀거리는 모든 근육을 좇았다. 팔, 어깨, 목, 얼굴, 등, 어깻죽지, 허벅지.

내가 넋을 빠트린 채 보고 있는 사람은 옛 상사의 아들도 아니고, 입사 시험을 치르려 했던 회사의 연구원도 아니었다. 내 눈에 비친 그는 성욕이 왕성한 젊은 남자였다. 나는 어느새 일자리를 놓쳤다는 것을 잊고 있었다.

처용의 아내

오늘밤도 남편은 대문 앞을 서성거리다 골목 바깥으로 멀어졌다. 어둠 속으로 멀어지는 그의 뒷모습은 한없이 쓸쓸해 보였다. 가슴속에 가득 차 있던 무언가가 쑥 빠져나가는 것처럼 허전해졌다. 별이 총총히 떠 있는 하늘을 쳐다보았다. 초승달이 구름에 싸여 서쪽으로 기울어지고 있었다. 여느 때처럼 초승달을 따라 걷고 있을 남편의 모습이 훤했다. 그는 달이 질 때까지 서라벌 거리를 헤매다가 집으로 돌아올 것이다.

나는 남편을 대신할 다른 남자를 기다리고 있다. 엄마의 사촌이든, 오빠의 친구인 낭도든, 저잣거리에서 만났던 육두품의 아들이든. 분명한 것은 제일 먼저 달려오는 남자를 대문 안으로 들일 작정이다. 그리고 대문을 닫아 걸고 오직 그 남자와 몸을 나눌 것이다.

사실 어떤 남자든 상관없다. 오늘밤 그 남자는 내가 기다리고 기다리던 사람이며, 나 또한 그 누구에게 절실한 존재라는 사실이 중요할 뿐이다. 물론 오늘 제일 먼저 도착할 남자가 내일도 제일 먼저 찾아오리라는 보장은 없다. 나는 골목을 향해 귀를 곤두세웠다. 대문을 향해 다가오는 발짝 소리가 들렸다. 발짝 소리가 점점 가까워졌다. 보폭이 짧고 걸음걸음이 가벼운 것으로 미루어 오빠 친구인 낭도가 분명하다. 내 몸을 제일 먼저 열어 봤던 오빠가 이 사실을 안다면 어떤 표정을 지을까?

그랬다. 남자에 대한 기억 끝에는 오빠가 있다. 아버지와 엄마의 귀하디귀한 아들인 오빠는 심심할 때마다 나를 가지고 놀았다. 그가 나를 데려간 곳은 항상 그 누구의 시선도 미치지 않는 곳이었다.

"무연아, 오빠가 하라는 대로만 해야 해."

오빠는 나를 향해 빙그레 웃었고, 오빠는 내 눈을 보며 눈을 부릅떴고, 오빠는 내 얼굴에 종주먹을 들이댔다. 나는 그런 그에게 무조건 고개를 끄덕여 주었다. 그는 내 옷을 벗기기도 했고, 입히기도 했다. 머리를 싹둑싹둑 자르기도 했고, 엄마의 화장품으로 온몸에 그림을 그리기도 했다. 그러다가 심심해지면 선 채로 모란꽃송이를 향해 오줌을 갈기는 연습을 시켰다. 그러나 나는 번번이 실패했다. 그는 자기처럼 오줌을 갈기지 못하자 내 머리통을 쥐어박았다. 나는 수순대로 퍼질러 앉아 울었다. 그러면 그는 항상 자기 주먹으로 내 입을 틀어막

왔다. 내 울음은 항상 소리가 되지 못한 채 목구멍으로 빨려들어갔다.

오빠의 장난은 끝이 나지 않았다. 해가 바뀔수록 더 집요해졌다. 글 공부가 싫증나면 그는 사람들의 눈길이 미치지 않는 곳으로 나를 끌고 갔다. 그리고 말 잘 듣는 장난감을 다루듯 내 몸을 더듬고, 만지고, 비틀고, 관찰했다. 그의 손놀림에 따라 나는 간지럼을 탔고, 아파서 찡그렸고, 숨이 막힐 것 같아 허우적거렸다. 그리고 결국 엄마에게 들키고 말았다. 나는 정말이지 아버지나 엄마에게 빨리 들키기를 기다렸다. 그래서 엄마가 몹시 반가웠다. 그러나 내 기대는 여지없이 깨지고 말았다.

"에구머니나 망측해라. 저 요망한 계집애가 뭔 짓을 하고 있는 거야."

엄마는 내 몸을 타고 있다 달아난 오빠에게는 한마디도 하지 않았다. 그녀는 내 머리채를 질질 끌고 다니며 미친 듯이 때리기 시작했다.

"요 맹랑한 것이 멀쩡한 아들을 망치고 있네그려."

나는 내가 왜 맞아야 하는지 알 수 없었다. 무조건 오빠 말은 잘 들어야 한다는 말에 순종을 했을 뿐이었다. 엄마는 내가 일곱 살이라는 사실도 잊은 듯했다. 내가 할 수 있는 것은 최대한으로 몸을 웅크리는 것이었다. 그때 나는 처음 알았다. 나를 보호해 줄 사람은 이 세상에 한 사람도 없다는 사실을….

그날 이후 나는 허름한 뒤채에 갇혔다. 그리고 열여덟 살이 되었다.

그동안 아버지와 오빠의 얼굴은 거의 볼 수가 없었다. 그들은 내가 있다는 사실도 까맣게 잊은 듯했다. 나는 뒤채에서 젖어멈보다 더 늙은 노파처럼 시간만 파먹으며 그 어떤 날이 오기를 기다리고 기다렸다.

"무연아, 너는 아비가 시키는 대로 해야 하느니라."

십여 년 만에 뒤채로 건너온 아버지는 다짜고짜 명령부터 했다. 나는 오빠에게 했던 것처럼 무조건 고개를 끄덕여 주었다. 나는 아버지가 '아비'라고 말하는 순간, 웃음을 터트릴 뻔했다. 뒤채로 밀어내던 날 나를 바라보던 아버지의 눈빛이 생각났기 때문이었다.

그때 그는 못된 짐승을 본 것처럼 흘겨보고는 쪽문을 세게 닫았다. 문고리를 거는 소리가 어찌나 큰지 하늘이 무너지는 줄 알았다. 그 와중에도 나는 총총히 멀어지는 아버지의 발짝 소리가 들리지 않을 때까지 귀를 세우고 있었다. 발짝 소리가 들리지 않게 되자 내 마음도 닫아걸었다.

대궐에서 나온 엄마의 사촌은 유심히 나를 살폈다. 그리고 그는 매우 흡족한 미소를 아버지와 교환했다. 나는 그들의 미소가 거슬렸지만 내색을 하지 않았다. 바깥으로 나가 어떤 일을 당한다고 하더라도 이 집 안에 갇혀 있는 것보다 나을 것 같았다.

"이 아이는 이 별채 밖으로 나간 본 적이 없는 아주 깨끗하고 순진한 처녀입니다."

아버지는 내가 얼마나 깨끗한 처녀인지를 거듭거듭 강조했다. 세상의 때라고는 손톱만큼도 묻지 않은 맑고 순결한 몸과 마음을 지닌

딸이라고 말했다. 너무나 소중해서 함부로 내놓을 수도 없는 딸이라는 사실을 잘 전해 달라고 부탁까지 했다.

"전하께서 그대 부부에게 후하게 상을 내리실 걸세."

아버지는 엄마의 사촌을 대문 밖까지 배웅하고 들어왔다. 그리고 얼굴 가득 미소를 띠고 나를 바라보았다. 그의 눈빛은 유리하게 흥정을 끝낸 장사꾼의 눈빛을 하고 있었다. 아버지는 이 거래에서 만족할 만한 성과를 얻었다고 여기는 것 같았다.

며칠 뒤, 아버지는 생전 보지도 듣지도 못한 낯선 모습의 남자에게 나를 넘겨주었다. 크고 부리부리한 눈, 거무튀튀한 피부, 꿈틀거리는 힘줄. 그는 서라벌의 남자가 아니었다. 그의 몸에 닿기만 해도 내 몸은 부서져 버리거나 으깨져 버릴 것만 같았다. 두려웠다. 아버지는 내가 얼마나 큰 두려움에 사로잡혀 있는지 알려고도 하지 않았다. 일곱 살 때 엄마에게 느꼈던 분노가 목구멍까지 치밀고 올라왔다. 그러나 나는 조용히 남자를 따라 나섰다. 그리고 임금의 신하가 되었다는 그의 집으로 갔다.

처음 느꼈던 것과는 다르게 남자는 무섭지도 어렵지도 않았다. 부모에 대한 분노를 누그러뜨릴 수 있을 만큼 그의 가슴은 따뜻하고 편안했다. 그는 오빠처럼 내 몸을 장난감처럼 갖고 놀지도 않았고, 엄마처럼 요망한 짐승처럼 대하지도 않았으며, 아버지처럼 재산목록으로 계산하려 들지도 않았다. 다만 내 몸과 내 마음을 자신이 가고 싶은 곳까지 데리고 가지는 않았다. 그는 다급하게 끌어당기거나 안았다가 놀란 듯이 밀쳐 버리거나 돌아눕기 일쑤였다. 그가 내 남자가 될 수 없다는 것을 나는 알아차렸다. 그리고 머지않아 나를 떠나게 되리라는 것도 예감했다. 용왕의 아들이었다는 소문처럼 홀연히 바다 속으로 사라질지도 모른다고 생각했다. 서역의 어느 마을에 두고 온 아내에게로 돌아갈지도 모른다는 생각도 했다. 어쨌거나 결혼을 하고도 나는 여전히 혼자였다.

예상했던 대로 발짝 소리의 주인공은 오빠의 친구인 낭도다. 대문 안으로 들어서는 그를 나는 남편을 대하듯 반갑게 맞아들인다. 엄마의 사촌이었거나, 저잣거리에서 만난 육두품의 아들이었다고 해도 마찬가지였을 것이다.

나는 내 몸이 원하는 그곳으로 데려가 줄 남자가 필요할 뿐이다. '사랑' 그것과는 아무 상관도 없다. 오직 남편이 돌아오기 전까지 내 손을 놓지 않으면 그만이다. 헌신적으로 내 몸을 위로할 낭도에게 나는 농담처럼 들려줄 것이다, 사랑한다고. 그리고 내일은 또 내일의 남자에게 또 그렇게….

나미에, 딱 그만큼만 아리가토

새삼스러울 것도 없는 날이었다. 하늘이 무겁게 내려앉았지만 비가 내릴 것 같지는 않았다. 강의도 없고 알바도 잘렸기 때문에 부산을 떨 이유도 없었다. 서울 하늘은 당연히 맑겠지? 가을이잖아. 나는 스스로 묻고 스스로 답하면서 창문을 닫았다. 서울이란 도시를 떠올리자마자 갑자기 우울해졌다. 생일 케이크를 자른다든가, 미역국을 먹는다든가, 저녁에 한 잔 하자든가 하는 축하 행사를 할 수 없기 때문에 우울해진 것은 결코 아니었다. 그냥 새삼스러울 것도 없는 날이 새삼스러울 것도 없이 지나가고 있기 때문이었다.

잠이나 실컷 자두자. 그래 잘 생각했어. 지금은 그것이 최선의 선물이야. 나는 스스로를 다독거리며 이부자리 속으로 기어들었다. 순간 새삼스러울 것도 없는 적막을 찢고 휴대폰이 울렸다. 전화를 걸어

온 사람은 나미에였다. 그녀의 목소리는 신선한 공기 뭉치가 톡 터지는 것처럼 상쾌했다.

"희준, 오늘 저녁식사를 같이 하고 싶은데… 괜찮겠어?"

"응, 무조건, 오늘은 무조건 괜찮지."

"그럼 지난번에 만났던 그 돈가스집이 어떨까? 내가 살게."

"오케이. 그 맛있는 돈가스를 사주겠다 이거지?"

"식사 후 보너스를 기대해도 될 거야. 네가 원하기만 한다면."

나미에의 사분사분한 목소리를 듣자 우울한 기분이 깨끗하게 벗겨졌다. 게다가 저녁을 같이 먹자고 하지 않는가. 저녁을 같이 먹어 주는 것뿐만이 아니라 보너스까지 기대하라니 이 무슨 횡재란 말인가. 그녀가 내 생일인 것을 어떻게 알았지?

음식점 앞은 몹시 붐볐다. 한 시간이나 앞당겨 달려왔지만 사람들은 이미 길게 줄을 서고 있었다. 삼십 분 넘게 차례를 기다려 겨우 다음 차례가 되었다. 200명만 입장 가능. 기둥에 붙은 안내 문구를 확인한 다음 뒤를 돌아보았다. 줄 끄트머리가 어딘지 보이지도 않았다. 저뒤쪽에 서 있는 사람 중의 절반 이상은 헛수고를 하고 말 것 같았다.

나미에가 내 손을 잡고 만지작거렸다. 그녀와 내가 손을 잡고 있는 모습은 여느 커플들처럼 자연스러운 모습이었다. 그러나 우리가 주고받은 대화의 내용은 별다른 것이 없었다. 지난 며칠 동안의 안부가 전부였다. 그녀의 표정은 밝았지만 건조했다. 할 말을 찾지 못하고 적당히 지루해질 무렵 음식점 안으로 입장할 수 있었다.

나미에는 메뉴판을 들여다보면서 내게 물었다.

"희준, 안심돈가스가 어때?"

메뉴판에는 돈가스 종류가 다양하게 나열되어 있었다. 그러나 나미에는 다짜고짜 안심돈가스를 찍으며 물었다. 형식은 내 의견을 묻는 것이었지만 그녀의 말투는 반드시 안심돈가스여야 한다는 명령처럼 들렸다.

"나미에, 지난번에 먹었던 돈가스잖아?"

"맞아. 맛있지 않았어?"

"응, 맛은 괜찮았어. 그런데 다른 것도…."

나는 다른 돈가스를 먹어 보고 싶다고 말하려다 그만두었다. 나미에의 기분을 거스르고 싶지가 않았다.

"샐러드도 시킬까?"

"아, 그래. 좋을 대로. 대신 샐러드는 희준이 계산해."

순간 머쓱해졌다. 그녀의 지갑 속 형편을 배려하지 못한 것 같아서 미안해졌다.

"나미에, 걱정하지 마. 오늘 저녁식사는 내가 전부 계산할게."

그녀는 정색을 하며 나를 쳐다보고 고개를 흔들었다. 그리고 손사래를 치면서 지갑을 열어 보였다. 돈이 모자라서가 아니라는 뜻이었다. 주문을 재촉하는 종업원에게 나미에는 안심돈가스 2인분과 샐러드 1인분을 주문했다. 계산이 복잡해지는 것이 싫어 나는 샐러드를 취소했다. 그녀는 흔쾌히 안심돈가스 2인분을 주문했다. 주문을 마친 그녀의 표정은 홀가분해 보였다. 순간 등짝이 서늘해졌다. 딱 신세진 만큼만? 그랬다. 꼭 이곳으로 약속을 정했던 것도 그렇고, 그때 먹었던 안심돈가스라는 것도 그렇고…. 그녀는 내게 진 빚을 정확하게 청산하고 있는 중이었다.

뜨뜻했던 마음이 갑자기 오그라들었다. 그리고 온몸으로 소름이 번져갔다. 나는 아주 낮게 그렇지만 또박또박 인사를 건넸다.

"아리가토…."

그런데 기대해도 좋다는 보너스는 뭘까? 설마, 그녀의 작은 방?

오! 마이 해피타임

  "자, 시작합니다."

의사가 말했다. 아닌가? 자, 갑시다. 그렇게 말했었나? 아니, 숫자의 이명이 남아 있는 것을 보면 카운트다운을 했던 것 같기도 했다. 아무튼, 의사가 어떤 말과 몸짓을 했는지 떠올리기도 전에 다른 세상의 문이 열렸다. 따뜻하고 아늑한 기운이 온몸을 휘감았다. 내 몸은 순식간에 무장해제되었다. 붉은 색채와 빛이 만들어낸 오묘한 조화가 눈앞에 펼쳐졌다. 잘 숙성된 레드와인 빛깔이라고 해야 할까. 빛의 농도에 따라 변하는 붉은색이 얼마나 고혹적인지 설명은 불가능하다. 그것은 이곳이 나만 아는 세상이기 때문이다. 형형한 색채와 빛은 온몸의 근육을 풀어 버리고 뼈마저 흐물흐물하게 만들어 버린다.

"아, 하하함…."

나는 낮지만 길게 탄성을 내질렀다. 지난 몇 달 동안 얼마나 목마르게 원했던가. 햇솜처럼 부드럽게 감기는 감촉, 말초신경까지 퍼져 나가는 이 나른함, 재즈풍으로 청각을 애무하는 이명감. 거대한 오크통 속에서 다양한 붉은 색채 중 하나로 녹아 버렸으면 좋겠다.

이제 일곱 번째가 아닌가. 예뻐지기 위해서가 아니라 이곳에 들어오기 위해서 성형을 한다면 믿겠는가. 솜씨 좋기로 유명한 의사 덕에 대단히 만족스럽게 얼굴이 바뀌기 시작했고 한동안은 바뀐 모습 때문에 행복했었다. 그러나 지금은 더 예뻐지기 위해서 수술을 하는 것이 아니다. 이런 나를 성형중독이라고 말하는 사람도 있지만 천만의 말씀이다.

짧으면 한 시간, 길면 서너 시간 동안이지만 그것은 일상의 시간으로 계량할 수 없다. 몇 개월의 시간과 결코 맞바꿀 수 없는 부피감과 황홀감을 갖고 있다. 나는 붓기가 빠지기 무섭게 또 수술거리를 만들어낼 것이다. 그리고 비용을 마련하기 위해 수단과 방법을 가리지 않을 것이다.

첫 번째 이곳에 도착했을 때 도무지 이 붉은 세상을 감당할 수 없었다. 너무나 붉고 탁해서 숨을 쉴 수가 없었다. 쌍꺼풀수술을 위해 수면마취 중이라는 사실을 알고 있었다. 그리고 의사가 눈꺼풀을 찢고 있거나 꿰매는 중일 거라는 것도 알고 있었다. 그러나 눈앞에 펼쳐진 붉은 세상은 몹시 낯설고 당황스러웠다.

"간호사, 마취가 덜 된 것 같다. 조금 더 넣어."

의사의 말로 미루어 마취제를 더 주사하라는 것 같았다. 그러나 나는 눈앞에 펼쳐진 이상한 세상을 그들에게 말해주고 싶었다.

"선생님, 이상해요."

의사가 되물었다.

"이상하다고요. 어떻게?"

"눈앞이 온통 그리고 너무나 붉어요."

"아픈 건 아니고 붉다, 어떻게?"

"양귀비 아니 흑장미, 아, 잘 숙성된 붉은 포도주, 맞아요. 레드와인 빛이요."

나는 시시각각 변하는 붉은 빛을 설명하느라 장황해졌다. 의사의 목소리는 상담할 때보다 더 침착했다. 그는 마취가 잘 되지 않는 환자 중에 간혹 환상을 보기도 한다고 차분하게 말했다. 그리고 어르듯 그 환상을 즐기라고 말했다. 즐기라고? 즐기라는 말은 보너스를 주고 있다는 말처럼 들렸다. 그 말의 효과였는지 숨쉬기가 편안해졌다.

붉고 탁한 그 속으로 몸을 쑥 밀어 넣었다. 수만 송이의 양귀비꽃으로 가득 채워진 것 같기도 했고, 일몰 직후 수평선에 번진 노을 같기도 했다. 붉은색을 떠안고 있는 것은 빛이었다. 붉은색과 눈부신 빛은 서로 섞이고 버무려지면서 뭉개졌다. 그리고 허공으로 퍼져 출렁거렸다. 그것은 잘 숙성된 레드와인에 빛이 스며들어 만들어낸 색채였다. 시고, 달고, 떫은 맛 뒤에 오는 나른함과 푸근함 그리고 아늑함과

충만함. 황홀지경 바로 그것이었다. 또한 그것은 내가 가장 행복했던 순간에 마셨던 레드와인의 빛이었다.

한 장의 꽃잎처럼 몸이 가벼워졌다. 잔잔한 수면에 떠 있는 것처럼 편안해졌다. 경직된 관절이 하나하나 다 풀어지고 있는 느낌. 기형적으로 뭉쳐 있던 근육도 모두 긴장을 풀고 제자리를 찾아드는 느낌. 게다가 늘리고 조이고 찢고 꿰매는 과정에서 생긴 흉터들도 흐물흐물하게 풀어진 느낌. 일상의 모든 피로, 일상의 모든 고통이 사라졌다고 해도 지나치지 않았다.

엄마에 대한 그리움, 실연의 고통, 사채업자의 빚 독촉, 잘난 친구에 대한 열등감, 부자 친구에 대한 결핍감, 잦은 수술로 생긴 통증… 등. 각을 세우고 달려들던 그 모든 고통이 말랑말랑해졌다. 아프지도 않고, 슬프지도 않고, 두렵지도 않았다,

오! 이 절대감.

'절대감'이라고 느끼는 순간 불안의 손톱이 보이기 시작했다. 강한 빛이 눈꺼풀을 찔렀다. 황홀지경이 순식간에 사라졌다. 시고 떫고 달달한 맛도 가셔 버렸다. 다시 근육이 긴장되면서 귀가 열렸다. 나는 온몸을 뒤틀었다.

"간호사, 프로포폴 더 주사해."

의사의 말이 끝나자 서늘한 기운이 전신으로 퍼졌다. 그리고 눈꺼풀이 무거워졌다. 캄캄해졌다, 모든 것이. 이건 아닌데… 아, 씨…

매우 빠르게 의식이 멀어졌다. 한 가닥 남아 있던 의식도 의사의 비명 소리와 함께 사라지고 있다.

"이런 너무 많이 넣었잖아. 이봐요 로미 씨, 정신 차려요."

우리도 결혼합니다

예감이 좋다. 검돌의 심장이 다시 벌떡거리기 시작했다. 삼 년 동안 벼르고 별렀던 목표가 코앞에 다가왔다는 것을 그는 본능적으로 읽어냈다. 그는 깊게 숨을 들이쉰 다음 천천히 내뱉었다. 공기의 질감도, 냄새도, 색감도 여느 날과 달랐다. 그러나 그는 한참을 뭉그적거리다가 못 이기는 체 유 생원 댁 집사를 따라 나섰다.

사실 혀가 목구멍으로 말려들어갈 만큼 그의 입 안은 바작바작 탔고, 심장은 터질 것처럼 뛰었다. 그렇지만 애써 천천히 걸었다. 집사는 몇 번이나 걸음을 멈추고 재촉했지만 검돌은 아랑곳하지 않았다. 참을 수 없다는 듯 집사가 툭 말을 던졌다.

"오늘 아침 푼수가 피를 토했네. 빨리 손을 쓰지 않으면 죽을지도 몰라."

숨이 턱 막혔다. 검돌과 푼수가 짠 각본 중 최악의 상태인 것만은 확실했다. 원했던 지점은 한두 번 기절한 상태에서 거래가 성사되는 것이었다. 그러나 유 생원은 결코 만만한 거래 상대가 아니었다.

그들은 유 생원 스스로 푼수를 포기하도록 계책을 세웠다. 그것은 목숨을 담보로 한 매우 위험한 도박이었다. 푼수는 서서히 곡기를 끊었고, 추위와 더위에 함부로 몸을 내돌렸다. 푼수의 몸은 사흘에 피죽 한 그릇도 먹지 못한 것처럼 마르고 기력도 떨어졌다.

때가 무르익었다 싶어 검돌이 푼수의 몸값을 준비해 찾아갔지만 유 생원은 거래에 응하지 않았다. 치료만 잘하면 암소처럼 부려먹을 수 있고 게다가 인물도 반반해서 계집종 몫을 톡톡히 해낼 수 있다는 것이었다.

푼수는 강도를 조금 더 높였다. 자신의 몸을 더욱 심하게 망가뜨려 쓸모가 없다는 것을 드러내려 애를 썼다. 그녀는 자주 쓰러졌다. 쌀을 씻다가, 청소를 하다가, 심지어는 유 생원 내외가 아끼는 비단옷을 손질하다가도 혼절을 했다. 부지깽이 하나도 들 수 없을 만큼 그녀의 몸은 초췌해지고 병색이 완연해졌다.

이러한 사정은 행랑아범을 통해 검돌에게 즉각 알려졌다. 행랑아범은 명줄이 다한 것 같다며 혀를 끌끌 찼다. 최악을 상상하자 검돌은 덜컥 겁이 났다. 더 이상 미룰 수가 없었다.

사랑채에 들어서자마자 유 생원의 고함 소리가 귀청을 찢었다. 숭늉 한 대접 마실 시간이면 서너 번을 왔다갔을 거린데 너무 늦게 도착했다고 호통을 쳤다. 그가 몹시 조급해한다는 것을 검돌은 충분히 느낄 수 있었다. 거래가 이미 끝났다고 검돌은 생각했다.

"생원 나리, 부르심을 받고 소인 달려왔습니다요."

검돌은 섬돌에 바짝 엎드리며 고개를 조아렸다. 표정을 들키지 않기 위해 일부러 고개를 들지 않았다.

"푼수를 데려가게."

유 생원은 애서 목소리를 깔았지만 조바심을 감추지 못했다.

"소인은 미천해서 몸뚱이 하나로 먹고 사는데, 물 한 동이도 길어 오지 못하는 계집을 뭣에다 쓰겠습니까요. 게다가 피까지 토했다니… 이제 송장 치를 일만 남은 것 같아서 영…."

검돌은 이 거래에 별 관심이 없는 것처럼 딴청을 부렸다.

"피를 토하다니? 누가 그런 터무니없는 헛소리를 했단 말이냐?"

유 생원은 집사를 흘겨보며 당황스러움을 감추지 못했다. 그러나 그는 검돌을 내려다보며 선심을 쓰는 것처럼 말에 분칠을 더했다.

"푼수 년에게 품은 네 녀석의 마음이 갸륵해서 주는 것이니 데려가 거라. 쩝, 곧 열여섯 한창 물이 오를 참인데…."

미련이 남았는지 유 생원은 입맛을 다셨다. 그는 집사에게 눈짓을 하고는 먼 산을 쳐다보았다. 집사는 검돌을 마루 끝으로 불러 앉혔다. 그는 다짜고짜 돈부터 내놓으라고 했다. 검돌은 못 이기는 체하며 푼수의 몸값 다섯 냥을 내놓았다. 다섯 냥은 푼수가 열두 살 자신을 유 생원에게 넘겼던 액수였다. 곁눈질을 하고 있던 유 생원이 마땅치 않다는 듯 헛기침을 했다.

집사는 푼수에게 들어간 치료비와 피해 내역을 줄줄이 나열했다. 검돌은 내놓았던 다섯 냥을 다시 집어 들고 일어섰다. 유 생원이 신경질적으로 헛기침을 계속했다. 그의 얼굴은 벌겋게 달아올랐다. 검돌은 자리를 털고 일어섰고, 집사는 그의 옷자락을 잡고 놓지 않았다. 참다 못한 유 생원이 치료비를 절반 이상 싹둑 잘라내고서야 흥정은 마무리되었다. 겨우 한 냥을 더 얹어 줬을 뿐이다.

유 생원은 채가듯 돈을 챙겨들었고 집사는 이미 작성된 내용을 읽어 내렸다. 유 생원 댁의 계집종 장푼수의 몸값과 약값 일부를 지불했다는 것과 앞으로 병이 깊어지거나 그 밖의 불상사가 생겨도 물리거나 후회를 하지 않겠으며 그것을 증명하기 위해 검돌 자신과 푼수가 손바닥 도장을 찍어 뒷날의 증거로 삼겠다는 내용이었다.

집사는 각서의 빈 곳에 검돌의 오른손을 대고 붓으로 그렸다. 그가 손을 떼자마자 뼈다귀만 앙상한 손이 검돌의 손바닥 옆으로 놓여졌다. 검돌은 옆을 돌아보았다. 언제 왔는지 푼수의 손목이 집사의 손에 잡혀서 그려지고 있었다.

그녀는 허깨비처럼 조금도 생기가 느껴지지 않았다. 그러나 그녀의 눈빛만은 그믐밤의 샛별보다 더 섬섬하게 빛나고 있었다. 푼수는 손바닥을 그리자마자 정신을 놓아 버렸다.

"빨리, 빨리 데려가게."

집사는 불편한 심기를 드러내며 검돌을 재촉했다. 검돌은 그녀를 들쳐업고 푼수의 노비문서를 챙겨들었다. 그리고 뒤도 돌아보지 않고 집을 향해 달렸다. 돼지고기 서 근과 암탉 세 마리만 고아 먹이면 꽃처럼 환하게 피어날 거라는 의원 영감의 말을 떠올리며 미친 듯이 집으로 달렸다.

등에 업힌 푼수의 몸은 지푸라기 하나만큼의 무게도 느껴지지 않았다. 오히려 훨훨 날아오를 것처럼 제 몸까지 가벼웠다. 푼수의 손이 검돌의 가슴과 얼굴을 어루만졌다. 검돌은 목청껏 소리를 질렀다.

"이제 우리도 결혼한다. 장푼수는 내 색시다."

남편의 남자

남편의 왼팔과 두 다리는 침대에 묶였다. 그는 몸부림 대신 가려워서 미치겠다고 고래고래 소리를 질러댔다. 급기야는 있지도 않은 오른팔을 흔들어댔다. 그 바람에 빈 소매만 바람 소리를 내며 펄럭거렸다.

온몸을 뒤틀며 괴성을 질러대는 그가 구경꾼처럼 서 있는 나와 눈이 마주쳤다. 그것은 순전히 우연한 마주침이었다. 팔과 다리가 묶이자 고개를 마주잡이로 돌려댔던 것인데 그 와중에 내가 그의 시선 끝에 걸린 것이다. 그의 눈빛은 섬뜩할 만큼 퍼렇게 빛났다. 퍼런 빛은 아주 짧게 번뜩이다가 사그라졌다. 그렇지만 그 눈빛은 온몸에 소름이 돋을 만큼 강했다. 도망가고 싶은 걸 겨우겨우 참아내면서 그의 눈빛을 그대로 받아냈다.

요동치던 그의 몸은 허깨비처럼 널브러졌다. 지친 것인지 진정제 효과로 인한 것인지 구분하기 어려웠다. 지치기를 기다리던 의사는 그의 오른손 상처를 꿰매기 시작했다. 마취를 하지 않았는데도 그는 아무런 반응을 보이지 않았다. 고개를 돌릴 힘마저 없어 보였고 눈동자도 맥없이 풀렸다. 그의 왼손은 낡은 누더기처럼 보였다. 질감이 다르거나 아귀가 맞지 않은 천을 서로 잇대어 억지로 꿰맨 것처럼 흉터 자국이 얽히고설켰다. 흉터의 방향이 어느 하나 일정하지 않다는 말이다. 상처가 아물 새도 없이 뜯겨지거나 또 다른 상처가 생기기 때문이었다.

"걱정하지 마. 가렵지 않게 해줄게."

마치 지극한 엄마처럼 의사는 조곤조곤 말했다. 의사의 말에 남편은 아무런 반응을 보이지 않았다. 그러나 의사는 아랑곳하지 않았다. 왼손에게 말을 걸고 있는 것처럼 손만 쳐다보았다. 그는 상처를 소독하고 약을 바르고 붕대를 감는 것까지 손수 마쳤다.

그가 다른 환자들에게도 이렇게 정성을 다할 거라는 생각은 하지 않는다. 그는 미처 사망진단이 내려지지도 않은 사람의 몸에서 서슴없이 장기를 도려냈던 의사였다. 물론 그러한 사실을 내게 전한 사람은 남편이었다. 의사가 나를 쳐다보았다. 그의 눈빛도 차갑고 날카로웠다.

"그렇게 무심할 수 있습니까? 도대체 마음을 어디에 두고 있냐고?"

그는 당장 내 목을 비틀기라도 할 듯이 두 손을 부르르 떨었다.

"이번에는 깨지지 않을 거울을 준비하세요. 제발, 제발."

용수철이 튀어 오르는 것처럼 의사의 말끝이 치켜 올라갔다. 나는 어이가 없어 피식 웃었다. 그는 내 얼굴과 남편의 손을 번갈아 쳐다보았다. 그의 표정이 일그러지는가 싶더니 얼굴 근육이 제멋대로 씰룩거렸다. 내가 뭘 어떻게 해야 하는데? 나는 양손을 내보이면서 어깨를 들어 올렸다가 내려놓았다. 그는 내 가슴을 가리키며 심장이 뛰기는 하냐고 물었다. 당장에라도 내 가슴을 열고 심장을 확인할 것 같은 기세였다. 나는 양팔로 가슴을 싸안으면서 뒷걸음질을 쳤다.

"알았어요."

나는 겁먹은 아이처럼 말했다. 내 감정이 어떻게 변해 가고 있는지 굳이 말할 필요가 없었다.

"가려워서 미치겠어. 팔이 끊어져 나가는 것처럼 아프단 말이야."

남편의 목소리는 비명이 아니라 숫제 악다구니로 변해 버렸다. 있지도 않은 팔이 가렵다고 하는 것은 물론이고 이미 잘려 나간 팔이 끊어지는 것처럼 아프다는 것도 공감할 수 없었다. 더구나 팔목 안쪽이나 손등 혹은 손가락 등이 가렵다고 난리를 쳐대지만 허공 어디쯤을 긁어 주어야 할지 난감하기 짝이 없었다. 그런 나를 남편은 때리고 발로 걷어차기 시작했다. 남아 있는 왼팔이 언제 내 몸을 가격할지 몰라 전전긍긍했다. 그리고 멀쩡한 그의 두 다리가 언제 나를 걷어찰지 예측할 수 없어 항상 몸을 움츠렸다.

남편이 오른손을 잃게 된 경위에 대해서 나는 정확하게 알지 못한다. 경주용 오토바이를 운전하다 사고를 냈다는 것이 내가 알고 있는 사고 내용이었다. 사고 현장을 수습하고 부상당한 그를 자신의 병원으로 데려온 사람은 의사였다. 사고 당시 그가 남편과 함께 있었다는 말을 다른 사람으로부터 들었다.

둘이 친구라는 것은 결혼 전부터 알고 있었다. 그러나 그들 사이가 '특별'하다는 것은 사고가 난 이후에 알게 되었다. 의사는 남편에 대해 아주 사소한 것까지 알고 있었다. 잠버릇은 물론이고 어느 발가락이 가장 간지럼을 잘 타는지도. 심지어 왼쪽 유두가 유난히 민감하다는 것도 그는 알고 있었다. 그러나 그가 알고 있는 것을 나는 알지 못했다.

그는 매일 아침 손수 남편의 환자복을 갈아입혔다. 내가 남편의 얼굴이나 손을 닦아 주는 것마저도 그는 용납하지 않았다. 처음에는 어처구니가 없었고, 다음에는 질투심이 일었다. 남편을 놓고 의사와 경쟁을 하고 있다는 생각이 들자 어이가 없었다.

그의 손이 점점 징그러워지기 시작했다. 남편의 손을 꿰매거나 잘려 나간 오른 팔목을 치료하는 것 이상의 다른 손놀림이 연상되었기 때문이다. '… 완벽하다 싶으면 남자 친구가 있다'는 광고 카피와 장면이 떠오른 순간 온몸에 소름이 끼쳤다. 내 몸을 쓰다듬고 주무르고 어르던 남편의 손짓이 모두 되살아났던 것이다.

그 순간 남편에게 향했던 감정은 일시에 정리되었다. 나는 내 몸에 남아 있는 그의 기억을 지우려고 애를 썼다. 내 몸을 만졌던 그의 오른

손이 영영 사라져 버린 것에 대해 다행이란 생각까지 들었다.

나는 남편과 의사 사이에 이물질처럼 끼어 있는 존재임이 확실해졌다. 언제쯤 나를 그들 사이에서 빼내야 할지 그것이 문제였다. 그러나 좀처럼 적당한 기회를 찾지 못했다.

의사는 피가 묻은 남편의 환자복을 갈아입혔다. 아기를 안아 올리듯 상체를 들어 웃옷을 입히고 엉덩이를 들어 바지를 입혔다. 거들어 주기 위해 다가섰지만 그는 팔꿈치로 나를 밀어냈다. 나는 한 발짝 뒤로 물러나 다시 구경꾼이 되었다.

거울이 도착했다. 강화유리인지 안전유리인지… 아무튼 특별히 제작된 거울이라고 의사는 말했다. 설령 강한 충격에 의해 깨진다 해도 남편의 몸을 상하게 하지는 않을 거라고 했다. 검증을 하듯 물리치료사가 권투선수처럼 연타를 날렸지만 거울은 끄덕도 하지 않았다.

거울은 남편의 오른편에 세워졌다. 의사는 남편의 왼쪽 소매를 걷어 올렸다. 거울 속에는 왼쪽 손이 그대로 비쳤다. 약기운이 사라졌는지 남편은 다시 가렵다고 소리를 지르기 시작했다. 물리치료사가 그의 오른쪽 옆구리를 거울에 바짝 붙였다. 의사는 거울 속에 비친 왼손을 쳐다보며 말했다.

"네 오른손을 쳐다봐. 팔목이 가렵다고? 여기? 어떤 손가락?"

남편은 거울에 비친 자신의 왼손을 보면서 가려운 곳을 긁어 달라고 했다. 의사는 남편의 말에 따라 거울 면을 긁기 시작했다.

"검지와 중지 사이가 너무너무 가려워. 그래 바로 거기. 아, 손바닥도….'

남편은 거울에 비친 왼손을 자신의 오른손으로 착각하고 있는 것 같았다. 그의 왼손과 그 손을 긁고 있는 의사의 오른손이 한 사람의 양손인 것처럼 보였다. 남편의 표정은 해맑은 아이의 얼굴처럼 환해졌다.

"아무 생각도 하지 마. 내가 네 손도 만들어 줄게.'

의사는 환해진 남편의 얼굴을 쳐다보며 말했다. 졸음이 쏟아질 만큼 그의 목소리는 따뜻하고 부드러웠다. 남편의 눈이 스르르 감기며 잠 속으로 빠져들고 있었다.

연분홍 꽃잎이 봄바람에

유적한 봄날 오후. 말 그대로 깊숙하고, 고요하고, 그
윽한 봄날이다. 짱짱한 봄볕 아래 수상하게도 바람 한 가닥 불지 않는
다. 병장보다 더 높은 왕고참 폭풍이도 늘어지게 자고 있다.

진돗개의 피가 아주 조금은 남아 있다는 녀석은 병사들에게는 어
떤 고참보다 더 껄끄러운 존재다. 입도 짧고, 성질도 난폭하다. 그러나
아무도 녀석을 홀대하지 못한다. 녀석에게 문제가 생기면 왕고*가
박살이 날 것이고, 왕고는 투고, 투고는 쓰리고 그리고 말단 이병에
이르기까지 비상사태에 직면할 것이 빤하기 때문이다.

녀석의 전담 병사인 민 병장과의 신경전도 오늘은 휴전이다. 그러
므로 눈치가 백 단인 녀석은 일찌감치 이름값, 성질값을 포기하고 늘
어지게 잠이나 퍼질러 자고 있는지도 모르겠다.

이상하게도 내 몸이 내 몸 같지가 않았다. 귀는 먹먹해지고, 눈은 자꾸 흐려지고, 입 안은 뻑뻑해졌다. 춥지도 않은데 소름이 돋아 온몸의 터럭들이 모두 곤두섰다. 하다못해 성기까지 '받들어 총' 자세로 뻗쳐서 매우 불쾌했다. 어젯밤에는 아내와 진득진득하고, 끈끈하고, 산뜻하게 일전을 치렀다. 아내를 공중부양까지 시키며 고지를 점령했고 장전된 탄환은 일단 시원하게 발사했으니 욕구가 불만족스럽지 않았다. 그런데 이 불쾌한 기분이 뭘까?

담배를 세 대나 피우고 나서 그것이 불안이라는 것을 깨닫게 되었다. 그럼 무엇이 불안한 거지? 정체를 알 수 없는 느낌을 안고 나는 내무반으로 달려갔다. 내무반을 모두 돌았다. 내무반에는 신병훈련을 마치고 갓 입소한 병사들이 청소를 하거나 빨래를 하고 있었다. 그들은 나를 보자마자 관등성명을 대며 얼어붙었다. 바짝 얼어붙은 녀석들의 목소리가 신경을 긁었다.

"아, 됐고. 민경호 병장 어디 있나?"

이등병의 얼굴이 하얗게 질렸다. 입술을 바들바들 떨었다.

"똑바로 말 못 하나."

나는 고함을 버럭 질렀다.

"민 병장님, 잠깐 나가셨습니다."

나갔다는 말이 수상했다. 일요일이기 때문에 연병장에 나가 운동을 할 수도 있고 종교 활동을 할 수도 있다. 그러나 나갔다는 말의 의미는 운동을 하러 갔거나 종교 활동을 하러 갔다는 이야기가 아닌 것 같았다.

폭풍이가 들락거리는 개구멍이 생각났다. 나는 이등병을 걷어차며 다시 물었다. 하루 종일 전화통 옆에서 서성거리던 민 병장이 면회 신청 시간이 지나자, 갑자기 뛰쳐나갔다는 것이었다. 녀석이 내무반을 나간 것은 한 시간이 채 되지 않은 것 같았다.

눈앞이 캄캄해졌다. 나는 보름만 잘 버티면 전방을 떠나 본부로 가게 되어 있었다. 뿐만 아니라 진급도 받아놓은 밥상이었다. 민 병장한 놈만 무사히 제대시키면 문제가 하나도 없었다. 녀석의 국방부시간도 일주일이 채 남지 않은 시점이었다.

행정실로 올라와서 민 병장과 친한 병사 두 명을 불렀다. 그들에게 민 병장을 찾아오도록 은밀히 명령을 내렸다. 그리고 10분 단위로 상황을 보고하도록 했다. 나는 똥 마려운 개처럼 행정실을 서성거렸다. 한 시간쯤 지나자 녀석에 대한 구체적인 보고가 들어왔다.

"열일곱 시 오십칠 분경, 민 병장님이 연지다방에서 난동을 부렸답니다. '오사랑'이라는 종업원을 내놓으라고 협박을 했답니다. 그 종업원이 민 병장의 돈을 갖고 튄 것 같습니다. 다방 마담의 신고로 헌병대가 출동했는데 민 병장님이 도주를 했답니다. 이에 보고합니다."

걱정했던 일이 터지고 만 것이다. 민 병장은 안전핀을 제거한 수류탄처럼 위험한 존재였다. 실종된 어머니의 사체가 발견된 다음부터였다. 제대하면 어머니가 돌아와 있을 거라고 녀석은 믿고 싶었던것 같았다. 그러나 어머니의 시신이 발견됨으로써 녀석의 기대 또한 무너지고 말았다.

녀석의 분노는 탈영 시도로 이어졌다. 녀석은 복수를 위해서라고 했다. 탈영이 여의치 않게 되자 녀석은 자살을 기도했다. 녀석의 나이는 겨우 스물세 살이었다. 나는 앞길이 창창한 녀석을 포기할 수 없었다.

나는 녀석을 무사히 제대시키는 것을 목표 중 하나로 삼았다. 녀석에게 폭풍이를 관리하도록 업무를 부과했다. 버릇이 고약한 개를 훈련시키고 관리하는 일은 결코 간단할 수 없었다.

녀석과 폭풍이는 그런대로 관계를 잘 유지했다. 녀석이 폭풍이를 관리한다기보다 폭풍이가 녀석을 관리하고 있다고 해도 지나치지 않았다. 나는 녀석에게 쉴 틈을 주지 않았다. 외출시에도 녀석을 대동했다. 자연히 부대 바깥에서 식사도 하게 되고 차도 마시게 되었다.

어느 날부터 녀석이 안 하던 짓을 하기 시작했다. 얼굴에는 화색이 돌았고 곧잘 노래도 흥얼거렸다. 녀석의 변화가 연지다방의 어린 종업원 때문이란 것은 쉽게 알 수 있었다.

그녀는 자신의 이름을 '오사랑'이라고 했다. 그것이 그녀의 진짜 이름이라고 믿는 사람은 아무도 없었다. 그녀는 솜털도 채 벗지 않은 어린 여자였다. 그녀는 화장기 없는 말간 얼굴에 어설프게 입술만 붉게 칠하고 있었다.

나는 녀석이 '오사랑'이란 종업원과 친해지도록 방치했다. 녀석은 너무나 쉽게 그녀에게 빠져들었다. 녀석이 누군가에게 마음을 붙였다는 것이 다행이라고 생각했다. 말년 휴가를 다녀온 녀석은 몹시 들떠 있었다. 제대하면 그녀와 결혼하기로 했다며 얼굴을 붉혔던 녀석이었다.

사태는 심각했다. 무단외출을 했으니 탈영이나 다름없었다. 곧 달게 될 별이 뚝 떨어져 내리는 것 같았다. 아찔했다. 정신을 차려야 했다. 헌병대에서 검거하기 전에 내가 먼저 녀석을, 아니 민 병장을 찾아야만 했다. 나는 민 병장의 외출증을 끊어 주머니에 넣었다. 그리고 민 병장의 냄새를 가장 잘 아는 폭풍이를 차에 태웠다.

부대 바깥의 분위기도 심상치 않았다. 나는 위에다 보고를 하지 않고 나온 것을 후회했다. 그러나 우선은 민 병장을 찾는 것이 급선무라 여기고 다른 문제는 뒤로 미뤘다.

읍내를 도는 데는 10분도 걸리지 않았다. 그러나 녀석은 눈에 띄지 않았다. 차를 세우고 폭풍이를 앞세웠다. 폭풍이는 연지다방을 들어 갔다가 다시 실비집으로 들어갔다. 그리고 여관 골목을 지나서 민가의 마당으로 들어섰다. 민가의 창고를 한참이나 서성이다가 역으로 향했다. 그 사이에도 은밀히 내보낸 병사들과 계속해서 연락을 주고 받았다. 그들이 민 병장을 찾아낸 것 같았다.

"대장님, 빨리 역으로 오십시오. 민 병장이 그곳에서…."

병사는 말을 끝맺지 못했다. 모골이 송연해졌다. 굳이 말을 듣지 않아도 듣는 것보다 더 확실하게 느껴지는 것이 있었다. 폭풍이와 나는 숨이 차도록 뛰었다. 역 앞에는 병사 한 명이 나를 기다리고 있었다.

헌병이나 다른 군인들은 보이지 않았다.

"아직 헌병대는 도착하지 않았습니다. 김 상병이 역무원을 감시하고 있습니다. 빨리 손을 쓰십시오."

나는 폭풍이를 병사에게 넘겨주고 역무원에게로 갔다. 역무원은 아주 난처한 표정을 지었다. 역무원은 앞서서 걷기 시작했다. 어느새 해가 지고 땅거미가 밀려들고 있었다. 우리 일행이 철길로 내려서기 전에 폭풍이가 먼저 달리기 시작했다. 폭풍이가 한 지점에 머물러 뱅뱅 돌았다. 그리고 미친 듯이 짖기 시작했다. 녀석의 울음은 해거름의 공기를 찢어놓았다. 나는 녀석의 울음이 무엇을 의미하는지 알고도 남았다.

"대장님, 정말이지 저는 잘못한 게 없습니다. 이미 열차가 출발했는데 잡아타려고 뛰어들었다니까요. 생각해 보니 죽을 작정을 하고 뛰어든 것 같기도 합니다만…."

역무원은 책임회피를 하느라 전전긍긍이었다. 그의 말에 의하면, 민 병장이 철길 옆에서 느닷없이 튀어나와 가속이 붙기 시작한 기차를 타려고 했다는 것이었다.

나는 민 병장의 몸을 안아 올렸다. 피 냄새가 훅 끼쳤다. 으깨진 두개골 조각들이 철길로 쏟아졌다. 나는 눈을 질끈 감은 채 외출증을 민 병장의 주머니에 찔러 넣었다. 아직 그의 몸에는 체온이 남아 있었다. 나는 웃옷을 벗어 민 병장의 얼굴을 덮었다.

침을 꿀꺽 삼켰다. 하루 종일 먹먹했던 귀가 뚫리고, 눈이 환해졌다.

맥이 탁 풀렸다. 일어섰던 온몸의 터럭들이 눕고 '받들어 총' 자세로 뻗쳐 있던 성기도 어느새 숨을 죽이고 있었다. 참았던 숨을 크게 내쉬었다. 민 병장에게는 안된 말이지만 안전핀이 뽑힌 수류탄을 안전하게 처리한 느낌이었다. 서늘한 바람 한 가닥이 뒷덜미를 스쳤다. 차가운 물을 마신 것처럼 머리가 맑아졌다.

멀리서 사이렌 소리가 들려왔다. 주위가 소란해지기 시작했다. 폭풍이는 민 병장 주위를 뱅뱅 돌며 계속해서 울부짖었다. 철길을 따라 바람이 불기 시작했다. 철로변의 벚꽃이 함박눈처럼 쏟아져 내렸다. 연분홍 치마가 봄바람에 흩날리더라…. 민 병장의 노랫소리가 들리는 것 같았다. 오사랑을 만난 뒤 자주 읊조리던 노래였다.

사 미 라 의 반 란

선수 대기실로 들어가기 전, 사미라는 경기장 안을 둘러보았다. 세계수영선수권대회. 말 그대로 관람석에는 세계 각국의 응원단들이 진을 치고 있었다. 각국의 중계석이 곳곳에 설치되어 있고, 중계석 아래에는 기자단이 자리하고 있었다. 선수들의 움직임을 포착하느라 여념이 없는 카메라의 눈은 셀 수도 없을 만큼 많았다. 카메라의 눈은 마치 저격수를 조준하고 있는 총구처럼 보였다. 사미라는 그 카메라 중 하나 혹은 전부가 자신을 향해 방아쇠를 당기는 것처럼 플래시를 터트리게 될 거라고 예상하였다. 적대감을 갖고 있는 서방의 카메라가 자신의 모습을 악의적으로 이용할지도 모른다는 생각이 들기도 했다.

VIP석도 올려다보았다. 이슬람 의복 습관을 존중하면서 스포츠 경기도 잘할 수 있다고 말했던 전 국회의장도 초청 인사로 자리하고 있었다. 그는 선수단을 격려하는 자리에서 그녀를 향해 몇 마디를 더 했다. 너는 최초로 출전한 수영선수라는 점을 잊지 말기 바란다. 국가의 품위를 손상시키지 않으면서 최상의 수확을 거둬 주기 바란다. 또한 무슬림으로서 품위를 잃지 않아야 한다는 것도 명심하기 바란다. 사미라에게 그 말은 격려가 아니라 경고처럼 들렸다.

사미라는 대기실 안으로 들어갔다. 경기장의 소음은 대기실까지 고스란히 전해졌다. 스피커에서는 운영요원들의 안내방송이 들렸다. 여자 선수들의 경기가 이어질 거라는 안내방송으로 미루어 남자 선수들의 경기가 끝나가고 있는 것 같았다. 다른 선수들은 각각 수영복의 매무시를 가다듬고, 호흡조절을 하고, 스트레칭을 했다.

사미라는 조용히 눈을 감았다. 그리고 아버지를 떠올렸다. 아버지는 사미라가 경기에 출전하는 것을 원하지 않았다. 수영선수이기 때문에 더욱 안 된다는 것이었다. 수영을 가르쳤던 것까지 후회할 정도였다. 그러나 그녀의 의지가 확고하다는 것을 알고는 자신의 뜻을 꺾었다. 그리고 적극적인 후원자로 나섰다.

"사미라, 너는 내가 이 세상에서 가장 사랑하는 딸이다."

아버지의 말이 귀에서 쟁쟁거렸다.

사미라의 아버지는 여느 남자와는 달랐다. 테헤란과 이스파한에 큰 사업체를 갖고 있을 정도로 부자였지만 아내는 사미라 엄마 한 사람뿐이었다. 그리고 사미라나 그녀의 동생에게 무슬림의 여성성이나 본분을 강요하지도 않았다.

"사미라, 너는 국가의 명예, 우리 가문의 명예, 네 자신의 명예를 위해서 경기에 출전하는 것이다. 그렇지?"

사미라는 아버지의 의중을 재빨리 헤아리지 못했다. 그녀는 아버지의 표정을 살피며 다음 말을 기다렸다.

"아버지는 말이다. 네가 국가의 명예나 가문의 명예보다 '사미라' 라는 인간의 명예를 위해서 최선을 다하길 바란다. 그러기 위해서는 아주 특별한 용기가 필요할 것이다."

아버지는 전쟁터에 나가는 아들을 격려하는 것처럼 비장한 표정을 감추지 않았다. 사미라는 자신이 아버지를 몹시 슬프게 하고 있다는 것을 깨달았다. 그리고 국가나 아버지를 위해서가 아니라 사미라 자신을 위해서 최선을 다하라는 말을 아프게 받아들였다. 아버지는 사미라가 사회 규범을 어기게 될 것이라는 것을 이미 예상하고 있는 것 같았다.

여자 경기가 시작된다는 안내방송이 들렸다. 사미라는 감았던 눈을 떴다. 그녀는 스트레칭을 하며 긴장을 풀었다. 드디어 대기실에 모여 있던 여자 선수들의 몸놀림이 부산해졌다. 사미라를 비롯한 선수들은 진행요원을 따라 경기장으로 나갔다. 관중의 시선이 자신에게 쏠리고 있다는 것쯤은 충분히 짐작할 수 있었다. 그것은 머리에 쓰고 있는 히잡 때문일 거라고 생각했다. 그녀는 출발대 위에 올라섰다. 그리고 다른 선수들처럼 겉에 입고 있는 운동복 재킷을 벗었다. 그녀는 VIP석에 앉아 있는 전 국회의장을 아주 잠깐 쳐다보았다.

준비 자세를 취하라는 신호가 들렸다. 그녀는 재빨리 히잡을 벗었다. 그리고 수영모를 고쳐 썼다. 심장이 터질 것처럼 요동쳤다. 그녀는 물의 저항을 줄이기 위해 긴 머리를 잘라 버렸던 것이다. 히잡을 벗는 것뿐만 아니라 깨끗하게 머리를 밀어 버렸다는 사실이 전해진다면 어떠한 처벌을 받게 될지 모르는 일이었다. 그러나 처음에 결심했던 것처럼 오직 한 가지만 생각하자고 마음을 다잡았다.

탕! 귀청을 뒤흔드는 출발 신호음. 사미라는 자신의 모든 것을 물속으로 던졌다. 모든 것을 던졌다고 생각하니 몸이 훨씬 가벼워졌다. 그녀의 몸은 넓은 바다를 헤엄치는 것처럼 자유로웠다. 물속에서는 무슬림의 금기나 규범이라는 걸림돌은 보이지 않았다.

그녀는 누구라는 사실보다 무엇을 할 수 있는지를 확인하고 싶었다. 그녀는 사력을 다해 헤엄쳐 나갔다. 그녀를 가두고 있던 울타리를 벗어나 새로운 세상으로 들어가고 있다는 생각이 들었다. 옆 라인의 선수들마저 잊어버릴 정도로 그녀는 경기에 몰입했다

드디어 결승점이 보였다. 그녀는 물속에 묻었던 고개를 들었다. 자신이 제일 먼저 결승점에 도달했다는 것을 알 수 있었다. 물결이 뒤집힐 만큼 커다란 환호성이 울렸다. 그녀는 무심코 머리를 죄고 있는 수영모를 벗었다. 그리고 관중을 향해 두 손을 흔들었다. 파르르하게 깎인 그녀의 민머리가 세상 속으로 드러났다. 아주 잠깐 관중석에

침묵이 흘렀다. 그러나 바로 이어 엄청난 환호성이 터졌다. 코치가 달려왔다.

코치는 다른 선수들보다 먼저 퇴장을 재촉했다. 카메라 기자들이 퇴장하는 그들의 길목을 가로막았다. 헤아릴 수 없을 만큼 많은 카메라 플래시가 터졌다. 불꽃놀이용 폭죽이 한꺼번에 터진 것처럼 현란했다. 사미라는 제대로 눈을 뜰 수가 없었다.

"수영 경기 사상 처음으로 우승한 이 선수를 보십시오. 이 선수는 자살폭탄에 버금가는 대단한 사건을 일으켰습니다. 히잡을 벗어던진 것은 물론이고 머리까지 깎았습니다."

자국의 기자 중 한 명이 흥분을 참지 못하고 소리를 질렀다. 사미라는 그제야 자신의 머리를 더듬어 보고 깜짝 놀랐다. 그녀는 자신의 히잡을 찾았으나 보이지 않았다. 그 순간 누군가가 소리쳤다.

"빨리 사미라의 머리를 덮어라. 사미라는 이슬람을 모욕했다."

그녀는 눈앞이 하얘졌다. 물병과 오렌지와 휴지 뭉치 등이 사미라에게 날아왔다. 절대 눈을 감지 마라. 아버지의 목소리가 귓전에서 울리는 것 같았다. 그녀는 정신을 차리고 눈을 크게 떴다. 그리고 카메라를 들이대고 있는 기자들을 향해 미소를 지으며 포즈를 취했다.

수수꽃다리

짱짱했던 빛살도 걷히고 쇠락한 빛살이 방바닥으로 눕기 시작했다. 남자는 고꾸라진 상체를 서서히 들어올렸다. 그리고 담배를 피워 물었다.

무엇이 두렵지?

남자는 담배연기를 내뿜으며 스스로에게 물었다.

아니, 이건 두려운 것이 아니야. 마음이 불편한 거지.

지금이 바로 '끝'이라고 말할 때라고 남자는 생각했다. '끝'이라고 말하는 것은 두려운 것이 아니라 불편한 것이다. 남자는 도리질을 한 다음 다시 담배연기를 천천히 빨아들였다. 졸아 붙었던 가슴이 다시 팽팽하게 부풀었다. 가슴이 부풀자 아랫배에도 약간의 힘이 생겼다. 그는 한동안 숨을 참았다. 그리고 아껴 가며 천천히 연기를 내뿜었다.

그의 시선은 연기를 좇아 창밖으로 향했다. 창밖으로 빨려 나간 담배 연기는 이내 형체도 없이 흩어졌다. 때마침 구리동전 빛깔의 해가 서쪽 하늘에 아슬아슬 걸려 있었다. 그는 녹슨 동전처럼 빛을 잃은 채 아슬아슬하게 걸려 있는 해가 자신의 가슴속으로 지는 것처럼 느껴졌다.

한때, 남자는 자신이 제1의 족속인 태양족이라고 생각한 적이 있었다. 그의 포부는 컸으며 꿈도 원대했다. 그랬기 때문에 제3의 족속에서 해체된 여자에게 관심이 없었다. 그런 그를 어머니는 딱하게 생각했다. 궁합이 잘 맞는 여자를 만나 밤톨 같은 자식을 낳고 사는 것이 제일 행복한 거라고 어머니는 누누이 말했다. 질리지도 않고 계속되는 어머니의 말을 남자는 잔소리로 들어 넘겼다. 달 족속인 그녀는 유모에 불과할 뿐이라고 무시해 버렸다.

그러나 남자는 여자를 만나면서 스스로 태양족을 포기했다. 그녀와 만나면 담배도 술도 밥도, 심지어 그녀와 입을 대고 먹는 물까지 꿀맛이었다. 그녀가 슬픈 표정을 짓거나 화를 낼 때면 여지없이 써늘한 칼끝이 심장을 긋는 것같이 아팠다. 남자는 그것을 사랑이라고 말하고 싶지는 않았다. 다만 그런 통증은 싫었다.

그는 고통스럽지 않기 위해서 여자를 무조건 웃게 했다. 그리고 자신의 목숨을 그녀에게 걸겠다고 말했다. 그러자 여자가 남자처럼 옷을 벗고 그에게 다가왔다. 남자는 자신과 여자의 틈을 메우기 위해 힘껏 그녀를 끌어안았다. 남자의 돌출 부위와 돌기는 여자의 구멍과 틈을 메웠고, 여자의 가슴은 남자의 허전한 마음을 빈틈없이 채웠다. 자신과 여자는 이음새가 없을 만큼 완벽하게 틈이 메워졌다. 여자의 심장은 자신의 오른쪽 가슴으로 스며들었고 자신의 가슴은 그녀의 오른쪽 가슴으로 스며들었다. 그들의 양 가슴에는 두 개의 심장이 힘차게 뛰었다. 비로소 남자는 자신이 제3족속이라고 확신하기에 이르렀다.

그러나 그들의 일체감은 오래가지 않았다. 특별한 이유랄 것이 없었다. 처음에는 지루했고, 다음에는 짜증이 났고, 그다음에는 허망해지기 시작했다. 남자와 여자의 이음새는 점점 벌어지기 시작했다. 틈새가 벌어질수록 권태와 짜증 그리고 불만이 장마철 하수구처럼 차올랐다. 신은 기다렸다는 듯이 남자에게서 여자를 분리시켜 버렸다. 여자는 더 많은 잔소리를 했고, 하소연을 했고, 호통을 쳤고, 급기야 서류를 정리하자고 으름장을 놓았다. 그런데 남자의 가슴이 전혀 아프지 않았다. 남자는 생각을 다시 했다. 역시 그녀는 자신이 잃어버렸던 반쪽이 아니었던 것이라고 생각했다.

어디선가 그의 반쪽이 자신을 찾아 헤매고 있을 것만 같았다. 생각이 거기에 미치자 남자의 가슴은 칼끝으로 긋는 듯한 통증이 다시 시작되었다. 잊었던 그 느낌, 뜨겁고 예리한 통증이 남자는 너무 소중해졌다. 그는 가슴을 끌어안았다. 영혼이 다 빠져나간 것처럼 허리가 푹 꺾였다. 다시는 꺾인 상체를 들어 올릴 수 없을 것 같아 그는 절망했다.

아슬아슬하게 걸려 있던 해의 끝자락이 서쪽 하늘 끝으로 꺼져 버렸다. 남자는 등허리를 곧추 세웠다. 마지막 안간힘인지도 몰랐다. 가까스로 골반뼈를 추슬렀다. 그리고 척추의 마디마디를 골반뼈 위로 세워 올렸다. 머리도 잘 올려놓았다. 그러자 남자의 등허리가 여자의 등허리와 맞붙었다.

여자의 등허리는 생각보다 단단하고 따뜻했다. 남자는 골반을 여자 쪽으로 조금 더 밀어붙였다. 불안하게 흔들리던 등허리를 여자의 등허리가 받쳐내고 있다는 것을 느낄 수 있었다. 등허리가 맞붙었다. 편안해졌다.

남자는 잊었던 여자의 뒷모습을 기억해 냈다. 그녀의 뒷모습은 언제나 꼿꼿했다. 그리고 한결같은 자세로 앉아 있었다는 사실을 깨달았다. 언제부턴가 여자의 앞모습만을 보고 있었던 것이다. 그녀와 한 몸이 되는 것은 마주보는 것이 아니라 불안한 등을 기대는 것이라는 깨달음. 보이지 않는 그곳을 서로가 보호해야 한다는 깨달음.

갑자기 가슴이 축축해지기 시작했다. 언어의 길이 끊어진 뒤에야 실체가 보이기 시작했던 것이다. 어둠이 밀려들기 시작한 방 안으로 수수꽃다리 향기가 밀려들었다. 보랏빛 어둠으로 방 안은 환해졌다. 태초의 그 시간 바로 봄날 저녁이 찾아온 것이다.

선술집의 그녀

남자는 배 여자는 항구… 열린 문틈으로 청승맞은 노래가 비집고 들어온다. 여자는 남자가 선물한 테이프를 다시 재생시킨다. 밖에서 들려오는 노랫소리나 테이프에서 재생되는 바이올린의 선율 모두 청승맞기는 매한가지다. 오히려 카세트에서 흘러나오는 이국의 선율이 더 애끓는 소리를 낸다. 탁, 탁, 끊어졌다가 실핏줄까지 진동시킬 듯이 이어지는 선율에 여자는 마음이 저려서 가슴을 웅크린다.

배들이 포구로 들어오고 있다. 포구가 술렁거린다. 주인여자는 주방에서 홀로, 홀에서 문 밖으로 그리고 다시 주방으로 종종걸음을 치고 있다. 재게 몸을 움직이는 사이사이 그녀는 계속해서 여자를 곁눈질한다. 문 밖에 있던 막걸리 상자를 홀 구석에 내던지듯 내려놓고 그녀는 문턱에 털썩 걸터앉는다. 얼굴은 벌겋게 달아올랐고 숨소리는 거칠다. 그녀는 한숨처럼 길게 숨을 내쉬고는 담배에 불을 붙인다.

"곧 손님이 들이닥칠 텐디 아직도 그렇게 퍼질러 있고 싶으냐?"

주인여자의 목소리 끝이 쭉 찢어진다. 그녀가 애써 화를 삭이고 있다는 것을 여자는 알고 있다. 여자는 마지못해 수평선에 걸쳐 두었던 시선을 거둬들인다. 속이 울렁거린다. 어젯밤에도 늦게까지 술판에 나갔고 2차도 서너 탕이나 뛰었다.

태양호의 사내들은 질기고 거칠었다. 여자는 술을 너무 많이 마신 탓에 2차에 대한 기억이 희미하다. 주인여자에게 떠밀려 방으로 들어서기 무섭게 사내 한 명이 다짜고짜 그녀를 덮쳤다. 팽팽하게 부풀어 있던 사내는 순식간에 일을 끝냈다.

사내가 바지를 추스르고 나가자마자 주인여자는 또 다른 사내를 방 안으로 들여보냈다. 여자는 말려 올라간 치마를 내리기는커녕 미처 팬티도 꿰지 못하고 있었다. 그러나 여자는 개의치 않았다. 이런 상황에서 거추장스럽기만 한 것이 옷이었다. 맨몸이 훨씬 편했다. 다리만 벌려 주면 일은 간단히 끝날 것이라고 취중에도 생각했다. 여자는 자기 몸을 거쳐 가는 사내가 누구인지 조금도 궁금하지 않았다. 그 것은 주인여자가 챙길 일이었다.

기억의 끄트머리에 남아 있는 사내는 여자의 가랑이에 침을 뱉었다. 그리고 바지를 벗었다. 사내가 그녀의 가랑이를 파고들 때 너무 뻑뻑했다. 피부가 찢어지는 것을 느꼈으나 소리는 지르지 않았다. 어젯밤의 기억은 거기까지였다.

불그스름하게 번지는 노을과 뱃전에 나부끼는 붉고 노란 깃발을 보자 여자는 자꾸 머릿속이 흔들린다. 이제 그녀가 나아갈 땅은 더 이상 없었다. 보이는 것은 오직 바다뿐이었다. 그러나 바다마저도 해지고 찢어진 자신을 안아줄 것 같지는 않았다. 그녀는 이곳으로 팔려 왔을 때 이미 세상의 끝까지 떠밀려 왔다고 생각했고 모든 것을 체념했다.

여자가 억지로 몸을 일으킨다. 하늘이 노래진다. 다시 주저앉는다. 입 안도 뻑뻑하고 목구멍도 칼칼하다. 저릿저릿한 선율은 창자를 마저 녹여 버릴 것처럼 애절하게 이어지고 있다.

"엄마, 찬물 한 사발만."

"썩을 년, 지랄하고 자빠졌네. 젊디젊은 것이 손모가지 놀리기가 그렇게 귀찮으냐? 늙은 나를 아주 종 부리듯 한다니까. 내 참 더러버서. 본전만 뽑고 나면 머리카락을 오독오독 쥐어뜯어 버릴 거야."

담배를 빨고 있던 주인여자가 눈을 흘기면서 잔소리를 계속한다. 그녀는 탄식처럼 길게 연기를 내뿜은 다음 피우다 만 담배를 재떨이에 걸쳐놓는다. 카악 캭. 주인여자는 목구멍에 달라붙은 가래를 억지로 뱉어낸다. 그녀는 다시 한 번 여자를 흘겨보고는 마지못해 주방으로 들어간다. 수돗물 쏟아지는 소리가 들리고 이내 주인여자가 홀로 나온다. 그녀가 내민 사발을 받아 여자는 벌컥벌컥 물을 들이킨다. 물이 목구멍에 자꾸 걸려서 반은 목덜미로 흘러내린다. 천근이 아니라 만근처럼 여자는 몸이 무겁다. 그녀는 물사발을 내려놓고 그대로 드러눕는다.

"이놈의 가시나가 왜 이렇게 정신을 못 차린다냐. 곧 손님들이 들이닥칠 텐디 어쩔려고 그려. 니 눈에는 저 깃발들이 안 보이냐? 배가 들어오고 있잖어. 싸게싸게 준비하지 않고 뭣하는 것이당가. 오살할 년 같으니라고. 뱃놈들이 주는 대로 넙죽넙죽 받아 마시지 말라고 내가 혔어 안 혔어. 요령껏 마셔야 할 것 아녀. 네년이 물고 있는 몸값이 얼마인디. 그것이 낯빠닥과 아랫도리 구멍 값이지 사람값인 줄 알았단 크게 오산이여. 네 몸뚱아리는 다 발라 봐야 개 한 마리 값도 안 된단 말이여."

주인여자는 여자의 등짝을 있는 대로 후려친다. 둥글게 오그렸던 여자의 등이 쭉 펴진다. 순간적으로 펴졌던 여자의 등이 다시 둥글게 휜다. 그녀는 옴짝도 하지 않는다.

"이것도 대목 장산디. 아이고 속 터져. 저 오라질 년 때문에 내가 명대로 못 살 거구만."

오만상을 찌푸린 주인여자는 주먹으로 자신의 가슴을 쳐댄다. 한순간 그녀의 눈에서 번쩍 빛이 튄다.

"하마, 그놈이 타고 나갔던 풍년호도 오늘쯤 들어온다고 하지 않았냐?"

달력을 쳐다보던 주인여자가 지나간 말처럼 여자에게 묻는다. 그녀의 목소리가 한풀 누그러져 있다.

여자가 벌떡 몸을 일으킨다. 그녀의 시선은 달력으로 꽂힌다. 볼펜을 꾹 눌러서 여러 번 동그라미를 친 날이 바로 오늘이다. 여자의 얼굴에서 취기가 걷힌다. 남자는 배 여자는 항구… 심수봉의 노래가 파도에 떠밀려 선창을 두드린다. 카세트에서 흘러나오는 선율은 스타카토로 탁, 탁, 끊긴다. 그리고 부드럽게 이어진다. 이윽고 낭창낭창한 선율은 고음으로 치닫기 시작한다. 여자의 허리가 남자의 억센 근육을 떠올린다. 매가리가 없던 그녀의 몸뚱이가 팽팽하게 부풀기 시작한다.

세이 굿바이 탱고

풍년호 사내들은 갯내와 생선 비린내에 절어 있었다. 그들이 몸을 움직일 때마다 썩음썩음한 땀내가 들썩거렸고 입을 벌릴 때마다 시큼털털하고 구린 냄새가 코를 싸쥐게 만들었다.

그들은 순간순간 안주머니에 대한 경계를 강화했다. 막걸리를 벌컥거리면서도 한쪽 손은 가슴을 순찰하곤 했다. 그들은 바쁘게 술잔을 돌렸다. 여자는 그들에게 받은 술을 반은 마셨고 반은 앞자락에 쏟았다.

한 사람, 두 사람… 사내들은 자신들의 아내에게 이끌려 집으로 돌아갔다. 이제 술판에는 두 명의 사내만 남았다. 여자를 사이에 두고 두 사내는 계속 신경을 곤두세웠다. 왼쪽 남자가 만 원짜리 지폐 한 장을 여자의 브래지어 속에 찔러 넣었다. 그리고 여자의 가슴을 덥석

움켜쥐었다 놓았다. 여자는 그가 빨리 떠나 주기를 바랐다. 그러나 그가 끝을 보고 싶어 한다는 것도 알고 있었다. 여자는 그의 사타구니를 더듬었다. 팽팽했다. 사내의 입술이 신음 소리를 흘렸다. 사내는 침을 발라 가며 지폐 석 장을 더 셌다. 그리고 여자의 브래지어 속에 밀어 넣었다.

여자는 카세트테이프를 재생시켰다. 뭐야? 느닷없는 낯선 선율에 사내가 눈을 크게 떴다. 여자의 가슴을 들랑거리는 사내의 손만 곁눈질하던 남자는 고개를 푹 꺾었다. 그는 거푸 술만 들이켰다. 여자는 남자를 남겨둔 채 사내를 끌고 방을 나왔다.

여자는 오랫동안 몸을 씻는다. 사내가 묻혀 놓은 생선 비린내, 땀내, 얼굴에 묻은 구린 입냄새까지 비누거품을 많이 내어 벅벅 씻어낸다. 화장을 하고 다시 옷도 갈아입는다. 이 드레스를 입고 붉은 조명이 켜진 유리상자 안에 앉아서 여자는 꿈을 꾸었다. 나는 잠자는 숲 속의 공주다. 마녀의 저주를 풀어줄 왕자님이 곧 나타나 내게 키스를 해줄 것이다. 그렇게 꿈을 꾸는 동안 여자는 괴롭지 않았다. 가랑이를 벌리는 일은 왕자를 만나기 위한 고행에 불과했다. 여자는 기다리고 기다렸다. 공주의 잠을 깨우는 사내들은 줄을 이었다. 공주는 사내들이 바지를 내릴 때마다 왕자의 징표를 찾아내려고 애를 썼다. 그러나 그녀의 기대는 번번이 깨졌다. 그래도 그녀는 기다렸다. 기다리는 동안 그녀는 조금도 불행하지 않았다. '행복하다'와 '불행하지 않다'의 간격이 얼마만큼인지 가늠이 되지는 않았다.

성매매단속법이 시행되면서 공주가 잠들어 있는 마녀의 성은 쑥대밭이 되었다. 마녀는 공주를 먼 포구로 실어 보냈다. 선창에 닿고 나서야 공주는 왕자를 포기했다. 그리고 동화 속에서 빠져나왔다. 동화 속을 빠져나오자 마법이 풀린 자신이 보였다. 마흔처럼 늙은 스물다섯의 작부가 거기에 있었다. 쉰처럼 늙은 서른의 남자가 넋을 빠트린 여자에게 다가왔다. 그리고 먼 바다 이야기와 탱고를 들려주기 시작했다. 그녀의 새로운 희망은 탱고를 타고 바다로 나가는 것이었다.

여자는 아껴둔 향수를 귓불과 쇄골에 뿌린다. 여러 번 거울에 전신을 비춰 본 다음 여자는 방문을 연다. 남자는 방 안에 없다. 반복 재생되고 있는 탱고의 선율만 널브러진 술상을 훑고 있다. 바람 빠진 풍선처럼 여자가 무너져 내린다. 취기가 전신으로 번진다.

선창가는 조용하다. 간판을 밝혔던 불도 모두 꺼졌다. 공판장 앞에 서 있는 가로등만 텅 빈 거리를 응시하고 있다. 그녀가 흔들렸던 가로등 불빛 속으로 걸어 들어간다. 파도 소리가 그녀의 발목에 친친 감긴다. 파도는 부두로 그녀를 끌고 나간다. 그녀의 손에는 카세트가 들려 있다. 탱고의 선율은 파도와 뒤섞였다가 도드라지기를 반복한다. 파도가 탱고의 선율을 끌고 가는지 탱고의 선율이 파도를 밀고 가는지 쉽게 구분되지는 않는다. 다만 여자는 그것들에 휩싸여 바닷물 속으로 들어가고 있다. 이윽고 파도에 휘감긴 그녀의 몸은 물거품만 남기고 사라져 버린다.

도마 위의 레퀴엠

어떤 소설가는 휘파람 소리가 났다고 적었다던가? 입을 뻐끔거려 본다. 아가미를 들썩거릴 때마다 바람 소리가 난다. 이 소리를 그 소설가는 휘파람 소리라고 했을까? 그러나 아닌 것 같다. 아무튼 비명 대신, 악다구니 대신, 휘파람 소리를 낼 수 있다면 얼마나 근사한 잔치가 될까.

잔치. 조금 알은체를 하자면 어떤 영화감독은 장례식을 축제의 한마당으로 풀어냈다고 한다. 소등섬 근해에서 만났던 이빨 빠진 할아범은 자신의 마지막도 '축제'의 날이 되기를 바란다고 노을 속에서 말했다. 그때 그의 몸은 노을이 물들어 온통 황금빛이었다. 비늘 한 잎한 잎이 품고 있던 무지개까지 황금빛으로 빛났다. 수면 위로 튀어오른다고 해서, 노을 속에 잠긴다고 해서, 모든 물고기가 황금빛으로 물들지 않는다는 사실을 동료들은 모두 알고 있다. 빠져 버린 잇새로 새나가는 할아범의 한숨 소리를 들으며 나는 '축제'라는 말 대신 '잔치'라는 말을 읊조렸다. '축제'라는 말보다 가볍고 투명한 느낌이 들어서 기분이 좋았다.

여기가 어딘가?

숨이 가쁘다. 살갗이 오그라드는 것 같다. 아무리 크게 입을 뻐끔거려도 물기가 머금어지지 않는다. 버둥거릴수록 온몸에서 물기가 털려 나간다. 안간힘을 다해 꼬리지느러미를 퉁겨 본다. 이 딱딱하고 건조한 느낌. 그리고 나무 냄새와 피냄새! 전설처럼 할아버지와 아버지와 형들로부터 들었던 도마라는 것? 그 도마 위에 내가 누워 있는 것이다.

강한 빛살이 눈을 찌른다. 잘 벼린 칼날이 뿜어내는 빛이다. 남자가 칼날에 묻은 물기를 닦아낸다. 칼날에 시선을 집중했던 불빛이 자지러진다. 퉁겨진 빛살이 또다시 눈을 찌른다. 쩌르르. 눈알을 파고드는 통증이 꼬리지느러미까지 순식간에 퍼져 나간다. 몸이 뒤틀린다. 등지느러미, 배지느러미, 꼬리지느러미가 저절로 흔들린다. 숨이 가쁘다. 아가미를 들썩거리는 것이 몹시 힘들다. 마지막 사력을 다해 칼날이 뿜어내는 날카로운 빛에 저항한다.

"손님 보십시오. 이렇게 싱싱합니다."

칼을 든 남자의 얼굴에 득의양양한 미소가 어린다. 내 몸뚱이를 쳐다보던 손님은 '쩝' 하고 입맛을 다신다. 나는 애써 눈을 부릅뜬다.

천장에 매달린 불빛, 칼날에서 반사되는 푸른 빛, 회를 치고 있는 남자의 눈빛을 나는 번갈아 보고 있다. 숨이 끊어질 때까지 절대로 눈을 감지 않을 작정이다.

소등섬 앞바다, 그 청청한 바다 속에서 나를 기다리고 있을 꽃분이의 말간 눈동자가 자꾸 어른거린다. 우리는 얼마 전 결혼을 했다. 신혼의 기쁨에 들떠 나는 그물에 걸리고 말았다. 이제 꽃분이는 혼자서 새끼들이 부화될 때까지 지켜내야 할 것이다.

이런 순간, 인간들은 어떤 생각을 할까? 나 떨고 있니? 이제 살 만하니까 이런 기막힌 일이… 이제 겨우 서른 몇 살을 살았을 뿐인데… 정말 억울해, 살려줘, 돌아가고 싶어, 등등. 그렇게들 말한다고 하던가?

도마에 누워 있는 이 순간, 나는 어떻게 해야 할까? 바다로 가고 싶다고 애걸할까? 꽃분이와 둘이서 돌봐야 할 새끼들이 있다고 통사정을 해볼까? 방생이라는 것도 있지 않은가. 방생? 웃기는 말이다. 회칼을 들고 있는 남자와 입맛을 다시고 있는 손님이라는 남자의 눈빛을 봐라. 가당치도 않은 말이다. 체념이 가장 현명한 선택인 것 같다.

몸을 누르고 있는 남자의 손가락 끝이 팽팽해진다. 남자는 등지느러미, 배지느러미, 꼬리지느러미를 차례차례 잘라낸다. 다시 칼날을 행주에 닦는다. 그리고 칼날을 꼬리뼈 끝에 갖다 댄다. 스윽. 이 서늘한 느낌은 도대체 뭔가. 꼬리에서부터 목까지 단숨에 들어왔다 빠져나가는 이것의 정체는 도대체 뭐란 말인가. 서늘한 느낌과 옅은 바람 소리가 났을 뿐이다. 아무런 통증도 느껴지지 않았다. 남자는 잘라낸 절반의 몸뚱이를 미농지보다 얇게 저민다. 손놀림을 보아 숙련된 칼잡이임에 틀림없다. 다행인지 불행인지 알 수 없다. 제 몸의 살점이 잘려 나가는 순간에도 바람 소리와 서늘함 외에 아무것도 느끼지 못했다.

"칼솜씨가 대단하십니다."

손님이 회를 뜨고 있는 남자에게 찬사를 보낸다. 남자의 얼굴에 득의양양한 미소가 퍼진다.

"태어나서 지금까지 남포항을 떠난 적이 없어요. 저는 이 식당에서 회를 치고 제 아버지는 저 소등섬을 넘나들며 고기를 잡았지요. 그러니까 십 년 넘게 회를 뜨고 있는 거지요. 아, 이것도 제 아버지가 잡은 거냐구요?"

환하던 남자의 얼굴이 갑자기 어두워진다. 사실 손님은 남자에게 아무것도 묻지 않았다. 그리고 남자의 아버지에 대해서 별로 궁금한 것 같지도 않았다. 그러나 남자는 혼잣말처럼 중얼거린다.

"이제는 저 바다가 아버지의 무덤이구만요. 바다가 아버지를 삼켜 버렸어라."

남자의 손끝에 다시 힘이 실린다. 이상하게도 남자의 말투에서 파도 소리가 들린다. 시리고 시리던 뼈다귀에 통증이 스미기 시작한다. 뼈다귀는 스펀지처럼 통증을 빨아들인다.

절반의 몸뚱이가 얇게 저며져 무채 위에 얹혀졌다. 남자는 내 몸을 뒤집어 칼질을 계속한다. 통증이 극심해진다. 가물거리는 의식을 바짝 잡아당긴다. 그리고 남자의 얼굴을 자세히 들여다본다. 바다에 가라앉은 배에서 나는 이 남자와 닮은 노인을 본 것 같다. 주름살이 깊었지만 틀림없이 이 남자와 닮은 얼굴이었다. 노인은 바다 속에서도 눈을 뜨고 있었다. 그러나 그의 몸에는 온기가 전혀 없었다. 나는 그의 눈을 한참 들여다본 다음 눈알을 파먹었다. 아주 특별한 맛이었다. 인간의 눈을 파먹고 나자, 인간세상이 조금 보이는 것 같았다. 몰려든 동료들과 함께 가장 부드러운 부분부터 파먹거나 떼어먹기 시작했다. 구멍과 구멍을 드나들었고, 바짓가랑이를 비집고 들어갔다. 가랑이 사이에 돌출된 그것 또한 남김없이 뜯어먹었다. 그날 이후 그렇게 특별한 음식은 다시 맛볼 수 없었다. 그러나 그 말랑말랑하고 부드러운 맛은 오래 기억되었다. 이렇게 고통스러운 순간에도 군침이 돈다.

"손님 맛있게 드십시오."

어느새 내 몸은 머리와 꼬리지느러미만 남기고 접시 위에 담겨졌다. 희미해지는 정신을 집중해서 접시에 얹어진 내 몸을 올려다본다. 하얀 무채 위에 올려진 살점은 눈꽃처럼 눈부시다. 살점을 장식하는 노란 국화꽃 세 송이와 자줏빛 꽃 한 송이 그리고 푸른 댓잎. 이렇게 호사스럽게 내 살점이 장식되다니…. 내 몸뚱이가 누리는 최고의 '잔치'임에 틀림없는 것 같다. 잔치든 축제든, 쓸데없이 따졌던 말의 무게도 이제 사라졌다. '축제'라는 영화판이 환영처럼 펼쳐진다. 청청한 대나무에 걸린 붉거나 누런 만장이 바람에 세차게 펄럭인다. 만장이 소등섬 너머로 서서히 사라진다. 희미한 바람 소리를 내며 뼈다귀에서 마지막

생이 빠져나간다. 손님이라는 인간들이 정말 물이 좋다며 반색을 한다. 그리고 술잔을 부딪치며 소리를 지른다. 퉁겨진 술 방울이 내 눈알을 적신다. 눈알이 아려 온다. 사력을 다해 눈꺼풀을 덮는다.

아쉬크의 노래

어둠에 익숙해지기를 기다리던 아흐멧은 실내를 둘러보았다. 빈자리가 없을 정도로 손님들이 많았지만 그에게 시선을 돌리는 사람은 아무도 없었다. 손님들은 가수의 노래를 듣거나 악사의 연주를 보면서 물담배를 빨아댔고 또한 연기를 뿜어냈다. 악사나 가수는 모두 박제된 인형처럼 보였다. 선율이나 노랫소리가 들리지 않았다면 그들이 여기에 있다는 사실을 인식하지 못할 정도였다.

아흐멧은 손님과 손님 사이의 좌석을 돌며 여자를 찾았다. 그러나 여자는 보이지 않았다. 자욱한 담배연기처럼 여자에 대한 불안도 부풀 대로 부풀었다. 그는 허둥거리기 시작했다. 탁자 모서리에 걸려 몸의 중심이 헝클어졌다. 담배를 빨고 있던 남자가 기울어진 그의 얼굴에 연기를 뿜었다. 그리고 그를 밀어 버렸다.

떠밀린 그는 가까스로 벽을 잡고 일어섰다. 불빛이 그의 얼굴로 흘러내렸다. 그는 눈을 질끈 감았다 떴다. 그 순간 그는 여자를 발견했다. 여자는 바로 그 벽 속에 있었다.

그녀는 아흐멧의 일터인 '처녀의 탑'에 왔던 그 모습 그대로였다. 그녀는 허리를 잔뜩 꺾은 자세로 아흐멧을 보고 미소를 지었다. 아흐멧은 벽화에 갇혀 있는 그녀를 안타깝게 쳐다보았다. 그리고 손을 뻗어 그녀의 몸을 더듬었다. 몸피도 체온도 느껴지지 않았다. 처음으로 만져 본 여자의 몸이 너무 차갑고 밋밋해서 슬펐다.

너는 총각귀신이 되고 말 거야. 아흐멧의 친구나 이웃들은 아흐멧의 가난을 그렇게 조롱했다. 총각귀신이 된다는 것은 아흐멧에게 가장 모욕적인 말이었다. 그러나 그들의 말을 반박할 만큼 생활은 녹록지 않았다. 그런데 아흐멧에게 그녀가 왔던 것이다. 그리고 가장 따뜻한 손으로 아흐멧을 어루만져 주었다. 그리고 그를 이끌어 이곳으로 데려왔다.

아흐멧은 벽화 속에 갇혀 있는 여자를 절망적인 표정으로 쳐다보았다. 심장을 통째로 도둑맞은 것 같은 허탈감에 사로잡히고 말았다. 그는 온몸의 뼈가 모두 해체된 것처럼 바닥으로 허물어졌다. 그 순간 여자가 벽에서 빠져나왔다. 그리고 아흐멧의 손을 잡았다. 그는 여자가 내미는 손을 잡고 일어섰다. 그는 자신의 몸이 아주 가벼워지는 것을 느낄 수 있었다. 그는 여자를 느끼고 싶었다. 여자의 얼굴에 드리워진 얇은 너울을 걷어 올렸다. 푸른 눈을 가진 여자였다.

그녀는 미소를 지으며 아흐멧을 껴안고 춤을 추기 시작했다. 둘의 춤사위가 격렬해졌다. 아흐멧은 정신이 아득해지면서 숨이 막혔다. 그는 여린 죽음이 자신에게 스며들고 있다는 것을 느낄 수 있었다. 영혼이 차가운 '몸집'을 빠져나가고 있다는 것도 느꼈다. 악기의 선율, 가수의 읊조림, 사람들의 수런거림이 뚝 그쳤다.

"미치광이가 쓰러졌다."

폭발음처럼 누군가의 고함 소리가 귓전에서 터졌다가 사그라졌다.

아흐멧은 낯선 길을 걷고 있었다. 멀리 자미의 푸른 돔이 보이고 아잔 소리도 들려왔다. 파란 대리석이 깔려 있는 길은 푸른 하늘과 맞닿아 있었다. 그 길 위에 흰 옷을 입은 노인과 자신이 나란히 걷고 있었다. 노인은 신이 지나간 길과 현자가 지나간 길이라고 말했다. 여자도 이 길을 지나갔을까? 아흐멧은 잠시 생각에 잠겼다. 노인은 아흐멧의 마음속을 들여다보고 있는 것처럼 고개를 끄덕이며 미소를 지었다.

아흐멧은 자신이 벗어놓은 초라한 '몸집'을 돌아보았다. 가난과 멸시와 조롱의 자국이 얼룩덜룩했다. 그가 돌아다니던 '처녀의 탑'과 보스포로스 물결과 위스퀴다르의 뒷골목도 보였다.

"그 껍데기는 네 것이 아니니라. 그곳도 너의 그림자가 어렸던 곳일 뿐이다. 이제 돌아보지 마라."

노인의 말이 아흐멧의 영혼 속으로 스며들었다. 이윽고 태양 한가운데 들어선 것처럼 빛으로 가득해졌다. 머릿속도, 눈도, 마음도 환해졌다. 이윽고 두루마리에 감겼던 시간이 활짝 펼쳐졌다. 아버지와 할아버지 그리고 그들의 아버지와 할아버지들이 동쪽으로, 동쪽으로 걸어가고 있었다. 그들은 양떼와 낙타 무리를 이끌고 이정표도 없는 사막을 건너고 초원을 넘어갔다. 아버지와 할아버지 그리고 그들의 아버지와 할아버지들의 시간은 그 사막과 초원 위에 한 줄로 세워져 있었다.

"저들은 모두 고향으로 가고 있는 것이니라."

"어르신, 저 곳은 길이 없지 않습니까?"

"길? 길은 그들의 몸에 새겨져 있단다."

"그럼 제 몸에도 제 길이 새겨져 있습니까?"

아흐멧이 묻자 노인은 대답 대신 미소만 지었다. 그들은 다시 시간을 둘둘 말아 쥐었다. 그러자 다시 푸른 하늘과 맞닿아 있는 파란 길이 보였다. 아흐멧은 그 길에 홀로 서 있었다. 그는 노인과 걸었던 것처럼 그 길을 걸었다. 그리고 길 끝에 다다랐다. 그곳에는 달콤한 과일과 맛있는 음식과 포도주가 그득하게 차려져 있었다. 그리고 여자가 있었다.

아흐멧은 여자와 먹고, 마시고, 춤추고, 노래를 불렀다. 그리고 지치도록 사랑을 했다. 거리낄 것은 아무것도 없었다. 그들의 사랑은 모든 것을 녹일 만큼 열정적이었다. 인간의 언어로는 형용할 수 없는 육체의 향연이 벌어졌다. 달이 녹고, 별이 녹고, 태양이 녹았다. 그러자 모든 빛이 사라졌다. 빛이 사라지자 여자도 사라졌다.

그것은 또 다른 죽음이었다. 아흐멧은 망설이지 않고 죽음의 손을 잡았다. 죽음이 내민 손은 여자의 손처럼 부드럽고 따뜻했다. 죽음의 체온이 아흐멧의 영혼으로 퍼졌다. 영혼이 몸집으로 다시 들어갔다. 그의 '몸집'은 따뜻하고 아늑해졌다.

　"정신이 듭니까?"

　누군가 아흐멧의 몸을 흔들었다. 아흐멧은 벌떡 일어났다. 깊은 잠을 자고 난 것처럼 몸이 가뿐했다. 그는 이전의 아흐멧이 아니었다. 노인의 얼굴처럼 늙은 것 같기도 하고 어린아이의 얼굴처럼 앳된 것 같기도 했다.

　그의 입에서는 아름다운 시어들이 쏟아져 나왔다. 아쉬크의 노래였다. 그는 음유시인처럼 그 시들을 읊조렸다. 그의 머릿속에는 이정표가 없어도 길을 찾아낼 수 있는 사막과 초원이 계속해서 펼쳐졌다. 그곳에는 아버지와 할아버지 그리고 그들의 아버지와 할아버지들이 걸어가고 있었다. 그리고 붉은 너울을 쓴 그의 여자도 따라 걷고 있었다.

작품해설

세상의 기원, 이야기의 기원

복도훈
문학평론가

1. 이미지를 닮아가는 이야기

순간에는 여러 시간들이 숨어 있다.
– 루크레티우스, 「사물의 본성에 관하여」

삶에서 순간은 보통 점점點點으로 잘게 나누어 취급되거나, 그런 방식으로 스쳐지나가게 마련이다. 순간은 덧없고, 무상하며, 곧 망각으로 떨어질 시간의 한 단위로 취급되기 십상이다. 시간을 초, 분, 시로 측정하고 계량하며 배치하는 현대인의 바쁜 삶에서 순간이란 사실상 무無에 가깝다.

그런데 잠시 돌이켜봐도 우리는 어제 무엇을 했는지, 누구를 만났으며, 어떤 음식을 먹고 마셨는지, 어떤 꿈을 꿨는지 당장 떠올리려고 해도 잘 떠오르지 않는다. 비록 단편적인 순간이 떠오르더라도 그 순간에 대한 기억이 우리 삶에서 어떠한 의미를 갖는지 생각하기란 또 쉽지만은 않다. 아마도 우리가 소설을 읽는 까닭은 소설이 그린 삶의 진실이 삶의 보다 큰 의미 연관과 지평 속에 어떻게 위치하면서 희미한 불빛을 발하는지를 도무지 길 모르는 우리에게 보여줄 것이라는 기대 때문이리라.

우리가 소설에서 읽고 싶은 부분은 물론 여럿이겠지만, 그중 하나를 집어 말해 보자면 흐릿한 기억 또는 무로 여기저기 흩어져 버리고 말 삶의 어지러운 체험의 단편이 삶의 순간적 진실, 진실의 순간이 되고 마는 장면일 것이다. 삶의 파편화된 순간을 삶의 진실의 순간으로 바꾸어 놓기. 이미지를 만들어 삶의 순간을 도무지 잊을 수 없는 것으로 변형하고, 이야기를 만들어 삶의 순간을 삶의 보다 너른 맥락과 위치에 옮겨놓기. 이미지를 만드는 은유의 물줄기와 이야기를 만드는 환유의 물줄기가 삶의 하구에서 합쳐지고 만나 바다로 흘러가는 소설은, 그리하여, 탄생한다.

물론 모든 소설이 이런 방식으로 이미지를 묘사하거나 이야기를 서술하지는 않을 것이다. 삶의 순간 또한 늘 진실하지만은 않다는 게 삶의 반어이고, 또 역설이기에. 그 순간은 선택과 갈등, 무지의 순간이기도 하며, 잔혹하거나 잊고 싶은 순간이기도 할 것이다. 아득하게 먼 삶의 한 순간에 대한 기억이 삶 전체를 온통 지배하기도 한다.

순간은 그저 시간의 한 점이 아니라, 여러 시간을 내포하고 있는 시간이며, 나아가 삶의 여러 결을 내포하고 있는 교차로다. 때로 삶의 순간은 타인들의 시선에 포획되어 진실로 박제되기도 하며, 어떠한 목격자나 증언자도 없이 허망하게 실종되기도 한다. 삶은 상실과 실종이 빈번하게 일어나는 안개로 가득 찬 미로와도 같다. 상실한 대상에 대한 형언할 수 없는 그리움과 갈증을 낳는 현실은 막막한 사막이겠지만, 다시금 살아야겠다는 결단의 그 순간을, 사막을 묵묵히 건너는 낙타의 이미지로 아름답게 그려냄으로써 소설의 무늬는 다채로워진다.

지금까지 서술한 내용은 그저 막연한 소설론이 아니라 소설가 김민효가 이미 펴낸 두 권의 소설집인《검은 수족관》(2010)과《그래, 낙타를 사자》(2014)에 대한 내 짧은 소회이고 인상이다. 그리고 이번에 김민효는 짧은소설집《빛나는, 완전범죄》를 썼다.

《빛나는, 완전범죄》에 실린 41편의 짧은 이야기들 대부분은 삶의 미묘하고도 흐릿한 순간의 결을 좀 더 정밀하게 포착하려는 카메라의 움직임을 닮았다. 비단 이번 소설집에 플래시를 터뜨리는 카메라와 사진, 그림의 소재가 자주 등장해서 하는 말은 아니다. 그것들은 삶의 순간적 진실, 때로는 증언도 목격담도 없는 진실을 포착하는 데 유용한 기구인 동시에 삶의 기만적인 순간을 극화하는 장치이기도 하다. 김민효 소설은 이야기로 출발하지만, 이미지를 지향하면서 매듭 지어진다. 이미지를 지향하는, 그리하여 이미지를 복원하는 이야기.

2. 사진을 떼어낸 자리, 이미지 복원하기

> 나는 이 사진에서 그의 죽음은 실현될 것이고,
> 또 실현되었다라는 사실을 동시에 읽는다.
> 나는, 공포를 느끼면서 죽음이 걸려 있는 전미래를 바라본다.
> ― 롤랑 바르트, 《카메라 루시다》

바르트는 한 젊은 사형수가 찍힌 오래된 사진을 들여다보면서 이렇게 썼다. 사진은 현실의 한 순간을 포착하지만, 그 순간의 이미지는 현존뿐만 아니라 죽음(부재) 또한 담고 있다. 순간의 현존에 부재하는 미래가, 존재에 무가 포개어져 있다. 사진이 피사체를 포착하는 순간은 영원으로 결정結晶되지만, 그것은 둘로 나눠지는 영원, 실현될 미래와 실현된 과거로 쪼개지는 영원이다. 사진에 담긴 피사체의 미소에 슬픔의 예감이 서려 있는 것은 그 때문. 그것은 언젠가는 사라지고 말 것이기에. 피사체에서 현존하는 저被것은 언젠가는 죽는 것死體. 피사체被寫體는 피사체被死體다.

그런데 현존과 부재가 포개진 사진의 진실은 한편으로는 사진과 사진이 놓인 자리의 진실이기도 하다. 우리는 사진을 보고 피사체를 기억하기도 하지만 사진이 걸려 있는 자리를 기억하면서 사진과 피사체를 기억하기도 한다. 사진은 자리, 부재, 결여에 대한 상상을 통해 존재하는 특이한 사물이다.

그렇게 《빛나는, 완전범죄》에 실린 41편의 짧은 이야기는 41개의 저마다의 사진을 각각 상상하게 만든다. 그러나 나는 작가를 따라 사진이 부재한 자리에서 이야기를 시작해 보겠다. 예를 들면 〈사진을 떼어낸 자리〉에는 어떤 사진이 걸려 있었던 것일까. 물론 사진을 떼어낸 자리에 사진이 걸려 있을 리는 만무하겠다. 그런데 그 빈자리를 이미지로 복원하려는 이야기가 방금 시작된 것이다.

이 소설은 아빠의 무기력한 방관 속에서 계모에게 잔혹한 학대를 당하는 경험을 지금은 더는 만날 수 없는 상상 속 유치원 선생님을 수신자로 삼아 화자인 아이가 털어놓는, 그러니까 현실 속에서는 더는 그 누구도 들을 수 없는 매우 고통스러운 이야기다. '나'는 거실에 사진이 걸려 있던 빈자리를 바라보면서 원초적인 사랑의 순간을 기억해 낸다. 지금보다 더 어렸을 적 아빠는 '나'에게 자전거 타는 법을 가르쳐 줬는데, '나'는 자전거를 잡고 있으니 안심하라는 아빠의 말을 믿고 달리다가 넘어지고 말았다. 아빠는 달려와 우는 '나'를 안아주며 미안해했고, '나'는 아빠가 거짓말을 했음에도 그 모든 것이 사랑임을 알게 되었다. 그날 가족의 모습이 사진으로 실렸지만, 그 사진은 엄마 대신 계모가 집으로 들어온 다음에 떼어져 버렸던 것이다.

지금 '나'는 거실의 사진이 걸렸던 자리에서 행복했던 순간을 사진의 한 장면으로 복원하고 있다. 그 순간은 '나'의 상처를 처음 발견했던 유치원 선생님이 자신의 상처를 보듬으면서 안아 줬을 때의 행복감으로 겨우 되살려낸 순간이다. 〈사진을 떼어낸 자리〉의 이야기 안에서 사진은 부재한다. 그러나 부재는 아무것도 남기지 않는 것이 아니라 부재의 흔적을 남긴다. '나'의 이야기를 통해 이미지는 복원된다. "사진을 떼어낸 자리"에 "희미하게 자국이 남아" 있는 한, '나'의 상처 자국을 보듬은 원초적 행복의 기억과 결합되면서.

　그런데 그것은 증거도, 목격자도 없는 복원의 이야기다. 그것은 차라리 범죄가 실현되는 순간에 어울리는 이야기가 아닐까.《빛나는, 완전범죄》에 실린 이야기들 상당수는 플래시를 터뜨리는 카메라와 핸드폰, TV를 통해 전시되고 노출되는 허위와 기만의 이미지들에 대한 잔혹하고 무정하며 안타까운 사정을 담은 것들이다. 〈우리 집은 어디니?〉에서 연이어 길바닥에 떨어져 죽은 갓난아이와 젊은 부부의 사체에 "폭죽처럼" 터진 "카메라 불빛"으로 찍힌 "이생에 처음이자 마지막인 가족사진"에는 아마도 그들의 착잡한 사연(이야기)은 가려져 버리고, 세상에는 그들의 불행만 전시되며, 공연되고 말 것이다. 작가는 진실이란 완전범죄에 가까운, 무상無常의 순간이 아닐까 묻고 있다.

　　해골의 뻥 뚫린 눈에는 들꽃이 피어 있다. 덮어쓰고 있는 머리카락 사이에도, 옷이 너덜거리는 갈비뼈 사이사이에도, 손가락뼈 사이에도, 발가락뼈가 담겨 있는 구두에도 자잘한 꽃들이 피어 있다. 조수석에 앉아 있는 그녀의 명품 가방 안에는 지갑과 수첩과 립스틱과 손수건을 거름삼아 한 무더기의 양치식물들이 자리를 잡았다. 꽃처럼 아름답고 싶었던 그녀는 이제 꽃으로 피어났다. 그녀의 빛나는 나날을 기억하고 있는 나는 그녀를 피워내는 꽃밭이 되었다. 　　　　　　　　　　　－〈빛나는, 완전범죄〉

남자가 고의로 조작한 급발진 자동차 사고로 인해 여자가 자동차와 함께 절벽 아래로 떨어져 죽었다. 인용한 장면은 죽은 지 한참이 지난 여자의 사체 이미지를 묘사한 것이다. 정확히는 화자인 '나', 즉 해골이 된 그녀와 함께 떨어진 자동차의 블랙박스 카메라가 찍은 장면이다. 여러 번 읽어도 무상하다. 불행을 전시하기 위해, 자신을 연출하기 위해, 목적을 위한 수단이 된 이미지, 또 그러한 세상이 허위이며 가식임은 말할 것도 없다. 그러한 인간관계가 배신과 기만임은 더 말할 것도 없다.

여기서 김민효는 단호하다. 단호하게 말하는 게 아니라 단호하게 보여줌으로써 단호하다. 진실한 이미지는 저리 말없이 증언한다고. 세상과 타인의 응시에 맞추며 살아가는 일이란 자기와 타인을 속이는 기만적이고 힘들며, 결국엔 슬픈 일이라고. 진실한 이야기는 목격자 없는 증언이라고.

그런데 위 장면에는 슬픔마저 체념한 듯, 체념마저 체념한 듯한 무상함이 배어 있다. 왜 그럴까?

3. 무상함의 기원에서 세상의 기원으로

> 그렇다면 그것은 사라짐과 돌아옴이라는 완벽한 놀이였다.
> — 지그문트 프로이트, 《쾌락 원칙을 넘어서》

그리고 또 다른 사진을, 〈감꽃 떨어지는 골목〉이라는 제목이 붙은 어떤 이야기를 들여다본다. 마흔다섯쯤 되어 보이는 여자인 '나'는 엄마의 유골함을 담고 감나무가 있는 골목길에 서 있다. '나'는 돌이켜본다. 기와를 얹은 흙담, 방 안의 그림자가 어른거리던 창호지 문, 다섯 살의 차가운 몸을 덥혀 주던 순님이네 굴뚝, '나'를 찾던 할머니 그림자, 혀 꼬부라진 순님이 아버지의 유행가 가락, 감꽃을 주워 목걸이를 만들던 계집애들, 모두 사라지고 말았다.

그러나 "구루마꾼 순님이 아버지의 주름진 얼굴로" 감나무만 홀로 "거기 그대로" 서 있다. 그때 감나무가 서 있던 골목길에서 엄마와 영영 헤어진 이후, 여자는 "다섯 살 아이인 채로 사십 년을" 살아오다가 다시 사십 년 전의 골목길로 되돌아온 것이다. 이번에는 엄마의 유골을 들고. 이 정도면 우리는 《빛나는, 완전범죄》에서 이별과 그리움, 원망과 기다림의 긴 터널 끝에 어른거리는 무상한 이야기를 읽는다 해도 좋겠다.

사연인즉슨 엄마는 다섯 살인 '나'와 헤어지기 전 미자네 집에 가서 인절미를 얻어오라고 했고, '나'가 미자네 집에 갔다 오는 사이에 엄마는 영원히 사라져 버렸던 것이다. "감꽃을 이고 있던 보라색 양산도, 바람에 팔랑거리던 물방울무늬 치마도 보이지 않은 골목에 선 채로 저는 넋을 놓아 버렸습니다." 원초적 상실의 장면이다. 동시에 그 순간은 다섯 살 난 아이에게는 사무친 깨달음의 순간이다. 그 깨달음의 순간은 또한 말을 배우기 시작한 아이에게는 세상과 삶의 관계가 중층적인 물음으로 다가오는 순간이기도 하다. 말은 응답이 없는 메아리, 한 단어에 너무 많은 의미가 박히는 수수께끼가 된다. 엄마는 아이의 칭얼댐에 즉시 응답을 하는 이가 더는 아니다. "'엄마'는 곧 '사무치다'와 동의어였습니다. 아, '배신'이라는 말도 부차적으로 따라붙는 말이었지요. 최초로 저를 배신한 사람은 다른 누구도 아닌 엄마였으니까요." 그러니까 그 헤어짐의 순간, 사라짐의 순간은 "'엄마'와 '사무치다'와 '배신'이 동의어로 각인되는 순간"이었다. 어쩌면 아이의 행복한 삶이란 비슷한 것들끼리 어울리는 은유의 삶이리라. 은유에서 엄마는 곧 사랑이다. 그러나 사무치는 배신의 순간 이후, '나'에게 엄마는 더 이상 사랑의 은유가 아니다. 낙원에서 추방된 이후, 그것(엄마)은 이제 그 의미가 끊임없이 유예되고 미끄러지는 미지와 갈증의 어지러운 환유가 된다. 삶이란, 나와 당신의 관계란 이 소설집에서 어떠한 가감 없이, 때로는 이유 없이, 더러는 잔인하게 환기되는 것처럼 사라짐과 나타남이 반복되는 잔혹무도한 배신의 놀이다. 불한당들 간의 지루한 배신과 기만이 연쇄적으로 꼬리를 물고 무는, 질척이고, 삐걱거리는 산문의 세계인 것이다. 그러나 엄마는 마침내 유골이 되어 사라진 그 자리로 되돌아왔다. 최초의 은유로, 그러나 너무도 무상한 은유로, 한줌 유해로, 덧없이. 다섯 살 '나'의 사무침은, 사십여 년 삶의 유위변전有爲變轉의 종착역에서 마침내 무상함으로 귀착된다.

이번 소설집에서 배신과 기만의 관계가 다다른 파탄과 종말의 끝에 원초적 세계로의 귀향이 암시되는 이야기가 유독 많은 것도 그 때문이리라. 원초적 상실의 은유에서 출발해 불한당들의 환유의 세계로, 그리고 다시 최초의 은유로 돌아오기. 그러니《빛나는, 완전범죄》는 그저 작가의 여력이 낳은 짤막한 이야기의 모음집이 아니다. 이 소설집의 독특함은《검은 수족관》,《그래, 낙타를 사자》의 산문적 세계와 대비되는 은유, 이미지의 무늬를 세심히 빚어내는 데 있다.

4. 사랑, 불안한 등을 서로 기대기

> 이렇게 인간의 본래 상태가 둘로 나뉘어졌기 때문에,
> 그 나뉘어진 각각은 자기 자신의 또 다른 반쪽을 갈망하면서
> 그것과의 합일을 원하게 되었다네.
> – 플라톤, 「향연」

작가는 되돌아온 원초적 은유의 세계를 정신분석가 자크 라캉이 소장하고 있었던 것으로도 유명한 구스타프 쿠르베의 유명한 그림의

제목을 빌려 '세상의 기원'이라고 부른다(〈붉은 TV〉). 라캉이 150만 프랑을 주고 1955년에 구입한 1866년 작의 〈세상의 기원〉은 라캉 사후 14년 지나 1995년에 오르세 미술관에서 비로소 관객에게 전시된다. 한마디로 대중에게 전시되기까지 우여곡절이 많았으며, 여성의 음부를 적나라하게 그린 것으로 외설시비도 낳았던 것으로 알려져 있는 그림이다.

재미있는 일화가 하나 있는데, 그것은 이 그림이 외설 시비를 낳았다는 것이 아니라 이 그림을 구입한 라캉이 다른 그림을 덮개삼아 〈세상의 기원〉을 자신과 극히 소수의 사람 이외에는 누구도 볼 수 없게 했다는 것이다. 라캉은 친구이자 초현실주의 화가인 앙드레 마송에게 〈세상의 기원〉의 실루엣을 그려 달라고 부탁했으며, 마송은 그렇게 했다. 그 작품의 이름도 〈세상의 기원〉이다. 같은 이름의 한 작품이 다른 작품을, 초현실주의자의 그림이 사실주의자의 그림을, 복제본이 원본을 덮은 것이다. 여기에는 아름다움에 대한 라캉의 멋진 반反플라톤주의적 사유가 잘 드러나 있다. 아름다움은 원초적인 사물(여자의 음부)을 덮는 베일인 것이다. 사물이 그 자체로 드러나면 예술이 아니라 외설이다. 그런데 라캉이 마송의 그림으로 가린 것은 여자의 음부가 아니라, 그것을 그린 쿠르베의 그림이었다. 그렇다면 쿠르베의 그림은 무엇을 가린 것인가. 아무것도. 아무것도 가리지 않았다. 그것이 세상의 기원이다! 아름다움은 사물(이데아)의 직접적인 현시가 아니다. 또 아름다움은 사물의 모방도 아니다. 오히려 아름다움은 모방의 모방을 통해 드러난다. 그것이 이데아가 현시되는, 세상의 기원이 드러나는 방법이다. 플라톤은 이데아(진리, 사물)를 이데아에 대한 모방의 모방인 아름다움과 가장 거리가 먼 것으로 뒀다. 그에게 아름다움은 진리에 적대적이다. 그러나 라캉은 쿠르베의 〈세상의 기원〉에 마송의 〈세상의 기원〉을 덮어씀으로써, 즉 모방의 모방을 통해 이데아, 세상의 기원을 드러냈다. 라캉에게 아름다움은 진리다. 라캉이 마침내 플라톤을 넘어섰다.

작품 해설과는 별로 어울리지 않게 이야기를 늘인 감이 없지 않다. 그러나 작가가 이 그림의 이미지에 매혹당한 이유를 어쩌면 이러한 연유에서 찾을 수 있을지도 모르겠다고 생각해서 여담을 조금 풀었다. 쿠르베의 그림이 언급되는 〈붉은 TV〉에서 세상으로부터 조롱과 모욕을 당한 남자는 TV, 흥미롭게도 현실을 모방하는 가상세계를 보다가 거기로 들어가 버린다. 그곳에서 그는 "두 손과 두 다리를 모으고 등을 구부린" 채 "분홍빛인가, 보랏빛인가" "협곡" 입구의 문을 젖히고 "불그레한 빛이 새어 나오는" "여자의 가랑이"로 "빨려 들어간다." "줌아웃." 그러나 작가는 이 과정을 상투적인 합일의 신화적 이미지로 그리지 않으려고 한다(이 이야기에 대응되는 변주곡으로, 〈세이 굿바이 탱고〉에서 부둣가 선창집의 여자는 마치 세이렌처럼 자신이 왔던 고향인 바다로 "카세트" 음악을 들으면서 되돌아간다). 만일 그렇게 되면 그것은 이 소설집에서 묘사된 바, 기만과 환영의 플래시 이미지로 가득한 허위의 세상을 단순 복제한 혐의에서 별로 자유롭지 않게 되기에. 세상의 기원으로 들어가려면, 모종의 대가를, 살을 지불해야 한다. 소설에서 주인공 남자가 남겨놓은 대패 날에 물려 있는 생생한 살이 그 지불의 대가이며 흔적이자 증인이다.

따라서 원초적 세상으로의 복귀는, 다만 현실로부터의 도피가 아니라, 궁극적으로는, 현실로 돌아 나와 배신과 기만으로 가득 찼던 당신과 나의 관계를 재정립하는 일이어야겠다. 그것은 물론 사랑이다. 사랑이되, 서로를 바라보는 듯 실제로는 당신 눈 속의 나만 바라보는 나르시시즘적인 사랑은 아니다. 드문 사랑의 철학자로 불렸던 라캉이라면 고개를 끄덕였을 것이다.

〈수수꽃다리〉는 과연 플라톤이 쓴 《향연》의 저 유명한 합일의 신화를 새로 쓰는 산문시로 읽히는 이야기다. 〈붉은 TV〉에서 '두 손과 두 다리를 모으고 등을 구부린' 채 사라졌던 남자는 다시 소환된다. 〈감꽃 떨어지는 골목〉에서 어머니로부터 버림받은 여자도 소환된다. 《빛나는, 완전범죄》에는 세상에서 제일 외로운 남자가 있고, 또, 세상에서 제일 외로운 여자가 있다. 그들은 '서로의 불안한 등'을 기댄다.

아슬아슬하게 걸려 있던 해의 끝자락이 서쪽 하늘 끝으로 꺼져 버렸다. 남자는 등허리를 곧추 세웠다. 마지막 안간힘인지도 몰랐다. 가까스로 골반뼈를 추슬렸다. 그리고 척추의 마디마디를 골반뼈 위로 세워 올렸다. 머리도 잘 올려놓았다. 그러자 남자의 등허리가 여자의 등허리와 맞붙었다.
여자의 등허리는 생각보다 단단하고 따뜻했다. 남자는 골반을 여자 쪽으로 조금 더 밀어붙였다. 불안하게 흔들리던 등허리를 여자의 등허리가 받쳐내고 있다는 것을 느낄 수 있었다. 등허리가 맞붙었다. 편안해졌다. 남자는 잊었던 여자의 뒷모습을 기억해 냈다. 그녀의 뒷모습은 언제나 꼿꼿했다. 그리고 한결같은 자세로 앉아 있었다는 사실을 깨달았다. 언제부턴가 여자의 앞모습만을 보고 있었던 것이다. 그녀와 한몸이 되는 것은 마주보는 것이 아니라 불안한 등을 기대는 것이라는 깨달음. 보이지 않는 그곳을 서로가 보호해야 한다는 깨달음.　　　　－〈수수꽃다리〉

《향연》에서 아리스토파네스가 들려주는 자웅동성인간androgyny의 이야기는 무척이나 아름답다. 서로의 얼굴을 마주볼 수 있되 머리는 하나에 팔다리가 여덟인 자웅동성인간의 위력이 올림포스의 권좌를 위협하자 제우스가 이들을 둘로 쪼개 버리고, 아폴론이 각각 남과 여로 분리시켜 버렸다. 그리하여 그들은 거의 굶주림이나 무기력에 이를 정도로 서로를 애타게 찾는다는 이야기.

그런데 김민효는 이 이야기를 다르게, 곧 아리스토파네스의 이야기가 끝난 곳에서 시작해 처음으로 되돌아가는 방식으로 쓴다. 아리스토파네스의 이야기와 비슷하게 남자와 여자는 처음에는 서로를 바라보면서 애타게 그리워하고 갈망하며 합일을 원한다. 그리고 마침내 그렇게 된다. 둘의 가슴은 서로에게 스며들었고, "두 개의 심장은 힘차게 뛰었다." 그러나 "그들의 일체감은 오래가지 않았다. 특별한 이유랄 것이 없었다. 처음에는 지루했고, 다음에는 짜증이 났고, 그다음에는 허망해지기 시작했다." 실은 이것이 사랑의 솔직한 실상이다. 오히려 〈수수꽃다리〉에서는 이러한 둘의 관계를 신이 갈라

놓게 된다. 그 다음은 《향연》의 이야기와 비슷하다. 남자는 처음에는 그녀가 "자신이 잃어버렸던 반쪽이 아니었"다고 생각하다가 다시금 "어디선가 그의 반쪽이 자신을 찾아 헤매고 있을 것만 같"다고 상상한다. 그리고 자웅동성인간을 갈라놓는 아폴론의 수술을 마치 영상으로 되감기한 것 같으면서도 그와는 다른 합일의 재탄생이 이루어진다. 김민효가 고쳐 쓴 자웅동성인간의 이야기는 물론 《향연》을 동일하게 반복한 것이 아니다. 차이는 '등'에 있다. 아마도 《향연》의 자웅동성인간은 김민효가 섬세하게 본 것처럼 서로의 가슴이 붙어 있었을 것이다. 그리고 서로를, 정확히는 서로의 눈 속에 있는 각자의 눈만을 바라봤을 것이다.

그러나 이 작품집에서 김민효가 우리에게 마지막으로 들려주는 아름다운 진리(진리는 아름답다!)는 채울 수 없는 결핍과 갈망의 끝에서, 하나의 결핍은 마침내 다른 결핍에게 등을 내민다는 깨달음이다.

우리 신체에서 가장 외롭고도 불안한 그곳은 어디일까. 물론 우리 자신의 눈으로는 볼 수 없는 등이다. 등은 내가 타자의, 타자가 나의 결핍을, 문득, 마주하는 신체다. 이 문장을 쓰면서 나는 김민효가 쓰는 다른 사랑 이야기가 또 있는지 궁금해졌다. '그녀와 한몸이 되는 것은 마주보는 것이 아니라 불안한 등을 기대는 것이라는 깨달음. 보이지 않는 그곳을 서로가 보호해야 한다는 깨달음'에 대한 또 다른 이야기가. 그러면 우리는 작가의 다음 이야기를 무작정 기다릴 수밖에 없을 것이다. 그 이야기가, 내게는, 지금껏 김민효가 쓰지 않은, 언젠가는 반드시 쓰지 않을 도리가 없는 긴 이야기였으면 좋겠다.

　바르트는 사진을 들여다보는 이를 찌르는 사진의 세부를 푼크툼 punctum이라고 불렀다. 지금까지 나는 《빛나는, 완전범죄》에서 몇 편의 이야기를, 순간의 진실을, 푼크툼을 포착한 이야기를 꺼내어 되도록 자세히 읽으려고 했다. 그러나 이 소설집에는 여전히, 미처, 내가 포착하지 못한 이야기들 속, 무수한 푼크툼이 사금파리처럼 흩어져 있으리라. 부디 독자들이 여전히 매혹적이고도 재미있는 또 다른 이야기를, 무수히 명멸하는 이미지를, 삶의 절망과 환희가, 기만과 진실이, 헛된 소문과 진실한 증언이, 증오와 사랑이 교차하는 푼크툼을 발견하게 되길 바라며….

김민효 짧은소설

빛나는, 완전범죄

초판 1쇄 찍은날 2017년 2월 8일
초판 1쇄 펴낸날 2017년 2월 10일

지은이 김민효

펴낸이 최윤정
펴낸곳 도서출판 나무와숲 | 등록 2001-000095
주 소 서울특별시 송파구 올림픽로 336 1704호(방이동, 대우유토피아빌딩)
전 화 02)3474-1114 | 팩스 02)3474-1113 | e-mail : namuwasup@namuwasup.com

ISBN 978-89-93632-59-0   03810